George Bernard Shaw

1925

“他的作品蕴含着丰富的理想主义色彩，同时又充满着人道主义精神；作品中的讽刺也带着激励的性质，而且常饱含着深刻的诗意美。”

〔爱尔兰〕萧伯纳◎著
胡仁源　李丽霞◎译

圣女贞德

北京理工大学出版社
BEIJING INSTITUTE OF TECHNOLOGY PRESS

颁奖辞

诺贝尔委员会主席 霍尔斯陶穆

乔治·萧伯纳对世界和社会问题的态度始终都没有发生过改变，这从他青年时期所创作的小说中就能初见端倪。纵使有些人不停地指责他毫无正义感，或是控诉他是民主世界中的小丑，但我们可以从他的一些作品中找到为他辩解的地方。他的作品本身就具有较强的说服力，让人们感到他根本不会被普通的社会发展所影响，也正是由于他这种始终不渝地坚持，最终将他直接带到了他现在发表演说的讲台上。萧伯纳的思想可以归类于一种抽象而理论化的改革观，尽管这种观念并非是他发明的，但却是经由他而日益明确并且发扬光大的。对他来说，这种观念和少有的智慧结合在一起，打破了常规的束缚，再加上他那生动有趣的幽默语言，从而使他的作品成为文学世界中珍稀宝贵的财富。

人们最困惑不解的就是他那乐观豁达的态度：人们很愿意把这整个过程当作一场游戏，而且非常希望出现一些出人意料的环节。

人们甚至无法想象，萧伯纳曾经公开宣布的他那种看起来漫不经心的态度其实是一种策略：如果他不娱乐大众的话，人们可能会想将他绞死。但实际上，我们非常清楚，既然他能如此直言不讳，就不会畏惧那些充满可能性的后果。而他采用这些方法作为攻击的手段，一方面源于他天生就具有的无惧任何挑战的卓越才能，另一方面是因为这些方法才是最为有效的，他坚守着良心和忠诚的信念，依靠自己那出众的才华，引导着他其他的一些特性，朝他的目的地走去。

一开始，他的作品主要是在艺术批评和社会学领域中，他本人也自称是改革主义的先行者。而且跟他后期从事的有着不一样的重要性。没过多久，他为自己赢得了评论家、新闻记者和受欢迎的演说家的显著地位。在英国和法国巴黎的戏剧界，他之所以闻名，则是因为他对易卜生[①]的支持和对无聊而肤浅的传统戏剧的反对。他希望在自己的作品中实践自己的戏剧理论，而且他进行戏剧创作的时间也比较晚，到了36岁才开始，这时他心中早就积聚了许许多多的素材，所以创作起来文思泉涌，成果卓著。

他尝试用直抒胸臆的方法来进行创作，从而开创了一种全新的戏剧形式。我们在对这些作品进行评论的时候，也要根据一些特殊的原则进行。而这种形式之所以与众不同，不全是因为它的形式和结构，更是因为作者才思敏捷，对戏剧熟稔于心，从而可以轻易地让戏剧效果达到他所追求的目的。他追求理想的时候专注而又直接，而且极具斗争精神，拥有丰富多彩的思想观念，这些就是他那卓尔不群的特殊风格。

---

①易卜生(1828—1906年)，挪威作家，“现代戏剧之父”，对近代剧坛有深远的影响。代表作有《社会栋梁》《玩偶之家》《群鬼》等。

他在法国被誉为“20世纪的莫里哀[①]”。事实上，他俩的确有很多共同点，比如萧伯纳觉得自己在戏剧创作时有古典主义倾向。他提到的“古典主义”，就是说强烈的理性思维，采用辩证的视角，同时反对所有的可以被称之为浪漫主义的事物。他的第一部作品名为《不愉快的戏剧》（1898年），之所以叫这个名字，是因为在这部作品之中并没有应观众的需要而发表一些空洞虚无又沉溺于感情的教条，而是将那残酷丑恶的社会现实直接呈现在观众面前。这些作品以一种严肃的态度来探讨社会弊端：穷苦的人被剥削压迫以及被逼良为娼，而那些剥削他们的人却在想办法依靠这些来保住他们的地位。

萧伯纳对整个社会进行了入木三分的批判，但是又公正不阿。而且，他刻画那些恶人的嘴脸时，还能洞察他们的心路历程，这就是他的特色，即使是在他早期的一些作品中，他最优秀的一个特点——人道主义精神，已经展露无遗了。

在《快乐的戏剧》（1898年）中，他创作的主题相同，但风格上有了改变，营造了一种比较轻松的氛围。其中有一出戏《武器和武士》让他崭露头角，他在这出戏中揭露，连年争战会彻底摧毁人们的生活，使一切都不堪一击，同时与和平时期那种稳定而又平平淡淡的生活进行了对比。他的反战论调得到了大部分观众的认同，这种认同超过他之前得到的所有认同。而在《坎迪德》中，这是一个与《玩偶之家》风格相似的剧作，只不过结局是喜剧式的。这是他最有诗意的一部作品，主要是因为剧中那个优秀而坚强的女性，不知道由

①莫里哀(1622—1673年)，法国最伟大的喜剧作家。虽然他只写喜剧，但在世界戏剧史上的地位并不亚于莎士比亚，著名的作品有《无病呻吟》《伪君子》《悭吝人》等。

于什么原因被他塑造成一个普遍的榜样，具有了更热情、更丰富、更文雅的内涵。

在《人与超人》（1903 年）中，他宣扬因为女人拥有现实而坚韧的本性，所以她们是天生的超人；在剧中，很多人热烈地期盼超人的到来，而且超人的到来是早就被预言了。这是一出让人忍俊不禁的喜剧，不过作者将自己的意图蕴含其中，这部喜剧甚至可以让你从中联想到作者反对早年英国人崇尚温顺圣女的观念。

接下来一部戏剧《巴巴拉少校》（1905 年），意义较为深远。这是一部伟大的思想剧。它讨论应该怎样压制邪恶：是通过内在的乐观精神和宗教式的牺牲呢，还是通过外在的消灭贫困并且根除社会弊端的方式？他在剧中塑造了一个最为突出的女角色，但是最终也在金钱的诱惑和救世军的权力下选择了妥协。在剧中，作者对思想变化的过程做了生动详细的描述，当然，里面的某些观点也有些模棱两可。这出戏剧并不是一蹴而就的，不过，他向人们展示了在现实的生活信仰当中，仍然存在着让人拍手称快的、鲜明的、清新的快感和诗意。萧伯纳，作为一个理性主义者，在这里的处理方法相较于平时而言，更加的开放和更具有侠义豪情。

由于时间的缘故，我们不能再继续讲述他下一步的活动过程，甚至去谈谈他其他的杰出作品。现在，我们不谈其他，我们只来谈谈他是怎样不露声色地将矛头指向所有他觉得不公平的地方。在《伤心之家》（1919 年）中，作者毫不客气地出击，用喜剧的方式尽力挖掘人们为科学、政治、艺术、工作和美色等琐事所累，表现出的各种刚愎自用、虚伪做作，而且也描绘出文明社会发展中的病态，无视真理、良心泯灭、内心残忍等具体现象。不过，可能是因为素材太过庞多繁杂，抑或是很难用轻松的方法来描绘此种题材，令这部作品只能以空虚的象征主义的形象惨淡示人，最终只能收藏于博物馆中。

在《回到麦修撒拉时代》(1921 年）中，他写的序言比往常更加具有智慧。剧中是一个绝望而缺乏欢笑的世界，这部剧作想表达的观点是人类必须将其正常的年龄延长数倍，才能获得足够的智慧来管理这个世界。在这部剧中,作者好像过多地运用了他那丰富的思想,以至于极大地损害了他固有的那种创造力。

接下来的《圣女贞德》(1923 年）可以说已经达到了一个诗人创作的巅峰。作者是专门为了舞台演出而创作这出戏。当时，剧坛上经常演出和被重视的是一些能够让人们立马感到愉快的作品。而他不顾地方上的抗拒，设法表现他的真实价值。萧伯纳不满足于自己之前的历史戏剧，所以，自然而然地，他将自己丰富而敏捷的才思和一种故意为之的历史想象力和真实的空缺交相融合。在他所构造的世界当中缺少时间因素。但是，最新的一些研究表明，这样的缺失和空间意识的缺失并不是一回事。这样的不幸使他对历史少了几分敬重，同时有一种和任何的教条格格不入的倾向。

总的来说，在创作《圣女贞德》的时候，他的脑海里仍然存在着相似的观点，但是他的内心却在一个虚幻的世界当中找到他所塑造的女英雄的立脚之处，也就是这样，他才能在这个血肉之躯上加诸他丰富的想象。通过一种现在仍被质疑的修正，让她拥有单纯的形象，但是在语言文字上，这个形象栩栩如生。他让人们的心被圣女贞德牢牢地抓住。在这个真正的英雄主义已经没落的时代，萧伯纳用他丰富的想象力塑造的这个以英雄主义为个性的作品，非但没有失败，反而在全球绽放光彩，因为其无可置疑的艺术价值。

用这个观点，我们追溯萧伯纳的佳作。从他对圣女贞德这个英雄人物的描绘当中，我们很容易发现能从他那插科打诨和反对挑战之中，找到同一个理想主义的特性，他批评社会现象、展望社会发展，虽然我们会觉得他的理论太过直接，思维也不够缜密，观点没有系统化；但是，他同那些缺乏任何固定基础的传统观念做斗争，与那些真假难辨或是半真半假的传统情感展开辩论，这些都能证明他的志向远大，而他更加让人赞叹的是他的人道主义精神和无法用情感的方式来表达的令人尊敬的美好品德——心灵的自由、勇敢、忠诚，还有思路的清晰——在当今时代是非常罕见的。

我上面所说的一切，只不过是萧伯纳一生工作中的一小部分，而且我还没有提及他著名的序言——也许可被称作是论著——分散在大部分的剧本之中。这些序言大多是佳作，其文风简练、才思敏捷、才气纵横，难有人与之匹敌。他的戏剧让他成为“当代最具魅力的作家”，而他的序言则使他成为能够与伏尔泰①相提并论——当然是和伏尔泰最著名的作品相比。从朴实无华的风格和古典的陈述方式来讲，它们将他的思想，将他对时代的新闻记者式的评论表露无遗，更为重要的是，它们让他像一座永垂不朽的丰碑，屹立于英国文坛之中。

①伏尔泰(1694—1778年)，法国革命前的大文豪，思想家，他的作品犀利深刻，著作多达七十二卷，涉及戏剧、小说、评论、诗歌、历史等各个方面，代表作有《爱里尼》《沙尔》《坎迪的》等。

致答辞

（萧伯纳未出席颁奖典礼，故无致答辞。）

目 录

圣女贞德

（六幕剧）

第一幕[1]

〔纪元后 1429 年，一个晴明的春天，在摩斯河上，罗伦同香旁义之间，一个服苛奈尔古堡当中。

〔鲁白特·波的吕考队长，一个地主阶级的军人，优雅强壮，但是没有坚决的意志的，正在照他寻常的样子，对于他的管事人表示不满，严厉斥责，后者是一个可怜的弱虫，面瘦头秃，年龄要说他是在 18 岁与 55 岁之间均无不可，因为这个人从来不会有过壮盛的时代，故时间亦不能使他衰老。

〔两人同在二楼的石室当中，一个朴素的栎木制的桌边，队长坐在椅上，可以看见他的左侧身形，管事人以一种卑躬乞怜的态度立在他的对面，13 世纪式的格子窗，在他们中间开着，窗侧角上有一堞楼，有小穹门引至盘梯，通到下面天井，桌下有一个坚固的四足凳，又有一个木柜置于窗前。

鲁白特　没有鸡蛋！没有鸡蛋！一千个岂有此理，蠢人，你为什么

①据1934年商务印书馆本，胡仁源译本未做改动。

说没有鸡蛋？

管事 主人，这不是我的过失，这是上帝的力量。

鲁白特 胡说，你告诉我没有鸡蛋，你到以此归咎于上帝。

管事 主人，我有什么办法？我人不会自己生出蛋来。

鲁白特 （冷笑）哈！你倒在讲玩话了。

管事 不，主人，上帝知道，我们大家都没有蛋吃，同你一样，主人，母鸡不肯生出蛋来。

鲁白特 真的！（立起）现在你听我说。

管事 （恭谨的样子）是的，主人。

鲁白特 我是什么人？

管事 你是什么人吗，主人？

鲁白特 （走到他的面前）是的，我是什么人？我是鲁白特·波的吕考地主，这个服苛奈尔城堡的队长呢，还是一个牧牛的童子呢？

管事 哦，主人，你自己知道你在这里是比皇帝自己还要伟大的。

鲁白特 不错，但是现在，你知道你是什么人？

管事 我是一个一钱不值的人，主人，除掉有这个荣誉做你的管事人以外。

鲁白特 （将他的管事人渐渐逼至墙边）你不单是有这个荣誉做我的管事人，并且有这个权利做全法国最坏的，无用的，愚蠢的，胡说的，白痴的管事人。（他迅速的走回到桌边）

管事 （惶恐的样子）是的，主人，在你这样的伟大人物的眼光当中，我当然是如此的。

鲁白特 （回转头来）这大约又是我的过失唔？

管事 （窘极的样子，走到他的面前）哦，主人，你总是把我极无心的说话，这样的扭转来。

鲁白特 我还要把你的头颈扭转来，如其我问你还有多少鸡蛋的时候，你胆敢对我说，你自己不会生出蛋来。

管事 （要想抗辩的样子）哦主人，哦主人。

鲁白特 不要响，不是哦主人，哦主人，应当是不主人，不主人，我的三个巴尔巴利的母鸡还有那个黑的，都是在香旁义地方，最会生蛋的鸡，你倒来同我说没有鸡蛋！是谁偷掉的！告诉我，否则我就要当你是一个胡说的人，并且把我的东西偷卖的人，一脚把你踢到大门外面去，并且昨天的牛奶也是短少，你不要忘记掉。

管事 （窘极）我晓得，主人，我晓得太明白了，现在没有牛奶，没有鸡蛋，明天连什么都要没有了。

鲁白特 什么都没有！你难道要完全偷去吗？

管事 不，主人，谁也不能偷什么东西，但是现在是有一种魔力支配我们，我们是被迷住了。

鲁白特 这种谎话，对我是无用的，鲁白特·波的吕考会烧死魔女，绞杀盗贼，去，正午以前，要拿两打鸡蛋，两加伦牛奶到这个房间里来，否则当心你的骨头，我要教训你怎样是欺骗我的结果。（他以最后决定的态度重复坐下）

管事 主人，我同你说没有鸡蛋，一定是不会有的，就是你因此把我杀掉，也是无用，要是那个女郎还在门内的时候。

鲁白特 女郎？什么女郎？你在那里讲什么话？

管事 那个罗伦的少女，从度内玛来的。

鲁白特 （立起，非常的发怒），一千个岂有此理！一万个浑蛋！你难道说那个女郎，两天以前，胆敢来求见我的，我叫你把她送还她的父亲，教他严加管束的，现在依然还在这里吗？

管事 我是已经叫她回去，主人，她不肯去。

鲁白特 我并没有叫你叫她回去，我叫你把她赶出去，你有五十个武装兵士和一打的强壮工人，执行我的命令，难道他们都见她怕吗？

管事 她是这样坚决的，主人。

鲁白特 （抓住他颈上的领圈）坚决？现在你看，我就要把你丢在楼下去了。

管事 不，主人，请你不要。

鲁白特 那么，你就拿坚决来阻住我罢，这是极其容易，随便一个平常女子都能够做的。

管事 （被他提起，以一只脚站在地上）主人，主人，你就把我丢下楼去，也不能使她因此离开这里，（鲁白特把他放下，他用双膝坐在地上，很沉默地注视他的主人）你看，主人，你是比我更其坚决得多，但是她也是这样的。

鲁白特 我的比你强壮有力，蠢人。

管事 不，主人，不是这个，是说你坚强的性质，她是比我们都更柔弱，她不过是一个瘦小的女子，但是我们没有法子使她离开。

鲁白特 一般无用的东西，你们都是见她害怕。

管事 （慢慢地立起来）不，主人，我们都是见你害怕，但是她给予我们勇气，她真是好像无论什么都不怕的，或者你还可以把她吓退，主人。

鲁白特 （很凶的样子）或者，她现在在什么地方？

管事 在下面天井里，同寻常一样，在那里同兵士谈话，她除掉祷告以外，总是在同兵士谈话的。

鲁白特 祷告！哈！你相信她会祷告，你这蠢货，我知道这里常常同兵士谈话的女人，她应当也来同我谈话一下，（他走到窗前，随便的向下叫唤）哈罗，有人在那里吗？

一个女人的声音 （明亮，坚强，并且粗率的）是叫我吗，先生？

鲁白特 是的，叫你。

女人声音 你是队长吗？

鲁白特 是的，你倒真太不客气，我是队长，你到上面来吧，（向天井的兵士说）告诉她上来的路，快点领她上来。（他离开窗口，回到桌边，很严肃地坐下）

管事 （耳语）她要自己去做一个兵士，她要你给她兵士的衣服，盔甲！主人，还有剑！真的！（他轻轻地走到鲁白特的后面）

（贞德从堞楼的门口出现，她是一个很强健的乡村的少女，年纪约十七八岁，穿着整洁的红色衣服，有一种不同寻常的面貌，两眼相距极远，并且凸出，像一种富于感想的人，一个长的极端正的鼻头，鼻孔宽大，一个短的上唇，坚决的但是饱满的嘴，美丽而且强毅的下颌，热心地立到桌边，深幸现在居然得到鲁白特的面前，并且对于会见的结果，充满希望，他的怒容，丝毫不能让她退缩，使她恐惧。她的说话，有一种天然的热心及柔媚的音调，非常的自信，非常的动人，而极不容易拒绝的。）

贞德 （行礼）早安，队长先生，队长，请你给我一匹马，一付盔甲，几名兵士，并且送我到太子那里去，这是我主人给你的命令。

鲁白特 （大怒）你主人的命令！你主人到底是一个什么东西？去同

他说，我并不是他部下的公爵或贵族，我是波的吕考的地主，除了皇帝以外，不能接受任何人的命令。

贞德 （确实保证的样子）是的，先生，这个是不错的，我的主人，就是天上的皇帝。

鲁白特 怎样，这个妇人原来是疯的，（向管事说）你为什么不早点向我说明，你这呆子。

管事 主人，不要使她发怒，把她所要求的给她。

贞德 （不耐，但是很友谊的样子）在他们没有同我谈话以前，都说我是疯的，先生，但是你看，上帝的意思，凡是他使得在我心中发生的事情，你是要照办的。

鲁白特 上帝的意思，是要我把你送还你的父亲，他把你幽禁起来，并且拿皮鞭来治好你的疯病，你说这是对不对呢？

贞德 你想你要这样，先生，但是你会看见，事情发生出来，是完全两样的，你以前总说你不肯见我，但是现在我在这里了。

管事 （恳求的样子）是的，主人，你看，主人。

鲁白特 不许开口，你这东西。

管事 （可怜的样子）是的，主人。

鲁白特 （感觉得失去自信力，向贞德说）你是预先假定一定要见我的吗？

贞德 （很和蔼可亲的样子）是的，先生。

鲁白特 （觉得自己已经失去立足的地方，很重的将两手向桌上放下，用严肃的态度，鼓起胸膛，以挽救他不快的感觉）现在你听我说，我就要决定这个事情了。

贞德 （很急迫的）就请你这样吧，先生，一匹马的价值，要16个法郎，这是很大的一个数目，但是在盔甲上我可以节省一点，我可以寻一副普通兵士的盔甲，能够勉强穿得上的，我是非常能够耐苦的，并不要漂亮的，定做的盔甲，像你所穿的一样，我也并不要很多兵士，太子自会给我以所要的数目，去解救奥利安士的围困。

鲁白特 （吃惊的样子）去解救奥利安士的围困！

贞德 （很自然的）是的，先生，这就是上帝教我来的目的，你派三个人和我同去就尽够了，只要他们是良善的人，而且待我很好的，他们都答应和我同去，颇利杰克还有——

鲁白特 颇利！你这个毫无礼貌的东西，你胆敢在我面前，直呼白而屈朗·颇能杰克先生为颇利吗？

贞德 他的朋友都这样叫他，我并不知道他还有别的名字，杰克——

鲁白特 这就是约翰·梅迟先生了，我想？

贞德 是的，先生，杰克很愿意同去，他是一个极亲切的人，他拿钱给我，叫我转给穷人，我想约翰·谷德塞夫也愿意去，还有弓手迭克和他们的仆人约翰·洪考特及尤利安。你一点不须费事，先生，我一切都已经接洽停当，只要你发命令好了。

鲁白特 （以一种惊骇的态度，向她望着）好了，我真是碰到魔鬼了。

贞德 （泰然的，亲切的样子）不，先生，上帝是很仁慈的，并且圣加德林和圣利玛德，他们天天和我讲话的，（他吃惊张口）自然会帮助你，你一定会到天堂去，并且你的名字，一定永远留存，因为是第一个助我的人。

鲁白特 （向管事说，虽然仍旧烦闷，但是因为他想采取一种新的方法，所以声调与前不同）颇能杰先生真是这样的吗？

管事 （很热心的样子），是的，主人，还有梅迟先生也是这样，他们两个都愿意和她同去。

鲁白特 （沉思的样子）唔！（他走到窗前，向下面天井里高声呼唤）哈罗！有人吗，去请颇能杰先生到我这里来，（转向贞德）去吧，在天井里等着。

贞德 （很快活的一笑）好的，先生。（她退出）

鲁白特 （向管事说）同她一块去吧，你这个无用的弱虫，在近处候着，并且注意她的行动，我还要叫她到这里来的。

管事 千万就这样做吧，主人，想想这些母鸡，在香旁义地方最会生蛋的，并且——

鲁白特 想我的皮鞋，当心你的背脊不要被他碰着。

（管事很快退下，在门口恰与白尔屈朗·颇能杰遇见，一个英伟法国武装军人，现在军法处供职，富于幻想，胸无主宰，除有人同他说话以外，极少发言，回答时总是迟缓而且固执，与自信的，坦白的，表面强毅而内里意志薄弱的鲁白特，恰相反对，管事让他过去后，自己退下。）

（颇能杰行礼后，立定等候命令。）

鲁白特 （温和的态度）不是有什么任务，颇利，一个友谊的谈话，请坐吧。（他用脚把桌下的凳勾出）

（颇能杰觉得很自然一点，走到屋内，将凳子放在桌子与窗的中间，沉默的坐下，鲁白特半坐在桌子的一端，以友谊的态度，开始谈话。）

鲁白特 现在你听我说，颇利，我必须像一个父亲的样子向你劝导。

（颇能杰严肃地向他注视一下，但不发言。）

鲁白特 就是关于那个女子，你对于她感觉兴味的，现在我已经看见她，已经同他谈话，第一，她是疯的，这个倒没有关系，第二，她不是一个乡下女子，是一个中等阶级的人，这个是很有关系的，我确实知道她这一种人，她的父亲去年曾经到这里来，代表他的村庄，办理过一件诉讼事情，一个农人，不是消闲的富农，他是以此为职业，倚此而生活的，但是，也不是一个劳动者，不是一个工人，他尽可以有一个当律师或者当教士的亲戚，这种人在社会上虽然并不重视，但是对于地方官署，这就是说，对于我，很可以生出许多麻烦，现在你当然想，把这样一个女子带走，是一件极简单的事情，只要骗得她相信，你是领她到太子那里去的，但是要是发生出事情来，你会弄得我一点没有办法，因为我是她父亲的地主，是有保护她的责任的，所以无论是朋友或不是朋友，再不要管她的事情吧。

颇能杰　（缓慢的郑重的说）我宁可对于圣母玛丽亚，也不肯对于这个女子这样想法。

鲁白特　（从桌边立起来）但是她说你同杰克，迭克，都答应和她同去，什么意思？难道你要对我说你把她要去见太子的妄想当作真的，是吗？

颇能杰　她是像有点道理的，这些人在下面守卫室里面，都是胡说乱想，但是从来没有提起过，疑心她是一个妇人，他们在她面前都停止咒骂，是有点道理，有点道理，也需值得试一试看。

鲁白特　哦，来吧，颇利！自己振作一下，看你平时固然是缺乏常识，但是这个真觉得有点太过分了。（厌恶的样子走开）

颇能杰　常识有什么用处？我们要是有一点常识，我们就应当去投白根地公爵同英国皇帝，他们已经占领全国的一半，一直到卢尔为止，他们占有巴黎，他们占有这个城堡，你明白知道我们应当把他交于贝德福公爵，你不过是有条件占有的，太子是在启隆，像一个壁角上的老鼠，不过他是不肯奋斗，我们并且不知道他究竟是不是太子，他的母亲说他不是，她应当知道，你想想看，皇后竟会否认她自己儿子的承继权利！

鲁白特 是的，她的女儿是嫁给英皇的，你能够责备这个妇人吗？

颇能杰 我并不责备什么人，但是太子弄到这个地步，是完全要谢谢她的，我们可以老实承认，英国人一定会攻下奥利安士，那个庶子决不能阻止他们。

鲁白特 他去年曾经在蒙泰格斯打败英国人，我那个时候，同他在一起的。

颇能杰 没有关系，他的军队，现在是怯懦了，他不能做出灵异来，我同你说，现在我们方面，没有一个灵异是无救的。

鲁白特 灵异固然很好，唯一的困难，是在现在的世界，他们不会发生。

颇能杰 我以前也是这样想法，现在我不可能说十分一定，（立起来，沉思的样子走向窗前）无论如何，现在是一个时候，我们不能不将一切的方法都试试看，这个女孩子是好像有点道理的。

鲁白特 哦！你想这个女孩子能做出灵异来，是吗？

颇能杰 我想她自己本身，就是一点小小的灵异，无论如何，她是我们手中最后的一张牌，宁可把她发出去，比自认输掉总好一点。（他向堞楼走去）

鲁白特 （迟疑不决）你真是这样想的吗？

颇能杰 （掉转头来）我们现在还有什么别的可以想的吗？

鲁白特 （走到他的面前）你听我说，颇利，你要是在我的地位，你肯让这样一个女子，骗掉你16个法郎的一匹马吗?

颇能杰 我愿意付这个马价。

鲁白特 你愿意付!

颇能杰 是的，我要支持我的意见。

鲁白特 你真要将16个法郎的巨数作孤注一掷吗?

颇能杰 这并不是一种赌博。

鲁白特 难道是什么别的吗?

颇利杰 是一件确实的事情，她的说话，她对于上帝的热烈的信仰，已经引起我的热心。

鲁白特 （不愿再同他辩）嘘！你是同她一样的疯了。

颇能杰 （顽强的）我们现在正需要多几个疯人，你看这些不疯的人，已经把我们弄到什么地步了!

鲁白特 （他的犹豫，现在已经显然战胜他假装的决心）我真觉得我自己像一个呆子了，但是如其你觉得确实——

颇能杰 我觉得这样的确实，就要带她到基隆去，除非你阻止我去。

鲁白特 这是不公道的，你把责任推在我的身上。

颇利杰 采取那一条路，是要你决定的。

鲁白特 是的，就是这个原故，我应决定哪一条路呢？你真不知道，我对于这个事情是怎样的为难。（起来缓步行走，不知不觉中希望贞德来决定他的意志）你想我应当再同她商议一下吗?

颇能杰 （立起）是的，（他走到窗前呼唤）贞德!

贞德的声音 他肯让我们去吗？颇利?

颇能杰 上来，到这里来，（回转向鲁白特说）我应当让你同她单独讲话吗?

鲁白特 不，就在这里，帮助我一下子。

（颇能杰在木柜上坐下，鲁白特直到他的座位旁边，但是仍旧立着，使他自己有一个比较威严的样子，贞德走上，满口的好消息。）

贞德 杰克答应出一半马价。

鲁白特 真的！（他坐下）

颇能杰 （严肃的态度）坐下吧，贞德。

贞德 （稍为沉静一点，望着鲁白特说）我可以吗？

鲁白特 你照他的话做吧。

（贞德行礼后在他们两人中间的凳子上坐下，鲁白特拿他最坚决的外表，来掩饰他的惶惑。）

鲁白特 你叫什么名字？

贞德 （极话多的样子）在罗伦他们总是叫我贞妮，在这里法国我是约安，兵士都叫我女郎。

鲁白特 你姓什么？

贞德 姓吗？什么是姓？我的父亲有时称他自己为德克，可是这个我一点都不知道，你见过我的父亲，你——

鲁白特 是的，是的，我记得，你是罗伦的度内玛地方的人，我想。

贞德 是的，但是这个又有什么关系呢？我们都是说法国话的。

鲁白特 你不要发问，单是回答好了，你现在几岁？

贞德 17 岁，他们同我这样说，也许是 18 岁，我不能十分记得。

鲁白特 你说圣加德林和圣玛德每天都同你讲话，这是什么意思呢？

贞德 她们真是这样的。

鲁白特 她们是什么样子呢？

贞德 （忽然固执起来）这个我不能告诉你，我并未得着她们的允许。

鲁白特 但是你实在看见她们，并且同现在我和你对面一样，同你讲话吗?

贞德 不，是全然两样的，我不能告诉你，你不可以问我关于我的声音的事情。

鲁白特 你这是什么意思?声音?

贞德 我听见声音告诉我应当做的事情，他们就是从上帝来的。

鲁白特 他们是从你的想象来的。

贞德 当然，上帝的命令，就只有这样才达到我们。

颇能杰 全输了。

鲁白特 不会!（向贞德说）这样上帝说，你应当去解救奥利安士的围吗?

贞德 并且在雷依姆礼拜堂内替太子加冕。

鲁白特 （惊愕）替太子加——哦!

贞德 并且使英国的军队离开法境。

鲁白特 （讥刺的样子）还有什么别的呢?

贞德 （柔媚的）现在就只有这些，谢谢你，先生。

鲁白特 我想你以为解围是极容易，就像将一条牛从草地上赶出来一样，你以为打仗是人人都会的吗?

贞德 我以为这个决不会十分困难，如其上帝助你，并且你愿意将生命完全付托在他的手中，但是有许多军人是非常简单的。

鲁白特 （凶猛的样子）简单!你曾经看见过英国人打仗吗?

贞德 他们也不过是人类，上帝造成他们，也同我们一样，他给予他们以自己的国土，自己的语言，现在他们要来占据我们的地方，学习我们的语言，这个决不是上帝所愿意的。

鲁白特 哪个把这种观念放进你的头脑当中？你不知道兵士是受他们的封建主人所支配的吗？这个主人，是白根地公爵，或是英皇，或是法国皇帝，对于他们或你有什么两样？同语言更有什么关系呢？

贞德 这个我一点都不能了解，我们大家都受上帝支配，他给予我们以我们的国土，我们的语言，他的意思是要我们始终保存，要不是这样，在打仗的时候，杀掉一个英国人，就是犯罪，你先生，就有地狱火焚的危险，你不应当想对于封建主人的义务，应当想对于上帝的义务。

颇能杰 没有用的，鲁白特，她每次都可以这样把你驳倒。

鲁白特 她能够吗！我们倒要看看，（向贞德说）我们现在不是讨论上帝，我们是在讨论事实的问题，我再要问你，孩子，你曾经看见过英国人打仗吗？曾经看见过他们劫掠、焚烧，将乡村变为荒野吗？你会听见过黑太子的故事，他比魔鬼自己还黑，或是，曾经听见过英皇父亲的故事吗？

贞德 你万不可以害怕，鲁白特——

鲁白特 岂有此理，我倒不是害怕，谁允许你叫我鲁白特的？

贞德 你在教学当中，在上帝的面前，就是这样叫的，所有其他的名字，都是你父亲的，你弟兄的，或是其他别人的。

鲁白特 嘎！

贞德 你听我说，先生，在度内玛，我们因为避开英国军队，曾经逃到邻近的乡村中去，在那里有三个受伤的英兵留下，我因此与这三个可怜的郭澹姆 goddam（当时对于英兵之通称）极为熟识，他们的气力，都还不及我的一半。

鲁白特　你知道他们为什么叫作郭澹姆goddam呢?

贞德　不知道，不过人人都是这样叫的。

鲁白特　这是因为他们常常祈求他们的上帝，判决他们的灵魂到地狱去，在他们的语言当中，郭澹姆goddam就是God condemn这个意义，你的意思以为如何呢?

贞德　上帝终是要宽恕他们的，并且他们回到自己的国内，就成为他的女子的孩子，我曾经听见过黑太子的故事，他一踏进我们的国内，魔鬼就会附在他的身上，使他成为一个黑的怪物，但是在他自己国里，在上帝替他造成的地方，他是一个好人，这个永远是如此的，如其我走到英国去，违背上帝的意思，要去征服英国，要去学习他们的语言，魔鬼就会附在我的身上，等到我老了的时候，一想到这样的罪恶，都会要使我战栗的。

鲁白特　或者，但是你越是魔鬼，你就越能够打仗，就是这个缘故，所以英国人会打破奥利安士而你决不能阻止他们，就是有一万个像你这样的人。

贞德　有一千个像我这样的人，就可以阻止他们，有十个像我这样的人，只要有上帝的帮助，也可以阻止他们，(她不能再安稳坐下，不能忍耐的样子立起身来，走到他面前说)你还没有了解，先生，我们的兵士为什么始终打败，因为他们的打仗，单是要保全生命，而保全生命的最简捷方法，就是逃避，我们的武士，单是注意于掳人的赎金，在他们并不是杀人或被杀问题，而是付钱或收钱的问题，但是我可以教导他们认真打仗，使上帝的意志，在法国境内可以实现，到那个时候，他们就会将可怜的英国军队，像羊羔一样的驱逐出去，你同颇利还可以活着看见这样的日子，法国境内不能有英国的一兵一卒，而且只有一个皇帝，不是封建式的英国皇帝，而为上帝的法国皇帝。

鲁白特　这些也许都是废话，颇利，但是军队或者可以听得进去，虽然无论我们怎样说法，总是不能够激动他们，就是太子也许可以听得进去，要是她能使他生出一点勇气，其余的人是不成问题的。

颇能杰　我以为试一下子，决不会有什么害处，你说是吗？并且这个女孩子好像是有点道理的。

鲁白特　（回头向贞德说）现在你听我说，并且（严厉的说）不要在我有思想的时间以前，打断我的说话。

贞德　（很快的重复坐下，像一个服从的学生）是的，先生。

鲁白特　给你的命令是，你应当在这位先生和他的三个朋友保护之下，到启隆去。

贞德　（大乐拍掌）哦，先生！你的头上都是灵光照耀，同神圣一样了。

颇能杰　她怎样能够到太子的御前呢？

鲁白特　（他正抬起头来，想要寻觅他的光圈）这个我不知道，她怎么能够到我的面前来呢？如其太子能够拒绝见她，他的为人，就比我心中所想象的更其高明一点，（立起）我只有把她送到启隆去，她可以说是我教她去的，以后的事情，无论怎样，我是再无力过问了。

贞德　还有衣服呢？我可否穿兵士的衣服，我可以吗，先生？

鲁白特　随便你高兴穿什么衣服，我是再不与闻。

贞德　（她的成功，使她异常兴奋）来吧，颇利。（她奔出）

鲁白特　（与颇能杰握手）再见吧，老友，我做了一个很大的冒险事情，在别人决不肯这样做的，但是，像你的说法，这个孩子好像是有点道理的。

颇利杰　是的，她是好像有点道理，再会。（他走出）

（鲁白特依然疑惑不知他自己是否被一个疯狂的女子，并且地位在他之下的所愚弄，用手搔头慢慢从门口走回，管事提篮奔进。）

管事　主人，主人——

鲁白特　又有什么事情？

管事　母鸡都像发狂一样的生蛋，这里是五打鸡蛋！

鲁白特　（激烈的震悚，双手合成十字，战栗的说）天上的耶稣啊！（大声但是气急的）她真是上帝遣来的。

〔幕落〕

第二幕

〔图内的启隆地方，行宫中御座室之一端，用帷帐隔成前间，大主教，一个丰满的政客式的教士，除掉他的庄严态度以外，丝毫不觉得有什么道貌，和御前大臣确理莫意，一个粗鲁暴烈的武人，正在等候太子，墙上有门，在两人的左边，时为 1429 年 3 月 8 日的午后，大主教极庄严的立着，同时御前大臣在他的左边，极端暴怒的呼叱。

确理莫意 太子真不晓得是什么意思，使我们这样的等候？我不知道你怎样能够如此忍耐，像石像一样的立在那里？

大主教 你看，我是大主教，大主教是一种地偶像，至少他应当学着不声不响的忍受一班愚人，并且，我亲爱的御前大臣，太子是有特权叫你等候的，可不是吗？

确理莫意 让太子到地狱去！阁下超升，你知道他已经欠了我多少钱吗？

大主教 一定比他欠我的多得不少，是毫无疑义的，因为你比我有钱得多，不过我想他欠你的，就是你有力最能够借给他的数目，他欠我的总是这样。

确理莫意　27 000，这是他最后的挪移，一个可惊的 27 000！

大主教　这些钱都到哪里去了？他从来没有一套衣服，我还可以赏给一个穷教士穿的。

确理莫意　他吃的也只有一只子鸡，一点羊肉，他把我所有的钱一起借去，可又从不看见他使用出来，（一个给事小孩在门边出现）居然来了！

给事　不，大人，这不是陛下，来的是雷依斯先生。

确理莫意　年轻的须胡子，你为什么替他通报？

给事　纳海尔太尉同他一起，我想是有什么事情发生。

（格尔 · 第 · 雷依斯上，一个 25 岁的青年，非常漂亮，自尊，将剃光颊上的小卷须，特意游戏的染成蓝色，他决心做出一种周到的态度，但是因为缺乏快乐的天性，实际上并不使人感觉愉快，11 年以后，他同教会反对，被人告发故意残虐行为，判决绞死，但是现在却毫不见有凶死的表相，他很高兴的向大教主走来，给事退下。）

蓝须　你的忠实的羔羊，大主教，早安，大人，你知道纳海尔有什么事情吗？

确理莫意　他咒骂得他自己发昏了，或者。

蓝须　不，恰恰相反，恶口的佛朗克，在图内地方，唯一的在咒骂上可以与他比赛的人，遇见一个兵士向他说道，在将死的时候，不可以再讲这样说话。

大主教　在别的时候也不可以，但是恶口的佛朗克是不是将死呢？

蓝须　是的，他将才跌在井内淹死，纳海尔吓得灵魂都出窍了。

（纳海尔大尉上，一个武人，毫无官庭礼貌，全身都带着军营的色彩。）

蓝须 我正在告诉御前大臣和大主教，大主教说，你是一个无救的人了。

纳海尔 （很快的从蓝须面前走过，站住在大主教和确理莫意的中间）这不是玩笑的事情，这个比我们所想的更坏一点，他遇见的不是一个兵士，是一个天使穿着兵士的衣服。

大主教御前大臣，蓝须 （同时惊呼）一个天使！

纳海尔 是的，一个天使，她同了半打的人，经过香旁义地方，那里是什么都有的，白根地人，英国人，逃兵，强盗，还有别的什么，只有上帝知道，可是他们除了乡下人以外，一个人也没有遇见，我认得他们同来的一个人，叫颇利杰，他对我说，她是一个天使，我要是再说一句咒骂的话，让我的灵魂永远打入地狱去吧。

大主教 一个非常虔诚的发端，大尉。

（蓝须及确理莫意向他嘲笑。给事回转。）

给事 陛下驾到。

（各人立正，行宫庭的敬礼，太子年26岁，自从他父亲死后，实际上已经是法皇查尔斯七世，不过尚未加冕，手执信笺，从帷幔中走出，他是一个像貌猥琐的人，而当时的习惯，男女均需将头发剃光，头上再戴假发，使得他更其难看，他有一双细狭的眼睛，相距极近，一个长的下垂的鼻子，挂在厚而且短的上唇前面，好像一个常常被人脚踢的小狗，而且始终不肯驯服，不容遏制，但是他并非粗俗，亦不愚蠢，并且他有一种狡猾的幽默，使他在谈话的时候，能够占住自己的地步，现在他正是兴奋，像小孩得到一个新的玩具，他走到大主教的左边，蓝须及纳海尔向帷贴紧方向退下。）

查尔斯　哦，大主教，你知道鲁白特·波的吕考从服苛奈尔送来给我的是什么吗？

大主教　（轻蔑的态度）我对于最新的玩具，是毫不感觉趣味的。

查尔斯　（发怒）又不是一个玩具。（微愠的）但是我并不需要你感觉趣味。

大主教　陛下又在那里无端的动怒了。

查尔斯　谢谢你，你总是动辄一顿教训，可不是吗？

确理莫意　（粗率的）抱怨够了。你手里的是什么东西？

查尔斯　这个同你有什么关系呢？

确理莫斯　这是我的职务，应当知道，你同服苛奈尔军营中有什么来往。（他从太子手中夺取信笺，开始诵读，但是觉得困难，他用手指着，一字一字的念下去）

查尔斯　（生气）你们大家都以为可以任意的对付我，因为我欠你们的钱，而且我不能够打仗，可是我的血管当中是有帝王的血液的。

大主教　连这一点都已经发生问题，殿下，人家在你身上很不容易看出聪明的查尔斯的孙子。

查尔斯　再不要提起我的祖父了，他把我们家中五代的聪明完全用尽，使得我成为这样一个呆子，被你们大家欺负、侮辱。

大主教　自己节制一点，主上，这样轻易的暴怒，是失仪的。

查尔斯　又是一顿教训！谢谢你，但是可惜，你虽然是大主教，神圣和天使，却不来会你！

大主教　你这话是什么意思？

查尔斯　嘎！你问那个蛮牛看。（指着确理莫意）

确理莫意　（大怒）不许胡说，你听见吗？

查尔斯 哦，我听见了，你用不着这样狂喊，行宫里面，都可以完全听见，你为什么不去向英国人狂喊一下，替我把他们打退呢？

确理莫意 （举起他的拳头）你这个年轻的——

查尔斯 （奔到大主教的背后）你不要向我动手，这是叛逆行为。

纳海尔 慎重点，公爵，慎重点！

大主教 （坚决的）好了，好了！这样是不行的，我的御前大臣，请求你！我们必须保持一点秩序。（向太子说）还有你，主上，如其不能统治你的国家，至少你应当设法统治你自己。

查尔斯 又是一顿教训！谢谢你。

确理莫意 （将信笺交与大主教）来吧，替我念一下这个讨厌的东西，他把我的血都引到头脑里来了，我再也不清楚这字母。

查尔斯 （走回转来，从确理莫意的左肩后面向前望着）我来替你念吧，要是你愿意，你知道，我是会念的。

确理莫意 （极端轻蔑的，对于他的讥刺，丝毫不觉得的样子）是的，你的本事，不过就会得念念，你看得明白吗，大主教？

大主教 我以为波的吕考应当还要有常识一点，他把一个疯狂的乡下女孩子送到这里来——

查尔斯 （打断他的说话）不，他送来的是一个神圣，一位天使，而且她是来会我的，我，皇帝，不是来会你的，大主教，你虽然是神圣的，如其你们都不知道帝王的血液，她是知道的。（他大踏步走到蓝须及纳海尔的中间）

大主教 你不能够接见这个疯狂的女人。

查尔斯 （回转头来）但是我是皇帝，我一定要见她。

确理莫意 （粗暴的说）那么就不许她见你，看你怎样！

查尔斯　我同你说，我一定要见她，我要把我的脚放下来——

蓝须　（向他笑着）顽皮！你的聪明的祖父，不晓得怎样说呢？

查尔斯　这个就证明你的愚昧，蓝胡子，我的祖父有一个神圣，她常常飞在空中，在她祷告的时候，告诉他一切他所要知道的事情，我的可怜的父亲，也有两个神圣，梅丽·第梅依尔，和阿未龙的卡司克，这是我们的家传，我不管你们怎样说法，我一定也要我的神圣。

大主教　这个东西，并不是一个神圣，她甚至于并不是一个正当的女人，她不穿女人的衣服，她穿得像一个军人，并且同许多军人骑马同来，你想这样一个人物，可以让她到你殿下的宫庭里来吗？

纳海尔　慢点，（走到大主教的旁边）你说这个女子是穿了盔甲，像一个军人吗？

大主教　波的吕考的信上，说她是这样的。

纳海尔　地狱中一切的魔鬼呀——哦！上帝原恕我吧，我在说什么呢？——我们的圣母及一切神灵呀，这一定就是那一个天使，她因为咒骂的原故，把恶口的佛朗克治死的。

查尔斯　（胜利的样子）你们看！一个灵异！

纳海尔　如其我们和她反对，她也许会把我们一齐治死，大主教，你的举动真要当心一点才好。

大主教　（严厉的）胡说！谁也没有被人治死，一个酗酒的恶人因为咒骂的缘故，曾经几百遍被人斥责过的，落在井里淹死，这不过是一种偶然凑合的事情。

纳海尔　我不知道什么是偶然凑合，我只晓得这个人是已经死了，还有她对他说过，他是就要死的。

大主教 我们都是就要死的，大尉。

纳海尔 （双手合成十字）我希望不至于吧。（他退出这个谈话）

蓝须 我们可以很容易知道，她究竟是不是一个天使，等她来的时候，让我们假装我是太子，看她是不是认得出来。

查尔斯 好的，我赞成这个办法，她要是认不出真正的皇帝，我就不愿意再和她有什么交涉。

大主教 神圣是要教会创造的，波吕的考应当知道他自己的地位，不应当篡夺教士的职务，我说这个女子是不能接见的。

蓝须 但是，大主教——

大主教 （严肃的说）我是代表教会说话，（向太子说）你敢说一定要接见她吗？

查尔斯 （吓住，但是微愠的说）哦，要是你把这个当作一件驱逐出教的事情，当然，我是再没有什么可说，不过你还没有看见来信的最后几句，波的吕考说，她要们解救奥利安士的围困，并且打退英国人。

确理莫意 瞎说！

查尔斯 那么，你既是这样凶狠，你可以替我们救出奥利安士吗？

确理莫意 （暴怒）再不要拿这个话来当面钝我，你听见吗？我打过仗的次数，比你过去的或未来的总要更多一点，不过我不能够同时照顾各处。

查尔斯 不错，这还是一句说话。

蓝须 （走到查尔斯和大主教的中间）你现在有杰克邓鲁意统率奥利安士的军队，勇敢的邓鲁意，相貌堂堂的邓鲁意，惊人的百战百胜的邓鲁意，一班妇女所崇拜的，漂亮的庶子，他所不能够做到的，难到一个乡下的女孩子倒可以做得到吗？

查尔斯 那么，他为什么不解救这个围困呢？

纳海尔 因为风向同他反对。

蓝须 风向怎么能够在奥利安士妨害他呢？这又不是在海峡中间。

纳海尔 这是因为在卢尔河上，英国人守住桥口，如其他要抄袭他们的后路，必须将他自己的人马，向上游渡过河去，但是他不能够，因为风始终是反对方向吹来，他屡次用金钱聘请教士，祈祷一点西风，总是无效，他所需要的是一种灵异，你同我说，这个女子对于佛朗克的事情，并不是什么灵异，没有关系，但是佛朗克却从此完结，如其他替邓鲁意转换过风向来，尽可以也不是什么灵异，但是英国人也许从此完结，我们何妨试一试的？

大主教 （已经看过信上的最后一节，换一种考虑的态度）这倒是实在，波的吕考好像是非常为她所动。

纳海尔 波的吕考是一个蛮牛，但是他是一个军人，如其他以为她能够打败英国人，其他军队当中，一定也都是这样想的。

确理莫意 （向正在迟疑的大主教说）让他们去闹吧，邓鲁意的人，恐怕就要放弃这个城市，无论他自己怎样，要是没有人来重新激励他们一下。

大主教 对于这个女子的办法，教会必须将她考查以后，方可决定，不过既是殿下这样主张，就让她来进见吧。

纳海尔 我去寻着她同她说吧。（他走下）

查尔斯 同我来吧，蓝须子，让我们这样预备好，使她不知道我是什么人，你装作是我的样子。（他从帷幔中走出）

蓝须 装作是这个东西！天呀！（他跟着太子退下）

确理莫意 我不知道她会不会认得出他来！

大主教 当然她会认出来的。

确理莫意 为什么？她怎样能够知道呢？

大主教 她一定知道，在启隆地方人人所知道的，就是太子在宫庭当中，是相貌最劣，衣服最坏的人，而蓝须的是格尔第·雷依斯。

确理莫意 这个我倒从来没有想到。

大主教 你是没有同我一样见惯灵异的事情，这个是我职业当中的一部分。

确理莫意 （诧异，并且觉得有一点被人侮弄的样子）但是这样就完全不能算什么灵异了。

大主教 （沉静地说）为什么不是呢？

确理莫意 那么，你说，什么是灵异呢？

大主教 朋友，灵异就是一种造成信仰的事情，这个就是灵异的目的及性质，在看见他们的人，好像是非常的奇怪，而做出他们的人，可以是非常的简单，这个并没有什么关系，只要他们能够坚定或创造信仰，就是真的灵异。

确理莫意 你的意思以为他们就是一种诈术也没有关系吗？

大主教 诈术是欺骗的，一个创造信仰的事情，并不欺骗，所以不是一种诈术，而是一个灵异。

确理莫意 （惶惑的样子搔着头颈）当然，我想你是一个大主教，你的话总是对的，在我始终觉得有点怀疑，不过我既不是教士，当然不能了解这种事情。

大主教 你不是教士，可是一个政治家和一个军人，你能够教我们的市民缴纳战税，我们的兵士牺牲性命吗，要是他们知道事情的实在，不是同他们所想象的一样？

确理莫意　不能，天晓得，立刻就会闹出大乱子来。

大主教　要告诉他们实在的情形，可不是非常容易的吗？

确理莫意　无论如何，他们是决不肯相信的。

大主教　一点不错，所以教会治理人民，以有益于他们的灵魂为目的，和你们统治人民，以有益于他们的身体为目的一样，为达到此目的起见，教会也必须用一种与你们相同的方法，拿幻想来培育他们的信仰。

确理莫意　幻想！我以为这不过是骗术。

大主教　那你就错误了，朋友，譬如不是谎言，因为他们叙述的事情，是从来不会发生的，灵异不是诈术，因他们常常是——我不说永远是——非常简单而且纯洁的方法，宗教家用以防护人类的信仰的，这个女子在廷臣中间认出太子来的时候，对于我并不是一种灵异，因为我会知道，这是怎样做的，我的信仰并不因此增加，但是在其余的人，如其他们感觉一种超自然的力量，在一瞬间忘却渺小的自身，而悚然于上帝的光荣，这个就是一个灵异，而且是一个神圣的灵异，并且你会看见，这个女子自己，较之他人，尤觉被其感动，她竟会完全忘记，她是怎样把他认出来的，你自己或者也会这样。

确理莫意　啊唷，我真愿意自己有这样的聪明，能够知道，你到底有几分是上帝的大主教，还有几分是图内地方最狡猾的狐狸，来吧，不然我们就要错过这个有趣的事情了，我要想见识一下，无论是灵异不是灵异。

大主教 （阻住他一歇）你不要以为我是一个欢喜权诈的人，现在人类中间有一种新的精神发生，我们恰巧遇见未来时代的曙光，我要是一个简单的教士，没有治理人类的义务，我宁可随着亚理士多德和裴德哥拉在哲学上去求精神的安慰，而不愿和神圣同他们的灵异有什么交涉了。

确理莫意 裴德哥拉是什么人？

大主教 一个哲人，他认定地是圆形，而且环绕太阳转动的。

确理莫意 怎样的一个呆子！他不能够拿眼睛看吗？

（他们从帷幔中走出，帷幔立刻拉开，现出接见室的全部，廷臣已经齐集，右侧有两个御座，置于台上，蓝须在台上立着，装作皇帝的样子，而且也同别的廷臣一样，对于这个游戏，颇觉有趣，御座后面，有一个挂着帷幔的穹门，前门则在室的另一方面，有武装卫士守着，门内两旁，廷臣环立，留出中间一条道路，查尔斯杂在他们当中，他的立处，正在室的中央，纳海尔立在他的右面，在他左面的大主教，立近御座，确理莫意则立在御座另一旁边，确理莫意公爵夫人，装作皇后的样子，坐在皇后座上，一群的侍从女官环绕，正在大主教的后面，廷臣任意谈话，发生很大的喧嚷，故无人注意给事正从门口进来。）

给事 文登姆公爵——（无人听见）文登姆公爵——（大家仍旧继续讲话，他动怒，从最近的卫士手中取过画戟，在地上敲着，喧声立时停止，大家均沉默的向他望住）注意！（他将画戟交还卫士）文登姆公爵带领贞德女郎觐见陛下。

查尔斯 （将手指搁在他的唇上）嘘！（他藏到最近廷臣的背后，偷眼看外边的情形）

蓝须 （尊严的说）领她到御前来。

（贞德穿着军服，头发剪短，很厚的披在头上，由一个怕羞而不开口的贵族领着，她迅速和他离开，自己立定，注意找寻太子的所在。）

公爵夫人 （向最近的侍从女官说）呵唷！她的头发！

（全体女官同时发出一种不能制止的狂笑。）

蓝须 （免强敛住笑容，并摇手制止她们的欢声）嘘！嘘！贵女们！贵女们！

贞德 （从容不迫的说）因为我是一个军人，所以剪成这个样子，太子在哪里呢？

（在她走向御座来的时候，廷臣中间发出一种嗤嗤的笑声。）

蓝须 （谦逊的说）你现在是在太子的面前了。

（贞德向他凝视一歇，再从上至下，详细辨认，大众寂然无声，向她望着，宫扇放下来到她面前。）

贞德 唔，蓝须子！你不能够欺骗我的，太子在哪里？

（大众发出一种狂笑，蓝须自认失败，加入笑声，并且从台上跳下，立在确理莫意的旁边，贞德也露出笑容，回转头来，在廷臣当中寻觅，一瞬间她疾趋向前，拉住查尔斯的手臂出来。）

贞德 （放手后她向查尔斯略一行礼）亲爱的太子，我是来替你把英国人驱出奥利安士，逐出法国，在雷依姆教堂替你加冕，所有法国的皇帝，都是在那里加冕的。

查尔斯 （得意的样子，向大众说）你看，你们大家都看，她认得出真正的皇帝，谁还敢说，我不是我父亲的儿子，（向贞德说）不过如其你要我在雷依姆加冕，你应当向大主教商议，不应当向我说，他就在那里。（他正立在她的后面）

贞德 （很快的回转身来，感情激越的样子）哦，大人，（她双膝跪在他的面前，低下头去，不敢仰起来的样子说）大人，我不过是一个可怜的乡下女子，你是充满上帝自己的光荣和神圣的，但是你可以将贵手抚摩我一下，替我祝福吗？

蓝须 （低声向确理莫意说）这个老狐狸也面孔红了。

确理莫意 又是一个灵异！

大主教 （被她感动，将手放在她的头上）孩子，你是和宗教发生恋爱了。

贞德 （吃惊，抬头向他望着）是吗？我倒从来没有想着，这个可有什害处吗？

大主教 这个并没有什么害处，我的孩子，不过可是有危险的。

贞德 （起立，一种勇敢的快乐的光辉，照耀在她的脸上）无论哪里都是有危险的，除非是在天上，哈，大人，你给我这样的力量，这样的勇气，做一个大主教一定是非常神奇的。

（廷臣大家微笑，并且略有嗤嗤的笑声。）

大主教 （正色的说）诸君，这位女郎的信仰，正可以敬戒你们的轻佻，上帝的临鉴，我固然是不值得崇敬，但是你们的嘲笑，是非常罪过的。

（大家敛住笑容，寂然无声。）

蓝须 大人，我们是在笑她，并非笑你。

大主教 什么？不是笑我的不配崇敬，倒是笑她的信仰！格尔·第·雷依斯，这位女郎已经预言，凡是谩渎神明的人，是要在他的业报上淹死的。

贞德 （窘迫的样子）不！

大主教 （用手势阻止她说话）我现在预言，你因为你的罪业，是要被绞死的，如其你不学习什么时候欢笑，什么时候祈祷。

蓝须 大人，我领受训责，对不住，我再也不能有什么说了，不过如其你预言我是要被绞死的，我就是永远不能抵抗外来的诱惑，因为我就会永远对我的自己说，无论我是一只老羊，或是一只羔羊，总是一样要绞死的。

（大家听见这个说话，觉得可笑，又发出微笑的声音。）

贞德 （微怒的说）你真是一个妄人，蓝胡子，你竟敢这样无礼的回答大主教吗。

纳海尔 （大笑）说得真对，女郎！说得真对。

贞德 （不耐烦的样子对大主教说）哦，大人，你可以把这班呆子都支使开去，让我同太子单独讲话吗？

纳海尔 （高兴的样子）我是很知趣的。（他立正行礼，回转来，退下）

大主教 来吧，诸君，这位女郎，是带着上帝的使命，必须要服从的。

（廷臣全体退下，有些从穹门，有些从反对方向走出，大主教向门口走去，确理莫意公爵夫人，紧随在他的后面，他走过贞德身边的时候，她跪下，虔诚的用口吻他的袍角，公爵夫人摇头表示反对，将袍子提起，走出，贞德还跪在地下，正阻住公爵夫人的去路。）

公爵夫人 （冷冷的说）你可以让我过去吗，请求你？

贞德 （很快地立起，后退）对不住，夫人。这是当然的。

（公爵夫人走过，贞德望着他的后形，低声对太子说。）

贞德 这就是皇后吗？

查尔斯 不，她自己以为她是的。

贞德 （再回头向公爵夫人望住）哦……哦……哦！（她看见这个富丽的装束，非常惊异，但不是完全赞美的态度）

确理莫意 （非常暴戾的样子）我请求殿下不要讥笑我的夫人。（他走

出，别人均已完全出去）

贞德 （向太子说）这个粗鲁狂暴的东西，是什么人？

查尔斯 他就是确理莫意公爵。

贞德 他是做什么的？

查尔斯 他名义上是统率全国陆军，无论什么时候，我要有一个喜欢的朋友，他就把他杀死。

贞德 你为什么让他这样呢？

查尔斯 （突然走到室内御座的一面，以避去她的吸力范围）我怎样能够阻止他呢？他欺负我，他们都欺负我。

贞德 怕他们吗？

查尔斯 是的，我怕他们，关于这点，你责备我也是无用的。他们都是一些莽汉，他们的甲胄，我嫌太重，他们的刀剑，我没有力量拿得起来，还有他们的狂呼，他们的暴怒，他们喜欢打仗，在没有打仗的时候，他们就做出种种愚蠢的事情，但是我是安静的，聪明的，我不愿意杀人，我只愿意照我自己喜欢的样子消遣时光，而不受别人的干涉，我从来没有想做皇帝，这个是硬推到我身上来的，所以你若是要想说，圣鲁意士的子孙啊，快带上你先人的宝剑，领导我们去战胜吧，你还不如留着这一点气力，去吹冷你的麦粥，因为我是决做不到的，我天生不是一个这样的人，一点没有法子。

贞德 （坚决并且巧妙的说）我们在起初也都是这样的，我会来给你一点勇气。

查尔斯 可是我并不要你给我什么勇气，我愿意安安逸逸的睡在床上，不要时时刻刻有被杀或受伤的恐怖，你去把勇气给与别人，让他们周身都是胆力，可是不要来干涉我吧。

贞德　这是没有用的，查理，你必须做上帝给你的职务，你若是不能使你自己成为一个皇帝，你就只好做一个乞儿，你还有别的什么可以做呢？来吧！让我看见你坐在御座上面，我已经想看了很久了。

查尔斯　坐在御座上面又有什么益处，若是一切的号令，都是由别人出的？然而（他坐上御座，一个很难看的样子）这就是你要看的皇帝，你详细认认这个可怜的小鬼吧。

贞德　你现在还不是皇帝，孩子，你还不过是一个太子，你不要轻信左右的说话，外面装饰很好的人，肚里都是空的，我知道人民，这些真正的人民，替你工作，供给你的面包的，我同你说，在没有在雷依姆教堂正式举行加冕典礼以前，他们是决不肯承认无论何人为法国皇帝的，你应当还要一点新的衣服，查理，为什么皇后不照应当的样子替你料理呢？

查尔斯　我们是太穷了，所有多余的钱，她都要拿去装饰她自己的身上，并且我也很愿意看见她穿得漂亮，而对于我自己穿点什么，毫不注意，因为无论怎样我总是难看的。

贞德　这也是一点你的好处，查理，不过还不算是帝王的好处。

查尔斯　我们将来可以晓得，我并不是像外表这样的一个呆子，我的眼睛是睁开的，并且我可以同你说，一个好的条约，胜过十次的战胜，这些武夫，他们在战争上所得着的，在条约上都是完全失去，只要我们能够订立一个条约，英国人定会失败，因为他们在思想上面，是不如他们战斗的力量。

贞德　如其英国人战胜，条约就要由他们订定，那可只有望上帝帮助法国了。你必须上战场去，查理，无论你是不是愿意，我第一步要先把你鼓励起来，我们必须用双手来握住我们的勇气，不但如此，并且用双手来祈祷这个勇气。

查尔斯 （走下御座，再向室内的另一端走去，以避免她的逼迫）再不要提起上帝同祈祷，我最不愿意这种常常祈祷的人，在应当的时候祈祷一下，不是已经够坏的吗？

贞德 （怜悯的样子）你这个可怜孩子，你生平还不会祈祷，过来，我必须从起头教你呢。

查尔斯 我不是一个孩子，我是已经成年，而且是一个父亲，用不着什么人再来教我。

贞德 不错，你有一个小的儿子，将来你去世之后，他就是鲁意第十一，你难道不替他奋斗吗？

查尔斯 不，一个可恶的孩子，他讨厌我，他讨厌一切的人，自私自利的小东西，我最不耐烦管孩子的事情，我并不要做一个父亲，更不要做一个儿子，尤其是一个圣鲁意士的儿子，我不要做一个很好的人，像你们大家头脑当中所装满的一样，我只要像我现在的样子，你为什么不去当心你自己的事情，让我来当心我自己的？

贞德 （又变作轻蔑的态度）当心你自己的事情，就同当心你自己的身体一样，是一个最容易使你自己生病的法子，什么是我的事情？在家里帮助母亲，什么是你的事情？弄狗吃糖，我说不过就是这点，我同你说，我们现在所要做的，是上帝的事情，并非是我们自己的，我有一个上帝给你的命令，就是你在听见的时候，要骇得心惊胆裂，你也是必须要听的。

查尔斯 我不要什么命令，可是你能够告诉我什么秘密吗？你能够治病吗？你能够将苍铅变成黄金，或是像这一类的事情吗？我能够在雷依姆教堂当中，把你变成一个皇帝，而且这是一个灵异，好像是很不容易做到的。

查尔斯　如其我们到雷依姆去，举行加冕典礼，安妮又要做一套新的衣服，我们现在没有这个力量，我还是就像现在这样好了。

贞德　像你现在这样？这是什么样子？还不如我父亲的最苦的牧童，你在不会圣化以前，是不能成为你自己的土地法兰西的合法主人的。

查尔斯　不过无论如何，我总是不能成为我自己土地的合法主人，圣化可以替我还清债务吗？我已经把我自己最后一寸的土地，抵押给大主教和那个蛮牛，连蓝胡子我都欠了他的钱了。

贞德　（热烈的说）查理，我是从地方上来的，在地方的工作，给我力量，我同你说，这个地方是属于你的，你应当正当的统治，保持上帝的秩序，不应当把他抵押在当铺里面，像酗酒的妇人，押掉她儿女的衣服一样，我从上帝那里来，要叫你跪在教堂当中，庄严的将你的国土，永远交付给他，做他的执事，他的代表，他的军士，他的仆人，成为世界上最大的帝王，你要做一个可怜的犹太人，背叛我和派遣我来的上帝吗？

查尔斯　（居然被她说动）哦只要是我敢！

贞德　我会敢，敢，而且再三地敢，上帝在上，你是赞助我，还是反对我的？

查尔斯　（激动）我要来试一下，我预先同你说，我是不能够支持下去的，但是我要来试一下，你看着吧，（奔向前面门口，高呼）哈罗，回来吧，你们大家，（他回到对面弯门的下面，向贞德说）你要当心帮助，不要让他们欺侮我呢，（从弯门内呼唤）来吧，你们，全体的廷臣们，（他坐上御座，各人很快地回到原来的位置，纷纷的议论，惊疑）现在我是套在头上了，但是不去管他，来吧！（向给事说）还不叫他们静默吗，你这个小东西？

给事　（像以前一样取过画戟，在地上再三敲着）皇帝叫你们静默，皇帝在说话了，（坚决的说）那边可以不要开口吗？（全体寂然无声）

查尔斯　（立起）我将统率军队的全权，付托这位女郎，她可以任意的便宜行事，（他从台上退下）。

（大众一齐吃惊，纳海尔大乐，拿铁手套拍他的甲裳。）

确理莫意　（回转身来向查尔斯做一种恐吓的态度）这是什么话？军队是我统率的。

（查尔斯正在自然退缩的时候，贞德的一只手搁在他的肩上，他忽然异常兴奋，变成一种暴戾的样子，一掌打在确理莫意的脸上。）

贞德　已经回答你了，粗鲁狂妄的老东西，（知道她的时机已经来到，突然拔出剑来）谁是赞助上帝和他的女郎？谁是同我到奥利安士去的？

纳海尔　（极端的感动同时也拔出剑来）赞助上帝和他的女郎！到奥利安士去！

全体武士　（均热烈的随着他的榜样）到奥利安士去！

（贞德乐极，跪下祷谢上帝，全体一齐跪下，只有大主教和确理莫意除外，大主教举手替她祝福，确理莫意晕倒，咒骂。）

〔幕落〕

第三幕

〔1429年3月29日，邓鲁意，年26岁，正在卢尔河南岸的一片地上，往来行走，他可以远望河上的两面，他的长枪插在地上，枪头挂着小旗，正被强烈的东风吹动，他的带着弯曲徽帜的盾牌，搁在旁边，手中拿着指挥棍，他有极坚实的身体，披着重铠，不觉困顿，阔的眉心，长的下颔，使他的面貌成为一个正三角形，他已经是久经战阵，饱历艰辛，显然一个坦白而练达的人材，丝毫没有矫饰，没有幻想，他的给事正坐在地上，两臂搁在膝头，两手托住下颔，无聊的样子望着水面，时间正在黄昏，他们两人，均觉得卢尔河上晚景的可爱。

邓鲁意 （立定一下，望着迎风的小旗，欢息摇头后重复行走）西风，西风，西风，你这娼女，要你轻狂的时候，你却稳重，要你稳重的时候你偏轻狂，西风飘荡的尔河边，这应当叫什么韵呢？（他再望着小旗，用拳头向他作势）转过来，可恶的东风，转过来，英国妓女样的风姨，转过来，从西方来，从西方来，我同你说，（他咆哮一歇以后，很沉默的走去，但是少停重复开口）西风，轻狂的风，顽劣的风，像女人一样的风，海岸对面的恶风，你永远再不吹过来吗？

给事 （忽然立起）你看！那边！她从那里来了！

邓鲁意 （从幻想中惊醒，热心的）哪里？什么东西？是那女郎吗？

给事 不是，一个翠鸟，像蓝光一闪的样子，她飞到树丛里去了。

邓鲁意 （非常失望）不过是这个吗？你这个可恶的小东西，我真要想把你丢到河里去了。

给事 （知道他的脾气，并不害怕）真是非常的好看，这个闪烁的蓝光，看呀，那边又来一个！

邓鲁意 （热心地跑到河岸的边上）哪里？哪里？

给事 （用手指着）正在芦苇那边买着。

邓鲁意 （很高兴的样子）我看见了。（两人同时望住着这个翠鸟，直到她停下为止）

给事 昨天你因为来不及看见她们，还骂我呢。

邓鲁意 你晓得你叫起来的时候，我正在盼望那个女郎，下次我要给你一点事情，让你叫一下呢。

给事 她们不是很可爱吗？我愿意能够捉住她们。

邓鲁意 要让我看你捕捉她们，我一定会把你在铁笼里关一个月，让你也尝尝笼里的味道，你这个可恶的孩子。

给事 （笑着，同以前一样地坐下。）

邓鲁意 （走着）翠鸟，翠鸟，因为我是你的朋友，你快替我转过这个风迅，不对，这是不合韵的，他，为你犯罪的人，这样是好一点，可是又没有意义，（他看见他自己正走到给事的身边）你这个可恶的孩子，（他又背着他走去）头戴蓝巾的梅丽，和翠鸟一样颜色的，你肯赐给我一点西风吗？

西面一个哨兵的声音　停住，你是什么人？

贞德的声音　我就是女郎。

邓鲁意　让她过去，来吧，女郎！到我这里来！

（贞德穿着漂亮的盔甲，非常愤怒的样子走上，风势忽然减退，小旗无力的挂在枪头上面，但是邓鲁意现在正注意贞德，不会看出。）

贞德　（粗率的）你是奥利安士庶子吗？

邓鲁意　（冷酷严厉的样子，指着他的盾牌）你看那个弯曲的符号，你就是贞德女郎吗？

贞德　自然是的。

邓鲁意　你的队伍在哪里呢？

贞德　还在好多里路的后面，他们欺骗了我，把我领到河的这一边来了。

邓鲁意　我叫他们这样做的。

贞德　你为什么这样？英国人是在河的那边！

邓鲁意　河的两岸都有英国人。

贞德　但是奥利安士是在对岸，我们必须在那边攻击英国人，我们怎样能够过河呢？

邓鲁意　（狞厉的态度）那边有一座桥。

贞德　天呀！那么让我们就过桥去攻打他们。

邓鲁意　好像极简单，但是不可能的。

贞德　哪个这样说？

邓鲁意　我这样说，并且比我更老练的更聪明的头脑，也都是这样的意见。

贞德　那么你们的老练和聪明的头脑，都是呆的，他们已经愚弄了你，现在又来愚弄我，把我领到河的这一边来，你晓得我带来给你的帮助，是胜过无论何人或地方可以派遣来的吗？

邓鲁意 （忍耐的微笑）你自己的？

贞德 不，是上帝的匡助和启示，哪一条路是到桥上去的？

邓鲁意 你是一刻都不能忍耐，女郎。

贞德 现在还是忍耐的时候吗？敌人已经打到我们的门口，我们却站在这里袖手坐视，哦，你为什么不去打呢？听我说吧，我要来除去你的恐惧，我——

邓鲁意 （大笑，用手止住她的说话）不，不，我的孩子，你要是去掉我的恐惧，我就成了一个很好的小说上的武士，可是一个很坏的军队的长官了，来吧，我来把你造成一个军人，（他把她领到河边）你看见桥这头的两个炮台吗？两个大的？

贞德 看见，这是我们的还是英国人的？

邓鲁意 不要响，听我说吧，我要是在无论哪一个炮台当中，只要有十人人，就可以守住他抗拒一个军队，现在英国人守住这两个炮台抗拒我们的，不只十个人的十倍。

贞德 他们不能守住这些炮台来抗拒上帝，并没有给他们炮台下面的地土，他们是窃取来的，上帝给我们这个地土，我定要把这两个炮台夺回来。

邓鲁意 单独去吗？

贞德 我们的人会去夺取，我会来领导他们。

邓鲁意 没有人肯随你上去的。

贞德 我可以不回转来看，是不是有人跟我上来。

邓鲁意 （看出她的勇敢，很高兴的拍着她的肩头）不错，你真是有一点军人的天才，你是和战争发生恋爱了。

贞德 （吃惊）哦！可是大主教说过，我是和宗教恋爱呢。

邓鲁意 上帝原恕我，我自己也有一点和战争恋爱，这个丑恶的魔鬼，我好像一个男人娶了两个妻子，你愿意像一个有两个丈夫的女人吗？

贞德 （老实的样子）我永远不要嫁什么丈夫，在度尔曾经有一个人告我悔婚，但是我并没有和他订什么婚约，我是一个军人，我不愿意人家把我当作妇女，我也不要穿女人的衣服，我不欢喜一般女人所欢喜的事情，她们梦想情人，梦想金钱，我梦想冲锋陷阵，梦想开放大炮，你们的兵士不知道大炮是怎样的用法，你们以为拿很大的声音和烟气，就可以战胜敌人。

邓鲁意 （耸肩）的确，多数的时候，炮队的阻碍，胜过他们的价值。

贞德 唉，孩子，你不能拿马队来攻打石城，你一定要用炮，并且要用更大更大的炮。

邓鲁意 （觉得她亲昵态度的可笑，也学着她的音调）唉，孩子，但是好的胆气，粗的梯子，也可以攻下最坚固的石城。

贞德 等我们到炮台下面的时候，我要第一个走上梯去，你敢跟着看我来吗？

邓鲁意 你不可以和一个参谋的军官赌赛，贞德，只有带领队伍的军官，才可以表示自己个人的勇敢，并且，你必须知道，我欢迎你是当你一个神圣，不是当你一个兵士，我的部下，尽有不少的死士，要是我能够用着他们。

贞德 我不是一个死士，我是一个上帝的使者，我的剑是神圣的，我是从圣加德林礼拜堂的神坛后面得来，是上帝替我藏在那里，教我不可以轻易用他的，我周身都是勇敢，不是愤怒，我来领导你的兵士会跟着我来，这点就是我所能够做的，可是我一定要做，你决不能来阻住我。

邓鲁意　这都要等到相当时候，我们的人不能从桥上过去，攻取这些炮台，他们必须从河上过去，在这边抄袭英国人的后路。

贞德　（她的军事的知识使她承认）那么快做成木筏，把大炮放在上面，让你的军队渡过河去，与我们的取得联络。

邓鲁意　木筏早已备齐，并且队伍也早已上船，可是还要等候上帝。

贞德　你这是什么意思？上帝是正在等候你们。

邓鲁意　那么让他给我们一点西风，我的船是在下游，他们不能抵抗逆风逆水，向上行驶，我们必须等候上帝改换风的方向，来吧，让我领你到礼拜堂去。

贞德　不，我是最爱礼拜堂的，但是祷告不能却退英兵，他们除掉硬战死打，别的是不晓得的，在打退英国人以前，我是不愿意到礼拜堂去。

邓鲁意　你必须要去，在那里我有要你做的事情。

贞德　什么事情？

邓鲁意　去祈祷一点西风，我已经祈祷过，并且捐助过一对银的烛台，可是没有效力，你的祈祷，或者能够有效，因为你是年青而且纯洁的。

贞德　是的，你说得不错，让我来祷告，我要告诉圣加德林，她会叫上帝给我们一阵西风，快点，领我到礼拜堂去。

给事　（强烈的喷嚏）阿嚏！

贞德　上帝保佑你，孩子，来吧，庶子。

（他们走下，给事立起跟随，他拾起盾牌，正要来拿长枪的时候，看见小旗，现在是向东方飘着。）

给事 （丢下盾牌，在后面向他们狂呼）先生！先生！小姐！

邓鲁意 （跑回）什么事情？翠鸟吗？（热心的向河边望着）

贞德 （加入他们）哦，一个翠鸟吗？在什么地方？

给事 不，是风，这个风，这个风，（指着小旗）就是他使得我打喷嚏的。

邓鲁意 （望着小旗）风向已经转变过来，（双手合成十字）上帝已经晓得了，（跪下，将指挥棍交给贞德）你来统率皇帝的军队，我是你的部下。

给事 （望着河的下游）船只都已经离岸，他们非常顺利的向上流进行了。

邓鲁意 （立起）现在到炮台去中，你赌过要我随着你，你敢领导吗？

贞德 （眼泪盈盈的双臂拥抱邓鲁意，吻他的两颊）邓鲁意，亲爱的伙伴，助我一下，我的眼睛已经被眼泪遮住了，你把我的脚放在梯上，并且说"上去吧，贞德。"

邓鲁意 （拖她出去）不要管什么眼泪，去看大炮的火光去。

贞德 （忽然回复她的勇敢）嘎！

邓鲁意 （拖着她同下）赞助上帝和圣戴尼丝！

给事 （狂呼）女郎！女郎！上帝和女郎，万——岁！（他匆匆的拾起盾牌和长枪，欣喜欲狂的样子，随着他们退下）

〔幕落〕

第四幕

〔英国兵营里一个帐幕，一个强项的英国牧师，年 50 岁，坐在桌边凳上，忙着写字，在桌的对面，坐着一个威严的贵族，年 46 岁，正在翻阅一本时行的书籍，贵族是悠然自得，牧师却蕴着满腔的怒气，在贵族的左边，有一个空着的皮凳，桌子在他的右边。

贵族 这个就是我所称工作的艺术，世界上没有比一本好书更可爱的，漂亮的黑字，很整齐的嵌在美丽的框子里面，中间更插入许多图画，但是现在的人不肯看书，倒把他读起来，你所写的或者也是这一类的书吧。

教士 我必须要说，爵爷，你对于我们的事情太冷淡了，真是太冷淡了。

贵族 （骄傲的）有什么事情吗？

教士 事情是，爵爷，我们英国人已经被人家打败了。

贵族 你要知道，只有在历史或诗歌上面，敌人总是永远战败的。

教士 但是我们已经屡次战败，最初，奥利安士——

贵族 哦，奥利安士——

教士　我知道你要说什么，爵爷，这个显然是魔道和邪术的作用，但是以后我们又屡次战败，嘉谷，穆墟，波境赛，完全和奥利安士一样，并且现在我们又在柏泰大败，约翰，塔尔布宝星被他们擒获，（他把钢笔丢去，好像要哭出来的样子）我真感觉，爵爷，我真非常的感觉，我不忍看见我们同国的人被几个外国人战败。

贵族　哦！你也是一个英国人吗？

教士　当然不是，爵爷，我是一个上流社会的人，不过，和你爵爷一样我也是在英国生长的，这个当然使我觉得不同。

贵族　你是附属于土地的，咦？

教士　你阁下高兴拿我来开一下玩笑，你的地位，使你可以这样做去，毫无妨碍的，但是你很知道我并不是真附属土地，像一个农奴一样，不过我有这样一种感觉，（逐渐激烈起来）我是不怕人家笑话的，并且，（粗暴的立起来）皇天在上，要是事情一竟是这样下去，我也要把我的道袍丢给魔鬼，自己武装起来，亲手去同魔女拼一下了。

贵族　（很快活的望他笑着）你可以这样，牧师，你可以这样，要是我们再没有好点的办法，不过还没有到这个时候，还没有完全到这个时候。

（教士念念的样子重复坐下。）

贵族　（坦然的态度）我并不十分注意这个魔女——你看，我是曾经参谒过圣地的，上天的力量，为他们自己的信誉起见，万不能让我被一个乡下的魔女打败——但是这个邓鲁意庶子，可有点不容易对付，因为他也到过圣地，在这一点上，我们两个人的地位是一样的。

教士 他不过是一个法国人罢了，爵爷。

贵族 一个法国人！你在哪里学来的这种语调，难道这些白根地人，白卢通人，皮加得人，和加斯康人，现在都叫他们自己做法国人，同我们的人一样，叫他们自己做英国人吗？他们真的把法国和英国当作他们国家，他们的，你要注意！要是这样的思想流行起来，我和你还有什么地位呢？

教士 为什么，爵爷？这个怎样会妨害我们？

贵族 一个人不能事两个主人，如其这个忠于国家的口头禅，一把他们迷住，封建贵族的权力，从此完结，教会的权力，也从此完结，这就是我和你都一齐完结了。

教士 我希望我是一个教会的忠仆，并且虽然我和司徒孔勃的亲属关系，已隔六代，这个就是一个理由，我应当束手坐视，英国人被一个法国的庶子同魔女打败吗？

贵族 放心，朋友，放心，一到那个时候，我们自然会烧死魔女，打败庶子，老实说，我现在就在等着布魏主教，要和他商议焚烧的办法，他是被她的党羽，从他的教区逐出来的。

教士 你还要先把她捉住，爵爷。

贵族 或是把她买来，我愿意出一个帝王的赏格。

教士 一个帝王的赏格！去买这个东西！

贵族 一个人应当留点余地，查尔斯的部下，曾把她卖给白根地人，白根地人再把她卖给我们，中间或须经过三四次的转手，他们都要得一点小小的扣头。

教士 岂有此理，这都是这些万恶的犹太人，他们在每次银钱进出的时候，都要插手，要是我有权力，决不让一个犹太人生存在耶稣教的国内。

贵族 为什么不呢？犹太人多数是划一不二，他使你们出钱，可是他有货物交出，在我的经验上，要想不费一钱而得点好处的人，总归是耶稣教的信徒。

（一个给事进来。）

给事 布魏大主教阁下，高穹先生。

（高穹年约60岁，走进，给事退下，两个英国人立起。）

贵族 （行虔诚的敬礼）亲爱的主教，我感谢你贵临！让我来介绍我自己，李却尔第布康姆培·瓦尔吕克伯爵。

高穹 你阁下的大名，是我早已久仰的。

瓦尔吕克 这位牧师是约翰·司徒孔勃先生。

教士 （流利的）约翰·巴燕·斯赛尔·纳威尔·第·司徒孔勃，主教阁下，神道学士，温克司特大主教阁下的掌印官。

瓦尔吕克 （向高穹说）我听说，你们称他为英国的大主教，我们皇帝的长亲。

高穹 约翰·司徒孔勃先生，我同他阁下一向是非常要好的朋友。（他对教士伸出手来，后都吻他的约指）

瓦尔吕克 请坐下吧。（他把他的坐椅让出，拿来放在桌子的一头）

（高穹略一点头，在这首座上坐下，瓦尔吕克顺手取过皮凳，坐在他原来的地方，教主退回他的原位。）

（瓦尔吕克虽然特意的将首座让给主教，自己退居第二，在谈话上他却毫不迟疑的首先的发言，他依然是谦逊和坦荡的态度，但是在他说话当中，有一种新的音调，表示他是在开始谈正事了。）

瓦尔吕克 主教阁下你看见我们正在不幸的时候，查尔斯就要在雷依姆加冕，实际上是完全由那个罗伦的少女主持的，并且——我不愿意骗你，或者增加你无用的希望——我们是再不能阻止，我想这个事情会使查尔斯的地位，有很大的变化。

高穹 毫无疑义的，这就是那个女郎最巧妙之举动。

教士 （又愤激起来）我们不是公平的战败的，从来没有英国人是公平的战败的。

（高穹略一张目，立刻又恢复沉静的态度。）

瓦尔吕克 我们这位朋友，认为这个青年女子是一个魔女，我假定你阁下的义务，是应当在审讯的时候，宣告她这个罪名，把她烧死。

高穹 如其她是在我的教区内捉获，当然这样。

瓦尔吕克 （觉得他们两人的意见非常接近）一点不错，现在我想她是一个魔女的话，是不会有十分疑义的。

教士 毫无疑义，一个万恶的魔女。

瓦尔吕克 （很委婉的斥责他的多嘴）我们是在问主教的意见，约翰先生。

高穹 我们所应当考虑的，不是单单这里几个人的意见，而为一个法国法庭的意见，——或者偏见，如其你愿意说。

瓦尔吕克 （改正他的话）一个天主教的法庭，主教阁下。

高穹 天主教的法庭，也同其他的法庭一样，无论他们的职务或使命，是如何神圣，总是由普通的人类集合而成，要是这些人都是法国人，像现在通行的说法，我恐怕就是这一点事实，一个英国军队被法国人打败，决不能使相他们相信这里面有点魔术吧。

教士 怎样！连有名的约翰·塔尔布宝星，都被一个罗伦的村女打败，并且成为俘虏，还不能使他们相信！

高穹　约翰·塔尔布宝星，我们大家知道，是一个猛烈可怕的军人，先生，但是我们还没有知道他是一个有能耐的大将，并且虽然你高兴说，他是为这个女子把打败的，我们当中，也有人愿意将这个功劳，分一部分归邓鲁意。

教士　（轻蔑的态度）那个奥利安士庶子！

高穹　让我来提起你——

瓦尔吕克　（打断他的说话）我知道你要说什么话，主教，你是要说，我在蒙泰格斯也曾经被邓鲁意打败。

高穹　（鞠躬）在这一点上，我就可以证明邓鲁意先生真正是一个极有能耐的大将。

瓦尔吕克　你阁下真是非常的客气，在我们的一面，我也承认塔尔布不过是一员战将，他在柏泰被俘，大约也是咎由自取的。

教士　（发怒）主教阁下，在奥利安士，这个女子被英兵一剑射中喉管，因为痛的缘故，她哭得像一个小孩子一样，这是一个致命的伤害，但是她依然整天苦战，并且我们的兵士像真正英国人的样子，几次把她打退的时候，她手执白旗，一个人单身走上我们的炮台，我们的兵士都双手瘫痪，不能射击，不能攻打，同时法国人反攻上来，把他们驱到桥上，并且立刻火焰爆发，把桥焚断，他们都跌落河中，大半淹死，难道这也是你们庶子的将略吗？或者，这个火不是地狱的烈焰，用魔力引出来的吗？

瓦尔吕克　请你原恕约翰先生的激烈，主教阁下，但是他已经说明我们的立场，我承认邓鲁意是一个大将，但是他在这个魔女未来以前，为什么一点不能有所作为呢？

高穹　我并不说在她的一面，是全然没有超自然的力量，可是那个白旗上的名字，并不是撒丹和毕尔迟勃勃，而为我们救主和圣母的神号，并且你们那个淹死的官长——克那迟达，我想你们叫做——

瓦尔吕克　格那司待尔威廉姆，格那司待尔宝星。

高穹　格那司待尔谢谢你，他并不是一个圣人，我们多数的人，都以为他的淹死，是由于咒骂那个女郎的报应。

瓦尔吕克　（*开始有点怀疑的样子*）呵呀，我们对于这些说话，应当怎样推想呢，主教阁下？你也成了女郎的信徒吗？

高穹　要是这样，伯爵阁下，我应当还要聪明一点，决不会把我自己送到你的手中。

瓦尔吕克　（*忽然抱愧*）哦！哦！主教阁下！

高穹　如其魔鬼是要利用这个女子，——并且我相信他是这样的——

瓦尔吕克　（*又放心的样子*）嗳！你听，约翰先生，我知道他阁下决不会误我们的事的，原恕我的插嘴，请说下去。

高穹　如其这样，魔鬼有更远大的眼光，胜过你们所估量他的。

瓦尔吕克　真的吗？在什么上面呢？你听，约翰先生——

高穹　如其魔鬼要陷害一个乡下女子，你想这样一件容易的事情，也要费掉他半打的胜仗吗？不，我的爵爷，随便一个奸猾的小鬼，也有这点能力，如其这个女子是可以陷害的，地狱的魔王，决不肯自贬身份，来做这样无聊的事情，他攻击的时候，他要攻击统治全部精神界的天主教会，他陷害的时候，他要陷害全体人类的灵魂，教会对于这个可怕的计划，始终注意严防，我看这个女子也就是这种计划的一个工具，她是受了灵感，不过是受了魔力的灵感的。

教士 我已经同你说过，她是一个魔女。

高穹 （坚决的）她不是一个魔女，她是一个邪教。

教士 这有什么区别呢？

高穹 你，一个教士，会来问我这个！你们英国人的心理，真是异常愚钝，凡是你们多称为魔术的事情，都是可以有一种自然的解释的，这个女人的灵异，并不会加在兔子的身上，她自己并不称他们为灵异，她的战胜，不过证明她比你们的咒骂的格那司待尔和疯牛一样的塔尔布，有一人较好的头脑，以及信仰的勇气，虽然是一个虚伪的信仰，胜于愤怒的勇气，此外还有什么呢？

教士 （几乎不相信他自己的耳朵）难道你阁下将约翰塔尔布宝星，三任爱尔兰的总督，比作一个疯牛吗？

瓦尔吕克 在你当然觉得好像不应当这样比方的，因为你和一个男爵，还隔开六代的关系，但是我是一个伯爵，塔尔布不过是一个宝星，我可以胆大的承认这个比方，（向主教说）主教阁下，关于魔术这一层的话，我全然取消，不过无论如礼何，我们必须烧死这个女人。

高穹 我不能够把她烧死，教会不能取人的生命，我第一的义务是要尽力把这个女子救出。

瓦尔吕克 这是毫无疑义的，不过有时候你们也把人烧死。

高穹 不，教会摒弃一个顽强的邪教徒，像从生命的树上截去一个枯槁枝干的时候，就将他交与俗世的权力，他们认为应当怎么的处置，教会绝不过问。

瓦尔吕克　一点不错，在这个场合，我就是俗世的权力，主教阁下，把你的枯槁枝干交与我，可以预备好火把等她，你如其可以负教会方面的责任，我也可以负俗世方面的责任。

高穹　（满腔的怒说）我不能答应你什么事情，你们大贵族们，太喜欢把教会当作一种政治上的便利。

瓦尔吕克　（微笑而且乞和的样子）在英国不是这样的，我可以保证。

高穹　在英国比随便什么地方更甚，不，我的爵爷，这个村女的灵魂，在上帝面前，是和我们或你们皇帝的灵魂有同等的价值的，而且我第一个的义务，是要把她救出，我不能答应你阁下朝我微笑，好像我再三申述的，都是无意义的空话，并且我们两个人中间好像有一种谅解，我是必须把她牺牲的，我不是一个政客式的主教，我对于我的信仰，同你对于你的名誉一样，并且如其这个受过洗礼的女子，还有一线生路可以自救，我一定要引她向这条路上去的。

教士　（大怒的立起）你是一个叛逆。

高穹　（跳起来）你胡说，教士，（气得发抖的样子）如其你胆敢做这个女人所做的事情——把你的国家，放在神圣的天主教会之上，你应当同她一起烧死。

教士　主教阁下，我——我说得过分了，我——（他表示一种屈服的态度，自己坐下）

瓦尔吕克　（忧虑的样子立起来）主教阁下，关于约翰·司徒孔勃先生的话，我来替你道歉，这个名词，在英国的意义与在法国不同，在贵国的语言当中，叛逆就是奸人，一个不忠的、阴奸的、背信无义的人，在我们国内，这个不过指一个人不肯完全替英国尽力的。

高穹 我非常抱歉，我没有了解这个意义。（庄严的态度坐下）

瓦尔吕克 （回复他的原位，大为宽心）我自己也应当替你道歉，如其我把烧死这个可怜的女子，想象看得过于轻易一点，一个人屡次看见全部村舍的烧毁，不过是一种行军的常事，他的感觉，不得不变成麻木不仁，要不是如此，他就会成为疯狂，至少我一定会这样的，我可不可以冒昧的假定，你阁下也是这样，常常看见邪教徒的烧死，对于这种寻常认为极可怕的事请，不得不采取一种——我应当说，职业上的看法呢？

高穹 是的，这是一个痛苦的，甚至于，你的说法，一个可怕的义务，但是和邪教的恐怖比较起来，这是丝毫不足措意的，我并不是想念这个女子的身体，这个不过受片刻间的痛苦，并且这个早晚必须死去，那个时候，多少总要有一点痛苦，我所想念的是她的灵魂，这个是可以永远受苦的。

瓦尔吕克 一点不错，让上帝允许救出她的灵魂，但是实际上的问题，好像是怎样才可以救她的灵魂而不要救她的身体，因为我们必须做到这样，主教阁下，如其这个对于女郎的崇拜延长下去，我们的事情是失败了。

教士 （他的声音断断续续，像一个人才哭过的样子）我可以讲话吗，爵爷？

瓦尔吕克 真的，约翰先先，我想你还是不必开口，除非你能够忍住你的性子。

教士 就是这一点，我要请求指教，这个女郎是非常狡猾，表面上做出虔诚的样子，她的祈祷和忏悔，是连续不断的，在她没有毁弃一个教会信女的礼法以前，怎样能够说她是邪教徒呢？

高穹　（大怒）一个教会的信女！教皇自己在他最夸大的时候，也不敢自认这女郎所自认的，她做得好像她自己就是教会，她向查尔斯传达上帝的命令，而教会必须袖手旁观，她要在雷依姆礼拜堂替他加冕，她不是教会！她写信给英皇，由她转达上帝的命令，叫他退回自己的岛上，以免上帝惩罚，这个惩罚是由她执行的，我同你说，写这样的信，就是那个恶魔穆罕默德的老调，她在她所有的说话当中，曾经提起过教会吗？永远没有，始终是上帝和她自己。

瓦尔吕克　你还能够期望她怎样呢？叫化子骑上马背，她的头脑已经昏了。

高穹　谁使得她昏的？就是魔鬼，并且是有很大的目的的，他在世界各处传播这种邪教，那个叫赫司的人，13 年以前在孔士坦斯烧死的，玷污了波罕米亚的全境，一个叫委克立夫的人，他自己是一个牧师，散布这个疫疠于英国，你们居然让他好好的死在床上，这是你们自己应当惭愧的，在我们法国地方，也有这种的人，我知道这个种类，这个是同毒疮一样，要不把他除却，把他割去，把他烧绝，他非使得人类社会的全体，沦于罪恶及腐化，变为荒芜或废墟，是不会停止的，由于这个，一个亚刺伯的驼夫，将耶稣和他的教会，从耶路撒冷逐出，而且像一个猛兽一样，奋力西进，直到法国和地狱之间，仅隔着一重白伦尼斯山岭及上帝的矜怜，然而那个驼夫最初的行为，与这个牧羊女子有什么两样呢？他从加白吕尔天使听得他的声音，她从圣加德林，圣玛利德，及圣米卡尔，听见她的，他宣布他自己是上帝的使者，以上帝的名义写信给全世界的帝王，她写给他们的信，也正在天天送出，现在我们应当祈请救助的，不是救主的圣母，而是贞德女郎，你想随便一个毫无知识的工人或村女，受魔鬼的鼓动，都可以庞然自大，自命为直接受上天的启示，将教会多年的智慧、知识及经验，他的许多学者及贤人的公意，完全弃如敝屣，这个世界还成一个什么样子呢？这个就是流血的，狂暴的，一切毁坏的世界，人人都用自己的双手强取豪夺，到最后只有回复原来的野蛮社会了，因为现在我们还只有穆罕默德和他的信徒，这个女郎和她的信徒，但是等到每一个女人都自命为贞德，每一个男人都自命为穆罕默德的时候，这个世界还成什么样子呢？我想到这个的时候，就觉得心惊胆裂，我已经和他奋斗了一生，我一定要奋斗到底，让这个女人一切的罪业，除掉这个以外，一切都被赦免，因为这个是与救主反对的，如其她不在全世界的眼中化为尘土，而将她每寸的灵魂，都呈献与教会，一定让她烧死，只要她落在我的手中。

瓦尔吕克　（感动）你对于这个有强烈的感觉，是当然的。

高穹　你并不感觉吗？

瓦尔吕克　我是一个军人，不是一个教士，我在参谒圣地的时候，看见一点回教徒的情形，他们并不是这样的恶人，像我以前所想象的，在有许多事情上，他们的行为，只有比我们更好一点。

高穹　（不悦）我早已看出这个来了，许多人到东方去，要想感化异教，却反被异教所同化，回来的十字军人，一半以上成回教信徒，而所有的英国人，都是天生的邪教徒，更其不必说了。

教士　英国人都是邪教徒！（恳求瓦尔吕克）我的爵爷，我们必须忍受这个吗？他阁下是忘记他自己了，怎样一个英国人所信仰的会是邪教？这个在名称上就是互相矛盾的。

高穹 我免去你这个罪名，司徒孔勃先生，因为你是一个不可救药的愚人，你们国内的浓厚的空气，是不能产生神道学者的。

瓦尔吕克 你要是听见我们在宗教上的争执，你决不会这样说法，主教阁下，我很抱歉，你以为我不是一个邪教徒，一定是一个愚人，因为做一个旅行家，我知道穆罕默德的教徒，对于我们的救主是非常尊敬的，并且他们并不鄙薄圣彼得是一个渔人，像你阁下鄙薄穆罕默德是一个驼夫一样，但是至少我们可以进行这个事情，不要各存偏见。

高穹 人家将基督教会的精诚，叫作偏见的时候，我知道应当怎样想了。

瓦尔吕克 这是同一样事情，不过向东或向西的看法！

高穹 （讽刺的口气）不过向东或向西的看法！

瓦尔吕克 哦，我的主教阁下，我不是要和你辩驳，你可以有教会的赞助，但是你也必须要有贵族的赞助，我的心中，这个女郎还有一个更大的罪名，胜过那个你说得这样厉害的，老实说，我并不怕这个女子变成一个穆罕默德，拿一种伟大的邪教，来把教会推翻，我想你对于这个危险，是虑得过分些，但是你曾否注意，在她的信函中，她向欧洲各帝王提议一种计划，和她已经在查尔斯面前所极力主张一样，这个可以毁灭耶教世界的全部社会组织吗？

高穹 毁灭教会，我同你说是这样的。

瓦尔吕克 （他已经到不能忍耐的样子）我的主教，请你把教会从你的头脑当中，暂时抛去一下，记着世界上除精神界的组织以外，还有俗世的组织，我和我们的同人代表封建的贵族，同你代表教会一样，我们是俗世的主治者，现在你不看见这个女子的观念，对我们怎样攻击的吗？

高穹 除掉攻击我们全体，经由教会以外，她的观念怎样会攻击你们呢？

瓦尔吕克 她的观念是皇帝应当将他的国土呈献上帝，然后再以他的代表的名义统治一切。

高穹 （毫不感觉重要）在神学上是很正当的，我的爵爷，不过皇帝决不注意这层，只要他是安然在位，这是一个抽象的观念，一个空言的形式。

瓦尔吕克 决不是的，这是一个极奸狡之方法，用来推翻贵族，而使皇帝成为独裁及专制的君主的，皇帝原来不过是贵族的领袖，现在变为他们的主人，这个我们决不能忍受，我们是决不能叫无论何人做主人的，在名义上我们从皇帝接受我们的土地及位号，是因为人类社会的途径，必须有一种梯级，实际上我们的土地，是握在我们的手中，拿我们自己及我们部属的刀剑来防卫的，现在依照这个女郎的理论，皇帝就要取去我们的土地——我们的土地！——呈献于上帝，上帝再将这些土地完全付托与他。

高穹 难到你还怕这个吗？实际上你们就是帝王的制造人，在英国是约克或兰开斯特，在法国是兰阁期特特或瓦鲁意，他们都是随你们的高兴拥立起来的。

瓦尔吕克 不错，何是只有人民服从他们的封建领袖，而把皇帝当作一种戏场傀儡的时候，属于皇帝的只有大路，而这个是人人所共有的，如其人民的思想和意志，都转过来倾向皇帝，而贵族在他们的眼光当中，不过是皇帝的臣仆，皇帝就可以把我们一个一个的制服，到那个时候，我们除了做他的廷臣以外，还有什么地位呢？

高穹 你还是用不着害怕，我的爵爷，有些人生来是帝王，有些人生来是政治家，这两者是难得合而为一的，皇帝在哪里去寻谋臣策士，来替他计划及执行这样一种政策呢？

瓦尔吕克 （一种不十分友谊的微笑）或者就在教会当中，主教阁下。

（高穹以一种同样的苦笑，耸动他的双肩，并不否认他的说话。）

瓦尔吕克 打倒贵族，教会的领袖就可以为所欲为。

高穹 （缓和一点，消除他争论的音调）我的爵爷，如其我们彼此互相攻击，我们决不会战胜这个女郎，我很知道，在世界上是有一种权力的愿望，在这个愿欲未曾消灭以前，皇帝与教皇之间，公侯与主教之间，贵族与帝王之间，始终是不免于争执的，魔鬼把我们分开，使他可以支配，我看你不是教会的好友，你始终是一个伯爵，和我始终是一个教士一样，但是在一个公共敌人的面前，我们还不能消除我们的意见吗？现在我看出来，在你心中的，不是这个女子从来不曾提起教会，而只有上帝和她自已，乃是她从来不曾提起贵族，而只有皇帝和她自已。

瓦尔吕克 一点不错，她这两个观念，在根底上完全相同，也是极深的，主教阁下，这是个人的灵魂，对于教士或贵族在私人与上帝中间干涉的反抗，如其我必须用一个适当的名称，我应当称它为反抗主义。

高穹 （向他注视）你对于这个非常的了解，我的爵爷，扯破一个英国人的外皮，你就看见一个反抗派。

瓦尔吕克 （和他针锋相对）我想你对于这个女郎的政治邪说，也不是完全不表同情的，我的主教，我让你替它寻一个适当的名词。

高穹 你误解我了，我的爵爷，我对于她政治上的狂妄主张，是没有同情的，但是既做一个牧师，我也晓得一点平民的心理，在这里你可以看见还有一个最为危险的观念，这个我只能够用这样的言辞表示，就是英国人的英国，法国人的法国，意大利人的意大利，西班牙人的西班牙，以及由此类推，这个观念，有时在乡村的民众中间，是这样的褊狭及强烈，几乎使我不能相信，这个乡下女子的观念，会超出本乡村人的乡村以外，但是她居然能够，居然做到，在她恫吓要将英人逐出法国境内的时候，毫无疑义的在她的思想中包含着全部说法国话的境域，她以为说法国话的人民，就是圣经上所称为一个国民的，你若是愿意，可以称她邪说的这一方面为国民主义，我不能替你再寻出一个更好的名称，我只能够同你说，这个实在是反天主教及反基督的信仰的，因为天主教会，只知道一个领域，这个就是基督国家的领域，将这个国家分为许多国民，你就是将基督推翻，将基督推翻，还有谁来做我们头颅及刀剑中间的障蔽呢？这个世界就会消灭于战争循环之下了。

瓦尔吕克 好的，如其你愿意烧死这个反抗派，我也愿意烧死这个国民主义派，虽然在这一点上，我或者不能得到约翰先生的赞成，英国人的英国，在他是很听得进的。

教士 当然，英国人的英国是无须说得，这是极简单的自然定律，但是这个女人，否认她合法的占领，上帝付托与她，因为她是特别适宜于统治这种比较未开化的民族，而代谋他们的福利的，我不能了解你们二位所说的反抗派及国民主义派的意义，你们的学识太博，思想太深，非像我这样一个可怜的书生所能推测，但是从明显的常识上面，我知道这个女人是一个叛逆，并且我觉得这就很够了，她穿男人的衣服，身临战场，就是反叛自然，她篡夺帝皇的神圣职权，就是反叛教会，她与撒丹及他的恶魔勾结，抵抗我们的军队，就是反叛上帝，并且所有这些反叛，都不过是她最大的对于英国反叛的借口，这个是万不能忍受的，让她消灭，让她烧死，让她不能传染全体的群众，一个女人为多数人民牺牲，是极应当的。

瓦尔吕克 （起立）主教阁下，我们好像是彼此一致了。

高穹 （同时立起，但是表示反对他的说话）我不能陷溺我的灵魂，我必须主张教会的公道，我要尽我最后的力量，救出这个女人。

瓦尔吕克 我对于这个可怜的女人，也是非常抱歉，我痛恨这种残虐的事情，要是能够，我也是愿意赦免她的。

教士 （痛恨的样子）我愿意亲手把她烧死。

高穹 （替他祝福）你这个可怜的愚人！

〔幕落〕

第五幕

〔雷依姆礼拜堂内的回廊，与圣衣室的门口相近，柱上立着一个十字架，加冕仪式已毕，人民从礼拜堂中散出，风琴正在奏曲，贞德跪在十字架前祷告，她穿得极其华丽，但是依然男装，邓鲁意也穿着华美的衣服，他走进的时候，风琴停止。

邓鲁意 来吧！贞德，你已经祈祷得很够了，方才那样哭过一陈，再留在这里，你一定就会伤风的，一切都已经完毕，室内空虚，街上人满，他们都在狂呼女郎，我们已轻告诉他们，你还一个人在这里祷告，但是他们还要再看见你一下。

贞德 不要，让皇帝独占一切的光荣吧。

邓鲁意 他只有把事情弄坏，可怜的人，不，贞德，你已经替他加冕，你应当把这个事情做完。

（贞德不愿意的样子，摇头。）

邓鲁意 （把她拖起）来来！这个在一两点钟当中就会完的，比在奥利安士的桥上总好一点！

贞德　亲爱的邓鲁意，我怎样的愿意我们还在奥利安士的桥上！我们在那个桥上真是活着的。

邓鲁意　是的，不错，而且也是死掉的，有些我们的人。

贞德　这不是很奇怪的吗，杰克？在没有临阵以前，我是这样怯懦，我是说不出来的害怕，但是事情过去！一点没有危险的时候，又是这样的无聊，我这样的无聊！无聊！无聊！

邓鲁意　你必须学习一点战争上的节制，同你吃饭喝水的时候一样，我的小天使。

贞德　亲爱的杰克，我想你欢喜我，像一个军人欢喜他的伙伴一样。

邓鲁意　你需要这个，可怜的上帝的天真烂漫的孩子，你在宫庭中是没有很多的朋友的。

贞德　为什么这些廷臣、武士、教士们都恨我呢？我有什么侵犯了他们？我从来没有请求过什么，只有我的村庄应当免税，因为我们再没有力量，能战胜税的担负，我替他们带来幸运及胜利，在他们茫无办法的时候，我代他们做好我，替查尔斯加冕，使他成为一个真正的皇帝，他所颁给的荣誉，得着的都是他们，这样为什么他们不爱我呢？

邓鲁意　(笑她)好——笨——的——人！你以为这些愚人会来爱你，因为你把他们的底细现出来吗？狂妄的老军阀们，会爱一个成功的青年领袖，把他们排挤掉了的吗？野心的政客们，会爱一个新进，占据他们上面的位置的吗？大主教们会欢喜被别人，哪怕是一个圣神，从自己的神坛上面，把他们推开去吗？怎样，就是我自己也会要妒忌你，如其我是有相当的野心的。

贞德　你是在这里当中挑选出来的，你是我在贵族里面唯一的好友，我敢说你的母亲，一定是乡村的女子，我等到夺回了巴黎的时候，也要回到乡下去了。

邓鲁意 我不能这样确信，他们会让你去夺取巴黎。

贞德 （吃惊）什么？

邓鲁意 要是他们都赞助这个事情，我自己早已把巴黎夺回来了，我想他们有些人，宁可让你被巴黎夺去，所以你要当心一点

贞德 杰克，我觉得这个世界是太坏了。要不单是因为我的声音，我早已就完全失望，因为这个缘故，所以加冕完毕以后，我就一个人就避到这里来祷告的，我要告诉你一点事情，杰克，就是在这个钟声中间，我听见我的声音的，不是在今天，他们一齐响起来的时候，这个除掉嘈杂，一点没有什么。但是在这里角上，钟声从天上慢慢下来，余音不断，或是在荒野中间，他们经过乡村的寂静，远远来道，我的声音，就在他们当中，（礼拜堂的钟，正报一刻）你听！（她好像入梦的样子）你听见吗！“上帝的——亲爱的——孩子”同你方才所说的一样，在半点钟的时候，他们就会说“奋——勇——前——进”在三刻钟的时候，他们就会说“我——来——助——你”但是只有在一点的时候，大钟先说“上帝——救助——法——兰——西”然后圣玛利德圣加德林，有时连神圣的米切尔都会说一点什么事情，我不能够预先知道的，那个时候哦，那个时候——

邓鲁意 （亲切的，但是不同情的样子，打断她的说话）那个时候，贞德，我们就可以在钟声里面，听见我们所想象的随便什么事情，你谈起你的声音来的时候，就使我觉得不安，我真要会以为你有点疯病，要不是你对于所做的事情，都给我一种极明白的理由，

虽然我听见你向别人说，你不过是遵从圣加德林夫人的。

贞德 （生气的样子）这是因为你不相信我的声音，我只好替你寻出一点理由，但是总是先有声音，我以后才寻出理由来的，随便你去相信哪一个吧。

邓鲁意 你动气了吗？贞德？

贞德 是的（她微笑）不，不是对你生气，我愿意你是一个乡下的婴儿。

邓鲁意 为什么呢？

贞德 我就可以抱你一下。

邓鲁意 你无论怎样，到底有一点是个女人。

贞德 不，一点没有，我是一个军人，决不是别的，军人总喜欢抱一下孩子，要是他们有机会的时候。

邓鲁意 这倒是真的。（他笑）

（查尔斯左边蓝须，右边纳海尔，从圣衣室里走出，他在那里才脱去他的礼服，贞德缩到柱后，邓鲁意留下，立在查尔斯与纳海尔的中间。）

邓鲁意 你陛下现在是已经圣化的皇帝了，你觉得这个怎样呢？

查尔斯 我决不愿意再来这样一次，去做一个太阳和月球的皇帝，这些礼服真重！他们把皇冠压在我头上的时候，我以为我自己就要跌倒了，还有那个有名的神油，他们这样常常说起的，是腥臭的，咦！大主教一定是压得要死了。他的道袍，至少有一吨重，他们现在还在圣衣室里替他脱去呢。

邓鲁意 （冷淡的）你陛下还应当常常穿穿盔甲，这个可以使得你习惯沉重的装束。

查尔斯 是的，这个老调！我不要穿盔甲，打仗不是我的事情，女郎在哪里去了?

贞德　(走到查尔斯及蓝须的中间，跪下)主上，我已经把你做成皇帝，我的工作完毕，我要回到父亲的田庄里去了。

查尔斯　(吃惊，但是快慰的样子)你真的吗?这倒是很好的。

(贞德起立，非常地失望。)

查尔斯　(毫不觉得的接着说)一个健康的生活，你知道。

邓鲁意　但是一个很寂寞的。

查尔斯　那些乡下的女人们，会鼓起你的兴致来，你离开她们这样长久以后。

纳海尔　你会忘不了打仗，这是一个坏的习惯，但是一个伟大，而且你最不容易破除的。

查尔斯　(惶虑的样子)虽然，如其你真愿意回家，我们决不肯强留你的。

贞德　(恨极)我知道我回去的时候，你们没有一个人可惜我的。(她转过背来向着查尔斯，走过他的面前，来到比较同情的邓鲁意及纳海尔的近旁)

纳海尔　这样，我高兴的时候，我就可以随便咒骂了，但是我有时候也要挂念你的。

贞德　纳海尔，不管你一切的罪孽和咒骂，我们总会在天上相见的，我爱你同爱皮佗一样，我从前看羊的猎犬，皮佗会咬死豺狼，你也要咬死英国的豺狼，把他们都赶回自己的国内变成上帝的好狗为止，你可以吗?

纳海尔　我要是和你一起是可以的。

贞德　不，我是自始至终，只有一年的气候的。

大家齐声　什么?

贞德 我好像是有点晓得的。

邓鲁意 瞎说!

贞德 杰克，你想你能够把他们驱逐出去吗?

邓鲁意 （十分自信的样子）是的，我一定会把他们驱逐出去，以前他们战胜，是因为我们把战争当做比武及赎金的市场，我们做这种愚蠢事情的时候，英国人是在认真作战，但是现在我已经受过教训，也采用他们的方法，我以前曾经打败过他们，以后当然会再把他们打败。

贞德 你可以不要虐待他们吗，杰克?

邓鲁意 宽大的处置，决不能制服英国人，我们从来没有这样做过。

贞德 （突然的说）在我回家以前，让我们先夺取巴黎。

查尔斯 （大惊）哦，不不，我们会把我们所得到的都一起失掉，哦，让我们不要再战，我们可以同白根地公爵，订立一个很好的合约。

贞德 合约!（不耐的样子顿足）

查尔斯 为什么不呢?现在我是已经加冕及圣化了，哦，那个圣油!

（大主教从圣衣室走出，加入他们一起，立在查尔斯与兰须中间。）

查尔斯 大主教，女郎又要想开始战争了。

查尔斯 难道我们已经停业战争吗?我们已经讲和吗?

查尔斯 不，我想是还没有，但是让我们拿已经成功自己满足，让我们订立一个合约，我们的幸运是太好了，未必能够长久，在他转变以前现在是我们挺值得机会。

贞德 幸运!上帝帮助我们战胜，你倒叫他幸运!并且在英国人还没有完全离开神圣的法国土地以前，就要停止!

大主教 （严厉的态度）女郎，皇帝是在对我说话，并不是对你说，你忘记你自己了，你才是常常忘记你自己的。

贞德 （轻率的样子，）那么说吧，你说告诉他这不是上帝的意思，他应当功亏一篑的。

大主教 如其我不是和你一样，轻易使用上帝的名字，这是因为我是以我神圣的地位及教会的权力，来宣达他的意志的，你初来的时候，你对于教会表示尊崇，从来不敢像现在的样子，随意说话，你戴着道德的面具而来，因为天佑你的事业成就，你就拿骄傲的罪恶，来玷污你自己，古代希腊的悲剧，已经在我们中间发生，这是狂妄的惩罚。

查尔斯 是的，她以为她比无论何人都更明白一点。

贞德 （感觉困苦，但是过于纯质，一点不能看见她所引起的反响）但是我比你们所好像晓得的，是更明白一点，并且我不是骄傲，我从来不肯讲话，除非我知道是不错的。

蓝须 （同时发声）哈哈！

查尔斯 （同时发声）一点不错。

大主教 你怎样知道自己是不错呢？

贞德 我总是知道的，我的声音——

查尔斯 哦，你的声音，你的声音为什么不来告诉我呢？做皇帝的是我，并不是你。

贞德 他们是来告诉你的，但是你不听见他们，你没有在黄昏的时候，坐在田野中间，静听他们，天使在发音的时候，你们茫然不觉，就此完结，但是如其你诚心祷告，并且在钟声响过以后，静听空气当中的余音，你就会同我一样，听见他们，（鲁莽的样子，向他转通背来）并且这还要什么音声来告诉你，一个铁匠也会告诉你的，你应当趁红热的时候一气打成。我同你说，我们必须向香旁义猛进，把他救出，像我们救出奥利安士的样子，巴黎自然开城迎降，如其不然，我们也可以攻打进去，没有首都，你的皇冠有什么价值呢？

纳海尔 我也是这样说法，我们应当洞穿他们，像一个红热的弹子，穿过一镑牛油一样，你说怎样，庶子？

邓鲁意 如其我们的炮弹都热得同你的头脑一样，而且我们有这许多的炮弹，我们就可以征服全球，是毫无可疑的，勇敢和激烈，是战争上很好的奴仆，但是很坏的主人，我们每次信赖他们的时候，都被他们把我们送在英国人的手中，我们从来不知道什么时候会败，这是我们最大的缺点。

贞德 你们从来不知道什么时候会胜，这是一个更坏的缺点，我以后要叫你们在战场上带着镜子，使你们可以相信，自己的鼻子，并没有完全被英国人割去，你同你的参谋先生们，至今还被困在奥利安士，要不是我使得你们攻击，你们永远应当攻击，只要你们能支持一个相当的时间，敌人自会首先停止，你们不知道怎样开始作战，你们不知道怎样使用你们的大炮，但是我知道的。

（她盘脚坐在旗上，不高兴的样子。）

邓鲁意 我知道你以为我们是怎样的，贞德将军。

贞德 不要去管这个，告诉他们，你以为我是怎样的。

邓鲁意 我想从前上帝是在你的一边，因为我没有忘记，你来的时候，风向是怎样的转变，而且我们的心中，是怎样的转变的，并且真实的说，我永远不会否认，我们是在你的旗帜之下战胜，但是，像一个军人，我要告诉你，上帝决不是任何人的每天的苦力，也决不是任何女郎的，你要是值得这样，他有时候会把你从死神的手中救出，使你脚跟立定，但是不过如此而止，脚跟立定以后，你必须拿你的力量和技能，自己奋斗，因为他对于你的敌人也必须公平，不要忘记这层，他在奥利安士已经由你的手中使我们脚跟立定，并且由于这个余荫，我们能够接连几次战胜，来到这里加冕的地方，但是如其我们再要假定下去，完全倚赖上帝，来做我们自己应做的工作，我们一定失败，而且是应该的！

贞德　但是……

邓鲁意　嘘！我还没有说完呢，你们大家不要以为我们这几次的胜利，都完全不是由将略得来的，查尔斯陛下，你在你的告谕当中，毫不提及我在这次战争的一部分功劳，对于这层，我并不向你陈诉，因为民众当然愿意趋奉女郎和她的灵异，而不愿趋奉庶子的艰难工作，替她预备军队，替她筹集粮食的，但是我确实知道，有几分是上帝由这个女郎的手所替我们做的，还有几分是他留下给我，要我拿自己的智力来做的，并且我同你们说，你们的短短的灵异的时光，已经过去。从今以后，战术最好的就会战胜——如其幸运是在他的一面。

贞德　嘎！如其，如其，如其，如其！要是如其和并且，都成了瓶子，罐头，我们再用不着什么响器了，（激烈的立起）我同你说，庶子，你们的战术是无用的，因为你们的武士，在实际的战争上毫无价值，在他们，战争不过是一种游戏，和网球及一切其他的游戏一样，他们订立许多规则，说怎样是公平，怎样是不公平，并且把盔甲堆在他们自己身上，及他们可怜的马上，以御箭锋，他们一跌下来的时候，自己不能立起，必须等候他们的侍从来到，扶起他们，与把他们挑下马背的人，商议取赎，难道你不能够看见，这样一类的事情，是已经过去，完全不能存在的吗？盔甲对于防御炮弹，有什么用处呢？并且如其有用，你想一个替法国及上帝作战的人，肯专是做赎金的交易，像你们的武士一样，一半都倚此为生吗？不，他们一定要战胜，他们走上战场的时候，一定要将自己的生命，从自己的手中，交在上帝的手中，同我一样，普通的民众，知道这个，他们没有力量置备盔甲，没有力量缴纳赎金，但是他们半裸着随我前进，走下城壕，走上云梯，直到城墙上面，在他们这是你的或是我的性命，而上帝总是庇佑正义的！你尽可以摇你的头，杰克，蓝胡子尽可以摸着他的野羊的胡须，向我跷起他的鼻子，但是记着那一天，在奥利安士，你们的武士和军官，都不肯跟我去攻击英国人，他们关起城门来阻我出去。是市民和群众，随我前进，打开城门，而指示你们以认真作战的方法的。

篮须 （见怪的样子）做了贞德教皇，还不满足，你还要同时做凯撒和亚历山大。

大主教 骄傲定有一个失败的，贞德。

贞德 不要管他是不是骄傲，这不是真的吗？这不是常识吗？

纳海尔 这是真的，我们当中一半的人，都害怕把我们漂亮的鼻子碰坏，还有一半的人，都出去筹付他们的抵款，让她贯彻她的主张，邓鲁意，她没有知道一切的事情，但是她握住了棍子的正当的一端，战争是与以前的情形不同，晓得最少的人，常常是做得最好的。

邓鲁意 这些我完全知道，我并不再用从前的方法作战，我在安境哥尔，波意梯尔，及克吕赛已经受过教训，我知道我每次的动作，要费去多少生命，并且如其这个动作，是值得这个代价，我就照这样做去，但是贞德从来不肯计算代价，她奋勇上前，完全信赖上帝，她以为上帝就在她的衣袋里面，现在以前，她这一面有较大的人数，于是她战胜，但是我知道贞德，我看得出，有一天她一定会冒昧上前，只带着十个人，去做一百个人的工作，并且到那个时候，她就会发现，上帝是赞助人多的一方，她就会被敌人擒获，而且那个幸运的捉住她的人，就可以从瓦尔吕克伯爵那里，领得 16 000 镑的赏金。

贞德 （得意的样子）16 000 镑！咦，孩子，他们对我悬了这样大的赏格吗？世界上决没有这样多的金钱。

邓鲁意 有的，在英国，并且现在告诉我，你们各位，贞德被英人捉去的时候，你们哪一个会伸出一个指头来救她吗？我第一个来说，代表军队，一天她被一个英国人或白根地人从马上拖下来之后，那个人是不会突然震死的，一天她被他们幽禁起来之后，牢门上的门闩或铁锁，是不会被圣彼得的天使一指，就自己开放的，一天，他们发现她也是一个可以伤害的人，同我一样，并且是什么不能制服的人之后，她对于我们的价值，就比不上一个普通军人的生命，我也决不肯拿这个生命冒险尝试，虽然我是当一个武装的伴侣爱护她的。

贞德 我并不怪你，杰克，你说得不错，如其上帝让我战败，我就不值得一个军人的生命，但是在上帝由我替她立下这许多功劳以后，法兰西或许以为我是值得我的赎金的。

查尔斯　我先同你说，我是没有钱的，而且这个加冕典礼，这都是你的多事，把我可以借得到的最后一个小钱都用光了。

贞德　教会比你有钱一点，我就信赖教会罢。

大生教　女子，他们会把你从街上拖过，当作一个魔女把你烧死。

贞德　（跑到他的面前）哦，我的大人，不要说这个话，这是决不可能的，我是一个魔女！

大主教　彼得尔·高穹知道他的职务，巴黎大学已经烧死过一个妇人，因为她说你所做的是很好的事情，而且是依照上帝的。

贞德　（惶惑不解的样子）但是为什么呢？这个话有什么意思呢？我所做的事情是依照上帝的，他们决不能因为说句真话，就把一个妇人烧死。

大主教　他们已经这样。

贞德　但是你知道她说的是真话，你不会让他们把我烧死。

大主教　我怎样可以阻止他们呢？

贞德　你可以代表教会说话，你是一个教会的伟大领袖，我无论走到什么地方，都有你的护佑保障我的。

大主教　我没有什么护佑给你，在你是骄傲及倔强的时候。

贞德　哦，你为什么老是讲这样的话，我既不骄傲也不倔强，我是一个可怜的女子，愚蠢得连字母都不能辨别，我怎样能够骄傲呢？并且你怎样可以说我是倔强，我始终服从我的声音，因为我知道他们是从上帝那里来的。

大主教　上帝在地球上声音，就是世间教会的声音，而你所听见的一切的声音，都是你自己的成见的回响

贞德　这不是真的。

大主教　（勃然大怒）你在他的教堂当中，告诉大主教，他是说谎，你还说不是骄傲和倔强呢。

贞德　我从来没有说你是说谎，你倒等于是说，我的声音都是说谎，他们几时说过谎吗？如其你不相信他们，甚至于就假定他们都不过是我自己常识的回响，难到他们不永远都是正确，而你们俗世的意见，都永远是错误的吗？

大主教　（愤愤的说）向你劝导，是枉费时候的。

查尔斯　结果总是回到这一点来，她是对的，别人都是错的。

大主教　拿这个当你最后的警告，如其你以为自己个人的判断，远胜于精神导师的训迪，而因此得祸的时候，教会就要和你断绝，让你陷于无论什么运命，你的狂妄所能引导你的，庶子已经对你说过，如其你坚持自己的军事幻想，远胜于全体军官的意见——。

邓鲁意　说得明确一点，如其你没有在奥利安士时候一样的优势，就要去援救香旁义的戎兵——

大主教　军队就要和你断绝，不肯来援救你，皇帝陛下已经对你说过，皇室是没有钱来赎出你的。

查尔斯　一个钱也没有。

大主教　你是孤立的，是绝对孤立的，信赖你自己的幻想，你自己的愚昧，你自己的顽强，你自己的桀骜，将一切这些罪恶，都藏在一个信赖上帝的面具中间，你走出这个门口，一到阳光当中的时候，群众会来向你欢呼，他们会把他们的孩子，他们的病人带来，请你医治，他们会吻你的手，吻你的脚，做一切他们所能做的事情，可怜的愚人们，使你头脑昏乱，使你因自信而发狂，这就是领你走上毁灭的道路，但是你的孤立并不丝毫减少，他们不能救你，我们，而且只有我们，可以立在你和那个柴堆的中间，在他上面，我们的敌人已经把一个巴黎的可怜的妇人烧死过的。

贞德 （两眼望着天上）我有比你们更好的朋先和更好的忠告。

大主教 我看我是向一个铁石心肠的人说话，一点没有用处，你拒绝我们的保护，决心使我们全体和你反对，所以从今以后，你防御你自己，如其失败，上帝可怜你的灵魂。

邓鲁意 这是真的，贞德，听他吧。

贞德 如其我早听这种的真话，你们大家现在还在什么地方呢？在你们当中，是没有帮助，没有商量的，不错，我在世界上是孤立的，我始终是孤立的，我的父亲，叫我的兄弟们把我淹死，要是我不肯住在家中，替他牧羊，而同时法兰西是正在性命呼吸之间，法兰西可以灭亡，只有我们的小羊是安全的，我想法兰西在她皇帝的宫庭当中，应当还有朋友，可是我看见只有一群豺狼，正在争夺她尸体的碎片，我们上帝在各处地方，应当都有朋友，因为他是人人的朋友，而且在我简单的头脑当中，我相信你们，现在把我逐出的，应当是我防御患难的坚城，我现在是更聪明了，一个人决不能因为聪明反而更坏事的，你们不要以为告诉我是孤立，就可以把我吓倒，法兰西是孤立的，上帝是孤立的，难道我的起孤立，比我的国家和上帝的孤立，还更要紧吗？我现在才知道上帝的孤立，就是他的力量，如其他听信你们妒忌的偏狭的意见，他还成什么呢？所以让我的孤立，也做我的力量，同上帝一起孤立，只有更好一点，他的友谊，决不能使我失望，还有他的启迪，他的仁爱，也是这样的，依赖他的力量，我要猛进，猛进，而且猛进，一直到死为止，现在我要出去，走到平民当中，让他们眼中的爱情，使我宽慰，而洗去你们的厌恶，你们大家都愿意看见我烧死，但是我如其经过火焚而死，这个印象，在他们的心中，一定会永远不灭的，所以，上帝赞助我吧！

（她离开他们！大家向她望着，默然无声，稍停一歇之后，格尔·第·雷依斯摸着他的胡子。）

蓝须 你知道，这个女人是毫无办法的，实际上我并不厌恶她，但是这种样子的性情，你可以把她怎么样呢？

邓鲁意 皇天鉴临在上，如其她跌在卢尔河当中，我一定带着盔甲，就跳下水去救她出来，但是如其她在香旁义有什么愚蠢的动作，被人捉住，我只有听她的命运。

纳海尔 那你还是先把我捆绑起来罢，因为她的精神，像这样兴奋阶时候，我是会跟着她到地狱里去的。

大主教 她使得我的判断力，也发生摇动，她的激烈当中，是有一个危险的力量，但是阱陷已经在她脚下，无论是好是坏，我们决不能教她回来了。

查尔斯 如其她稍微可以安静一点，或是回到家去。

（他们垂头丧气的随她走下。）

〔幕落〕

第六幕

〔卢安地方，1431 年 5 月 30 日，古堡中一间宽大的石室，布置成一个法庭的样子，不是一个寻常的公判法庭，乃是一个主教的法庭，专为审问邪教徒设立的，所以有两个高坐彼此并列，为审问官及主教的座位，从这里有几排座椅，斜向外面，成一锐角形状，为牧师，法学博士，神学博士，及黑衣僧侣的座位，他们系以陪审的资格列席的，锐角中间有一张桌子，几只坐凳，为书记的座位，还有一只粗笨的木凳，为被告的座位，所有这些一切，都在石室的后方，与天井相连，立着两排弓手，法庭上有屏风及帷幕遮蔽风雨。

〔从石室的后面中间望去，审问及书记的座位，是在右边，被告的座位是在左边，左右两面均有穹门，时间是在一个 5 月的晴明的上午。

〔瓦尔吕克从穹门进来，走到审问席的旁边，他的给事随他走上。

给事 （随口的说）我想你爵爷知道，我们是不应当到这里来的，这是一个宗教的法庭，而我们不过是俗世的权力。

瓦尔吕克　我知道这个事情，你这个无礼的东西，可以替我去寻着布魏主教，让他知道，在审问开始以前，他要是愿意，可以到这里来和我讲几话话么？

给事　（走出）是的，主人。

瓦尔吕克　还有你要自己当心一点，不要叫他做虔诚的彼得。

给事　不，主人，我应当和他客气一点，因为，等到那个女郎带进来的时候，虔诚的彼得，就要去捏着一包酸辣的椒末了。

（高穹和一个黑衣僧侣，及一个牧师，从穹门走进，后者拿着一个节略。）

给事　布魏大主教阁下，和两位教士先生。

瓦尔吕克　出去，并且当心着，不要让人家搅扰我们。

给事　是的，主人。（很轻便的退出）

高穹　我祝你阁下早安。

瓦尔吕克　我也祝你阁下早安，我曾经会见过你这二位朋友么？我想没有。

高穹　（介绍在他右边的僧侣）伯爵阁下，这位是约翰·赖马尔特教友，圣诺米尼克宗派的僧侣，他是代表审问长来审问这个法国的邪教的，约翰教友，这位是瓦尔吕克伯爵。

瓦尔吕克　这是我们非常欢迎的，我们在英国不幸没有邪教的审问官，虽然我们非常感觉欠缺，尤其是遇着现在这种事情的时候。

（审问官以忍耐的态度微笑，鞠躬行礼，他是一个和蔼的老绅士，但是显然是有权力及决心的。）

高穹　（介绍在他左边的牧师）这位先生是约翰·戴丝蒂范牧师，巴燕小会堂的教士，他是执行提案人的职务的。

瓦尔吕克 提案人吗？

高穹 在普通法庭上你们称他为检察官。

瓦尔吕克 嘎，检察官，不错，不错，我们真是非常幸会，戴丝蒂范牧师。

（戴丝蒂范鞠躬，他是一个中年以下的人，极有礼貌，但是实际上非常狡猾的）

瓦尔吕克 我可以请教，这个审问，已经达到什么程度吗？自从白根地人在香旁义地方把这个女郎擒获，到现在已经是9个月，自从我费去巨款，把她从白根地人手中买来，以便送到这里来审问。已经是6个月，自从我把她作为邪教的嫌疑犯，送来给你，主教阁下，到现在也已经将近3个月了，我可以冒昧的说，你们各位，对于一个极明白的事件，费了太长久的时候，还没有决定吗？难道这个审问程序，永远没有一个完结吗？

审问官 （微笑）这个还没有开始呢，伯爵阁下。

瓦尔吕克 还没有开始！怎样，你们着手这个案件，已经11个礼拜！

高穹 我们并没有空闲，伯爵阁下，我们已经15次预审这个女郎，6次是公开的，9次是秘密的。

审问官 （永远是忍耐的微笑）你看，伯爵阁下，在这些预审的时候，我只有2次列席，他们不过是主教法庭的预审，并不是神圣法庭的，我现在刚才决定自己加入——这就是说，将神圣法庭的审问，加入主教法庭当中，我起初以为这个完全不是什么邪教的案件，我当它是一个政治的案件，而这个女郎是一个战时的俘虏，但是现在我已经出席2次预审以后，我不得不承认，这个在我的经验当中，好像是一个最严重的邪教案件，所以现在

一切准备完全，今天早晨，我们就要进行这个审问。（他向审问席上走去）

高穹　现在立刻开始，如其你阁下的便利允许我们。

瓦尔吕克　（亲切的样子）很好，这是一个好的消息，诸位先先，我不必向诸位掩饰，我们的忍耐已经是很勉强的了。

高穹　我从这一点上已经看出，你们的兵士，恐吓我们人民，那个赞助女郎的，都要把他淹死。

瓦尔吕克　啊呀！无论如何，他们对于你阁下的意思，总是很友谊的。

高穹　（严正的态度）我希望不至于吧，我是决心要使这个女人，有一个公平的审问，教会的公道，不是一个玩笑的事情，我的爵爷。

审问官　（走回转来）在我的经验上，从来没有一个再公平的审问，我的爵爷，女郎用不着律师来替她辩护，她的问官，都是她极忠实的朋友，热心的要想把她的灵魂从地狱当中救出。

戴丝蒂范　先生，我是提案人，而且这是我极苦痛的义务，控告这个女子，但是相信我，如其不是我知道，已经有许多学问、德行、辩才、及说辞都远胜于我的人，派去和她辩论，向她说明她前途的危险，而且她是可以极容易避免的，我今天就会抛弃这个控告的地位，转过来替她辩护，（忽然做出法庭上雄辩的音调，使高穹及审问官都感觉难受，虽然在这个以前，他们都拿赞成的态度，静听他的说话）有人居然敢说，我们的行动，是出于私怨的，但是我们可以指天自誓，他们都是说谎，我们几时刑讯过她吗？我们不是始终劝告她，恳求她怜悯她自已，像一个迷误的，但是亲爱的孩子，回到她教会的怀抱中来吗？我们不是——

高穹　（冷静的打断他的说话）当心点，牧师，你这些说话，固然都是真的，但是如其你使得他阁下相信这个，我就不能担保你的生命，而且也难于担保我自己的。

瓦尔吕克 （抱歉的样子，但是并不否认他的说话）哦，主教阁下，你把我们可怜的英国人说得太过分了，但是我们的确不像你们一样热心，要想救出这个女郎，实际上我现在可以明白告诉你们，她的烧死，是一个政治上的必要，我虽然抱歉，但是不能挽救的，如其教会把她释放——

高穹 （表示凌历和恫吓的意气）如其教会把她释放，我要看哪一个人，哪怕他是皇帝自己，敢伸出手来动她一下，教会是不受政治的必要支配的，我的爵爷。

审问官 （圆滑的替他们调解）你对于这个结果，是用不着过虑的，伯爵阁下，你在这个事情上，有一个不可抵抗的同盟，比你更其决心，非使她烧死不可的。

瓦尔吕克 谁是这个极利便的党羽，我可以知道吗？

审问官 就是女郎自己，除非你把她的口堵住，决不能阻止她在每次开口的时侯，反复证明她的罪状。

戴丝蒂范 这是完全真的，伯爵阁下，我听见这样年轻的人说出这种谩渎的说话，我满头的头发都会竖立起来。

瓦尔吕克 好的，如其你们确实知道是毫无益处，不妨尽量的替她竭力，（向高穹注视）我很不愿意没有得教会的赞助而自由行动呢。

高穹 （同时表示一种讥刺的赞美和轻蔑）大家还说英国人都假仁假义的，你帮助你的一面，伯爵阁下，竟肯拿你的灵魂冒险尝试，我不能不赞美这种的忠诚，但是为自己决不敢做到这个程度，我是害怕地狱的。

瓦尔吕克　我们如其害怕什么事情，我们决不能统治英国，主教阁下，我可以叫你们的人进来了吗？

高穹　请你阁下暂时退出，让法庭开始进行。

（瓦尔吕克回转身来，从天井内走出，高穹坐上一个审问席，戴丝蒂范坐在书记桌边，研究他的节略。）

高穹　（坐定的时候，随便说）这些英国贵族，都是怎样的昏蛋！

审问官　（坐上高穹左边的审问席）一切俗世的权力都会使人成为昏蛋，他们没有受过工作的训练，而且他们没有教会的传贤制度，我们自己的贵族，也是一样坏的。

（主教的陪审人们，迅速进人室内，为首的系司徒孔勃及考塞乃斯，后者系一个30岁的牧师，书记全体就席，仅有戴丝蒂范对面的坐椅空着，陪审人一部分坐下，一部分立着闲谈，等候正式开审，司徒孔勃表示烦闷及固执的态度，不肯坐下，考塞乃斯也不肯就坐，立在他的旁边。）

高穹　早安，司徒孔勃先生，（向审问官说）英国大主教的小会堂牧师。

教士　（改正他的话）温却司特大主教，主教阁下，我还要提一个抗议，主教阁下。

高穹　你的抗议是很多的。

教士　我不是没有赞助人的，主教阁下，这里是考塞乃斯先生，巴黎中央礼拜堂的牧师，他也加入我的抗义。

高穹　可是，为什么事情呢？

教士　（含怒）你说吧，考塞乃斯先生，既是我好像不蒙他阁下的信任。

（他愤愤的在高穹的右边坐下）

考塞乃斯　主教阁下，我们费去许多心力，对于这个女郎，提出64

款的诉状，现在我们听说，这个数目减去许多，并未经过我们的公议。

审问官　考塞乃斯先生，我应当负这个罪责，我对于你们 64 款中所表现的热心，非常钦佩，但是控诉一个邪教，同其他的事情一样，足够就是充分，并且你们必须记着，法庭上的人员，不是都像你们这样的精密，这样的深沉，有些你们极大的学问，在他们看起来，好像是极无意义的，所以我以为应当把你们的 64 款，减作 12 款——

考斯乃斯　（大惊）12 款！

审问官　相信我，12 款对于你们的目的，已经是很够了。

教士　但是有些极重要的地方，差不多已经全完抹杀，例如这个女郎曾经实际宣称，圣玛利德，圣加德林以及神圣的大天使米却尔，都向她说法国说话，这一点是极重要的。

审问官　你想，毫无疑义的，他们应当说拉丁话吗？

高穹　不，他想他们应当说英国话。

教士　当然，主教阁下。

审问官　我想，我们在这里大家的意见，都以为这个女郎听见的声音，是魔鬼的声音，要来引诱她堕落的，假定英国话是魔鬼的方言，司徒孔勃先生对于你自己，对于英国皇帝，都不是很恭敬的，所以让它去吧，这件事情，在 12 款当种，也并没有完全抹去，诸位先生，请你们大家入席，让我们进行审问吧。

（以前还没有坐下的人，一齐坐下。）

教士　我始终抗义，这就完了。

考塞乃斯　我想这是极难堪的，我们的工作，应当完全归于无效，

这又是女郎的魔力影响法庭的一个例证。（他坐下，他的座位，在教士的右边）

高穹 你暗示我是受了魔力的影响吗？

考塞乃斯 我并不暗示什么，主教阁下，不过我觉得在这里好像是有一种秘谋，要替女郎洗刷她偷去圣尼斯主教的马的罪状。

高穹 （勉强忍住他的怒气）这又不是警察法庭，我们应当在这种琐屑上空费时候吗？

考塞乃斯 （大惊，立起）主教阁下，你说主教的马的罪状。

审问官 （温和的态度）考塞乃斯先生，据女郎供称，她对于主教的马，曾经付过很高的马价，如其他没有收到，她不能负这个责任，因为这个也许是实在情形，在这一点上，她很可以宣告无罪的。

考塞乃斯 是的，如其是一匹普通的马，但是这是主教的马！她怎样可以因此宣告无罪呢？（他重复坐下，惶惑，失望）

审问官 我要极恭敬的向诸君建议，如其我们坚持在这些可以替她开脱的小节上面，审讯这个女郎，她就可以逃避邪教的主要罪名，这个到现在为止，她已经坚决自认的，所以我要请求诸君，到女郎带进来的时候，再不要提盗马的事情，以及和乡村儿女在魔树下跳舞，在魔井边游戏，以及许多这一类的罪状，我未来之先，你们在各处极力搜集的，没有一个法国的乡村女子，你们不可以拿这种事情来证实她的，她们都在魔树下跳舞，魔井边游戏，他们当中有好多人，只要有机会的时候，都会去偷教皇的马的，邪教，诸君，邪教是我们所要审问的罪状，检举和遏止邪教，是我自己特殊的职务，我在这里是一个邪教。审问官，不是一个寻常的推事，专注定邪教，诸君，将一切其他的事情完全放开。

高穹 我可以申明，我们已经派人到这个女子的乡村，实地调查，其结果可以说并没有十分严重的事情，可以证明她的。

教士 （立起同时大呼）没有十分严重的事情，主教阁下——

考赛乃斯 （立起同时大呼）怎样！那个魔树不是——

高穹 （再不能忍耐）不要开口，诸君，或是一个一个的讲话。

考塞乃斯 坐回他的椅上，表示屈服。

教士 （愤愤的反身坐下）这个话就是女郎上礼拜五向我们说的。

高穹 我愿意你听从她的忠告，先生，我说没有什么严重事情的时候，我的意思是说，没有这样的事情，在一个胸襟比较扩大，适宜于执行这种审问的人，所能够认为严重的，我与我的僚友，审问官，意见相同，就是这个事情，我们必须在邪教的罪名上进行审问。

拿望诺 （一个年轻但是寂静严肃的黑衣僧侣，正坐在考塞乃斯的右边）但是她的邪教有什么很大的害处吗？这不单是她的思想单简吗？有许多圣神，也同贞德一样，说说过许多的说话。

审问官 （将他的温和态度，忽然变为极严肃的）马丁教友，你如其看见邪教，像我所看见过的样子，你就不会当他是一件小事，哪怕他在外表上是毫无害处，而且甚至于有一个可爱的及诚敬的根源的，邪教发端于这种的人，在一切的外表上面，都远胜于他们的侪辈，一个温婉的虔诚的少女，或是一个青年，遵从救主的戒律，将他所有的财产分给贫乏，而穿上穷人的衣服，励行刻苦的生活，严守仁爱及慈善的戒律的，尽可以是一个邪教的创始人，要是不及时将他严厉的铲除，就会使教会及国家同归破灭，神圣法庭的纪录上面，充满这种事实，我们不敢向世间宣布，因为这是普通的善男信女所万难置信，然而他们都是以神圣的纯洁的起点的，我已经屡次看见这样的事情，你们注意我的说话，女人反对她的衣服，而穿上男人的衣服就和男人脱去皮袍，而穿上一件僧服一样，跟看他们来的，像黑夜跟着白天，一定是一群的裸体男女，完全不肯穿一点衣服的，凡少女不肯出嫁，又不肯立誓守贞，男子不肯娶妻，而将他的欲情升化，幻作神圣灵感的时候，则其结果，像夏天随着春天一样，他们一定以多妻为起点，而终结于乱伦，邪教在最初的时候，好像是纯洁而且甚至于动人的，但是其结果，一定是一种不自然的恶行，有如此的可怖，使你们当中最心慈的人，如其你们看见他的效力，像我曾看见的样子，也会大声疾呼，反对教会对待他的慈悲的，两百年来，这个神圣法庭，始终与这些魔力奋斗，他知道他们永远是发端于狂妄的愚人，将他们自己的判断与教会相抗衡，而妄信他们自己是直接宣达上帝的意志的，诸君决不可以陷于寻常的错误，以为道些愚人都是谎言以及伪善的人，他们忠实而且虔诚的相信，他们的魔力灵感，是神圣札的，所以诸君必须留心遏制你们天然的同情，我希望诸君都是慈悲的人，如其不然，你们怎样会将自己的一生，完全贡献于我们救主的职务呢？你们就要看见一个女子在你们的前面，虔诚的，贞洁的，因为我必须对你们说，诸位先生，我们英国朋友所说她的事情，大都毫无根据，而同时有许多事实，证明她的过分，是宗教的及慈善的过分，而不是俗世的及淫邪的，这个女子，不是一个这样的人，粗暴的面貌，暴露她粗暴的心肠，而猥贱的状态，淫佚的行为，在没有控告以前，就可以成立她的罪名的，这个万恶的骄傲，使她陷于现在的悲运的，在她的容貌上，丝毫不留痕迹，而且在你们看起来好像是非常奇怪的，就是在她的品性上，也丝毫不留痕迹，除掉这些特别的事情，在这些上面，她是极骄傲的，所以你们可以看见一种恶魔的骄傲和一种天然的仁慈，同时并存在一个灵魂中间，所以诸君必须注意上帝鉴临，我并非要教诸君忍心，因为如其我们制定她的罪名，她的刑罚，就有这样惨酷，要是我们心中有一毫对她的私恨，我们就永远不能希望上帝的慈悲的，但是如其诸君痛恨惨酷——并且如其诸君当中有不是痛恨惨酷的人，为救出他的灵魂起见，我劝他离开这个神圣法庭——我说，如其诸君痛恨惨酷，记着在他的效果上，没有比容忍邪教，是更其惨酷的事情，并且记着，无论什么法庭，都没有这样惨酷，像普通民族，对付他们所疑为邪教徒的样子，邪教徒在神圣法庭的手中，是决不至于虐待，而且一定可以有一个公平的审讯，即使证明有罪，如果他事后能够忏悔，也不至于判决死刑，有无数邪教徒的生命都是这样保全的，因为神圣法庭把他们从民族手中救出，而民族所以肯交出他们，是因为知道神圣法庭，对于他们有相当处置的，在这个神圣的审问机关成立以前，甚至于就是现在，在他的权力不容易达到的地方，不幸被人疑为邪教徒的人，或者完全是误会的，冤屈的，多被石击，碎裂，淹死，烧死在他的房屋当中，与他无罪的儿女，同归于尽，不经审问，不令忏悔，不加埋葬，只有同狗一样的埋葬，一切这些事情，都是上帝所痛恶，而人类所认为惨酷的，我在天性上及我的职业上，都是很慈善的，虽然我所做的工作，在有些人看来，好像是不免残酷，如其他们不知道，我要不是这样做去，其结果是怎样更其惨酷，我宁可自己烧死，也不肯来做这样的事情，如其我不知道他的正当，他的必要，以及他实际上的慈悲，我请求诸君以这种信念，参加这个审问，愤怒是一个不良的顾问，摒去愤怒，怜悯有时是更坏的，屏去怜悯，但是不要屏去慈悲，一心记着，公道是第一件事情，主教阁下，你在审问进行以前，还有什么意见宣布吗？

高穹 你已经代我说明，并且远胜于我所能够说的，我想决没有一个明理的人，对于你的说话，会有一字的异议，但是我还要补充这点，这些粗浅的邪教，你向我们所述的，固然是极其可怖，但是他们的可怖，是像黑死病一样，猖獗一时，不久即归消灭，因为健全及明白的人，无论在怎样煽惑之下，决不会赞同裸体、乱伦、多妻及这一类的事情的，但是现在我们在欧洲各处，都遇见一种邪教，他不是在意志薄弱及头脑偏僻的人中间传播，心性愈强的人，笃信邪教亦愈强烈，他既没有狂妄极端的流弊，也没有俗情及肉欲的玷污，但是他也是将一个寻常人迷误的私见，来反对教会的智慧及经验的，天主教会的伟大组织，决不至为裸体的疯人，或莫哀泊及阿猛的罪恶所动摇，但是他可以，因内溃而成为邱墟，变为荒芜，由于这个伟大的邪教，英国的军队长官所称为反抗主义的。

各陪审员 （耳语）反抗主义，这是什么呢？主教这个说话是什么意思？这是一种新的邪教吗？英国的军的长官，他说的，你曾经听见过反抗主义的名字吗？（等等）

高穹 （接着说）这个使我想起，如其女郎始终顽强，人民因为怜悯她而鼓噪起来的时候，瓦尔吕克伯爵，对于保护俗世的权力有什么准备吗？

教士 这层请放心，主教阁下，伯爵已经派出800个武装兵，等在门外，就是全城的人民起来帮助，她也不能从我们英国人的指缝当中脱去的。

高穹 （不满意的态度）你不可以加上一句，上帝让她悔悟而忏除她的罪恶吗？

教士 这个我看起来，好像是不相符合的，但是我当然也赞同你阁下的意思。

高穹 （鄙视的样子向他耸肩）宣告开庭。

审问官 让被告带进来。

拿镇诺 （传呼）被告，让她带进来。

（贞德脚上带着铁链，由一队英兵押着，从被告席后面的穹门走上，掌州人和他的助手与他们同上，他们领她到被告席次，替她解去铁链之后，立在她的后面，她穿着一套给事的黑衣，长久的监禁，以前几次预审的激刺，已经在她身上留着痕迹，但是她的活力，依然可以支持，她很坦然的面着法庭，丝毫不显出畏惧，这个在他们形式的庄严上面，好像非此不足以表示完全成功的。）

审问官 （亲切的）坐下。（她在被告席上坐下）你今天面色苍白，你有什么不舒服吗？

贞德 多谢，我是还好，但是主教送来些鲤鱼给我，这个使得我有点难过。

高穹 我很抱歉，我已经和他们说过，务必要新鲜的。

贞德 你是待我的好意，我知道，但是这一种鱼，是我向来不宜吃的，这些英国人，以为你要想把我毒死——

高穹 （同时说）什么！

教士 （同时说）不会吧，主教阁下。

贞德 （继续说）他们决心要把我当一个魔女烧死，叫了他们的医生来替我医治，可是禁止他不许替我放血，因为这些愚人们相信，一个魔女的魔术，放血以后，就会消灭的。所以他只有把我乱骂一顿完事，你们为什么让我留在英国人的手中呢？我应当是在教会的手中，并且为什么把我的脚，拿铁链缚在一根木头上面呢？你们怕我会飞掉吗？

戴丝蒂范 （粗暴的态度）妇人，你不应当来问法庭，是应当我们来问你的。

考塞乃斯 没有拿铁链缚住的时候，你不是曾经从六丈的高塔上跳下，想要逃去吗？如其你不是会飞，像一个魔女的样子，你现在怎样会还活着呢？

贞德 我想那个塔，大约当时并没有这样的高，自从你来问我这个说话以后，才一天一天的高起来的。

戴丝蒂范 你为什么要从塔上跳下来呢？

贞德 你怎样知道我是跳下来的？

戴丝蒂范 他们看见你躺在壕边，你为什么离开那个塔呢？

贞德 为什么无论何人，只要他能够出来，都要离开他的监牢呢？

戴丝帝范 你是想要逃走吗？

贞德 当然是要逃走，而且这并不是第一次，如其你把鸟笼的门开放，里面的鸟，当然是要逃去的。

戴丝蒂范 （起立）一个自认邪教的供词，我请庭上注意。

贞德 邪教，他说这是的！难道因为我要从监牢里逃出，我就是一个邪教徒吗？

戴丝蒂范　当然是的，如其你是在教会的手中，而偏要将你自己从他的手脱出，你就是背叛教会，就是一个邪教。

贞德　这是全然胡说，决没这样的蠢人会相信的。

戴丝蒂范　你听，主教阁下，我怎样在执行我的职务上，被这个妇人侮辱了。（他愤愤地坐下）

高穹　我以前已经警告过你，贞德，这些峭利的回答，是于你自己没有益处的。

贞德　但是你们不肯好好和我讲话，如其你们肯讲道理，我也是很有道理的。

审问官　（阻止他们）这还没有依照规则，提案人，你忘记了审问还没有正式开始，要她在圣经上宣誓，向我们供述一切真情以后，才是发问的时候。

贞德　你每次都向我说这个说话，我已经再三申明，我可以告诉你一切关于这个审问的事情，但是不能告诉你全部真情，上帝没有允许将全部真情宣布，我说出来的时候，你们也不能了解，这就恰合一句古话，真话说得太多的人，一定被绞死的。我对于这个争辩已经不耐，我们已经反复辩论过九次之多，我宣誓也已经宣得尽够，我再不愿意宣什么誓了。

考塞乃斯　主教阁下，她应当要用刑讯的。

审问官　你听见吗，贞德？这就是顽强的结果，回答以前你要先想一下，她已经看见过刑具吗？

掌刑人　他们已经备好，大人，她已经看见过了。

贞德　如其你们把我肢体一点一点分裂，直到我的灵魂和我的躯壳脱离为止，除掉我已经告诉你们的以外，你们也不能够再得到一点什么，我还有什么可说，你们所能够了解的呢？并且我是不能够忍耐痛苦的，如其你们使我痛苦，我就会说随便什么说话，你们所喜欢的以求免去痛苦，但是过了之后，我又完全否认，所以这又有什么用处呢？

拿望诺 这个话很有点道理，我们还是好好的问她罢。

考塞乃斯 但是习惯上是要用刑讯的。

审问官 这个决不可以任意妄用，如其被告可以自己供认，他的使用就是不正当的。

考塞乃斯 但是她拒绝宣誓，这是违反常例，而且不合规则的。

拿望诺 （厌恶的态度）你要单为自己快意，刑讯这个女子吗？

考塞乃斯 这不是一件快意的事情，这是法律，这是成例，向来都是这样做的。

审问官 并不是这样的，先生，除非担任审问的是这种的人，不明了他们自己法律上的职务的。

考塞乃斯 但是这个妇人是一个邪教徒，我确实知道，一向是要刑讯的。

高穹 我们今天一定不要这样，如其不是必要的，我不愿意人家说我们严刑逼供，我们已经派遣我们最好的牧师、学者去劝告，祈求，这个女子，要她把她自己的灵魂和身体从火堆中救出，现在我们不应当叫行刑人把她推进火堆里去。

考塞乃斯 你阁下当然是慈悲为怀，但是这是违反向来的成例，是有一个重大的责任的。

贞德 你真是一个少有的寿头，你的原则，是永远做你上回所做的事情吗？

考塞乃斯 （立起）你这淫妇，你胆敢骂我是寿头吗？

审问官 忍耐一点，先生，忍耐一点，我恐怕你的仇恨，很快就有太可怕的报复了。

考塞乃斯 （低声）寿头，真正的！（非常不满意的坐下）

审问官 同时，让我们不要被这个牧羊女子舌尖的锋利所激动。

贞德 不，我不是牧羊女子，虽然同别人一样，我有时候也帮着看羊，我可以做家庭的高尚女工——纺线和织布——比得过卢安的随便哪个女人。

审问官 这不是夸大的时候，贞德，你已经站在很危险的地步了。

贞德 我知道这个，我不是已经受了夸大的惩罚吗？如其我不是像一个呆子，要在战场上去织成我的金线的外套，那个白根地兵士，永远不会把我从马背上拖下，我也不会来到这里了。

教士 你既是这样能做女工，为什么不住在家中做这种工作呢？

贞德 这些工作，有很多的女人来做，我的工作，是没有别人做的。

高穹 来吧，我们是在这些小事情上空费时候，贞德，我现在要向你提出一个最严重的问题，你要注意应当怎样回答，因为你的生命及免罪，都完全在这个上面，无论你所说所做的一切，是好的或是坏的，你愿意接受世界上上帝的教会的判断吗？尤其是关于这些行事或言辞，提案人在这个法庭上攻击你的，你愿意在这些事情上，信服世间教会灵感的意志吗？

贞德 我是一个教会的信女，我愿意服从教会——

高穹 （有希望的靠上前面）你愿意的？

贞德 假定他不命令我做什么不可能的事情。

（高穹叹气，回转靠着椅背，审问官啮着他的嘴唇，动怒，拿望诺摇头表示怜悯的样子。）

戴丝蒂范 她污蔑教会的谬误及愚昧，命令她以不可能的事情。

贞德 如其你们命令我承认，凡是我所做所说的事情，以及我所有一切的灵感及启示，都不是由上帝而来，这就是不可能的，无论怎样，我决不肯承认这个，凡是上帝所使我已经做的事情，我永远不肯追悔，凡是他所命令我，或者是将来要命令我的，无论别人怎样，我总是要照办，这就是我所称为不可能的，假如教会要叫我做什么事情，是与上帝所命令我的反背，我决不肯答应，无论他是什么事情。

各陪审员 （惊骇及愤怒）哦！教会与上帝反背，现在还有什么可说吗？明显的邪教，这真是极端是荒谬。（等等）

戴丝蒂范 （丢下他的节略）主教阁下，你还要比这个再好的证据吗？

高穹 女人，你说的已经足够烧死十个邪教徒了，你一点不肯听警告吗？你永远不会觉悟吗？

审问官 如其教会向你说，你的显应及启示，都是魔鬼遣来要引诱你堕落的，你也不肯相信，教会是比你聪明吗？

贞德 我相信上帝是比我聪明，我所愿意遵从的，是上帝的命令，一切这些事情，你们认为我的罪恶的，都是由上帝的命令而来，我说我是依照他的命令做的，如其教会的人加以否认，我可以不理会他，我只有理会上帝，永远奉行他的命令。

拿望诺 （苦口的劝告）你不知道你自己在讲什么说话，孩子，你要把你自己弄死吗？你，你不相信你是受世界上上帝的教会所统治的吗？

贞德 是的，我几时否认过吗？

拿望诺 好的，这就是说，可不是，你是受治于我们的主人，效皇，及堂教大臣、大主教、主教等，他阁下今天在这里，就是代表他们的吗？

贞德 但是上帝是必须首先忠事的。

戴丝蒂范 那么你的声音命令你，不要服从世间的教会吗？

贞德 我的声音，并没有叫我违抗教会，但是上帝是必须首先忠事的。

高穹 那么，判断这个的，应当是你而不是教会吗？

贞德 除了拿我自己的判断力来们判断以外，还有什么别的判断吗？

各陪审员 （愤怒）哦！（他们都不能开口）

高穹 从你自己的口中，已经把你自己判决了，我们竭力救你，几乎使我们自己犯罪，我们几次替你把门推开，你朝着我们的面上，朝着上帝的面上，将他关闭，说过这些说话以后，你还敢贸然自认，你自己是在神灵护佑的状态吗？

贞德 如其我不是的，愿上帝引导我这样，如其我是的，愿上帝保持我这样。

拿望诺 这倒是一个极好的回答，主教阁下。

教士 你偷去主教的马的时候，也是在神灵护佑的状态吗？

高穹 （大怒立起）哦，让魔鬼捉去主教的马，并且连你一起！我们在这里审问一个邪教案件，在我们将要达到这个事情底蕴的时候，就被这些蠢人把我们碰回转来，他们除了马以外，再不知道别的事情。（他怒得发抖，勉强的自己坐下）

审问官 诸君，诸君，坚持这种小节，你们就是女郎最好的辩护人，无怪他阁下要向你们发怒，提案人是怎样说法？他也主张这些小事情吗？

戴丝蒂范　我的职务，是一切都要主张的，但是这个女人承认一个邪教罪名的时候，她就要受驱逐出教的判决，就是她还犯有他种罪名，应受较轻的处罚，又有什么关系呢？在这些小节上，我对于他阁下的不耐，也表示同情的，但是我必须极恭敬的请庭上注意，有两个极可怖的及谩渎的罪状，殊属重要，她自己并不否认的，第一，她与恶魔交接，所以是一个魔女，第二，她穿男人的衣服，这个是无耻，不自然，及不正当的，并且不管我们再三地反对及请求，她也不肯更换，连接受圣餐的时候，也是这样的。

贞德　圣加德林是一个恶魔吗？圣玛利德是吗？还有大天使米却尔是吗？

考塞乃斯　你怎么知道你所看见的影像，是一个大天使呢？他在你眼中，不就是一个裸体的男子吗？

贞德　你以为上帝没有钱替他置备衣服吗？

（各陪审员不觉失笑，特别是这个笑话，是对于考塞乃斯说的。）

拿望诺　回答得好极了，贞德。

审问官　这倒实在是很好的回答，但是决没有恶魔是这样的简单。在他要想冒充一个最高使者的时候，会以这样的状态，现形于一个青年女子的面前，使她难堪的，贞德，教会训迪你，这些鬼影，都是魔鬼来追摄你的灵魂的，你肯接受教会的训迪吗？

贞德　我接受上帝的使命，凡教会的忠实信徒，怎样可以拒绝呢？

高穹　可怜的女人，我要再来问你，你知道你所说的是什么说话吗？

审问官　你徒然和魔鬼来争夺她的灵魂，主教阁下，她决心不让自已得救，现在关于这个男装的事情，最后的一次，你愿意脱去这个不正当装束，穿上你们女性应穿的衣服吗？

贞德　我不愿意。

戴丝蒂范　这是桀骜的罪状，主教阁下。

贞德　（感觉困苦）但是我的声音向我说的，我必须穿着军人的衣服。

拿望诺　难道这个还不能使你相信，这些声音都是恶魔的声音吗？你可以向我们提出一个充足的理由，为什么上帝的天使，会叫你做这样无耻的事情呢？

贞德　怎样，当然可以，还有比这个更明显的常识吗？我以前是一个军人，和军人住在一起，现在是一个囚犯，被兵士所监视的，如其我穿得像一个女人，他们就要想我是一个女人，那我还成了什么样子呢？如其我穿得像一个军人，他们就会想我是一个军人，我就可以和他们住在一起，像在家里和我的弟兄同住一样，这就是圣加德林为什么叫我在没有得她的允许以前，决不可以穿女人的衣服。

考塞乃斯　她什么时候才允许你呢？

贞德　你们把我从英国兵士手中引渡过来的时候，我已经和你们说过，我应当是在教会的手中，不应当让我和四个瓦尔吕克伯爵的兵士日夜混在一起，你们要我穿着裙子和他们同住吗？

拿望诺　主教阁下，她所说的，上帝知道，固然是极其错误而且荒唐，但是在这里面也稍微有一点处世的常识，好像一个简单的乡下女子，所应当有的。

贞德　如其我们在乡村的人，都像你们在朝廷和宫殿里的一样简单，立刻就会没有面粉来做你们的面包了。

高穹 这就是你极力救她的谢仪，马丁教友。

拿望诺 我们大家都在极力救你，贞德，他阁下是在极力救你，审问官不能对你更公平一点，哪怕你是他自己的女儿，但是你是被可怕的骄傲和自满所蒙蔽了。

贞德 你为什么要这样说呢？我并没有说过不对的说话，我实在不能了解。

审问官 圣阿特那息司在他信条上曾经言明，凡不能了解的人，就是罪人，一个人不单是要简单，并且不单是要简单的人称为良善，无知无识的简单，与禽兽的简礼是没有两样的。

贞德 让我和你们说，在一个禽兽的简单中间，有极大的智慧，而在许多学者的智慧中间有时候也会有极大的愚蠢。

拿望诺 我们晓得这个，我们不是像你所想我们这样的愚笨，制止这个诱惑，不要再拿这种尖厉的话回答我们，你看见那个立在你后面的人吗？（他指着掌刑人）

贞德 （回转头来向他望着）你们的掌刑人吗？但是主教已经说过，我今天是无须刑讯的。

拿望诺 你无须刑讯，是因为你已经供认一切的事实，足以判决你驱逐出教的罪名的。这个人不单是一个掌刑人，他同时是一个死罪执行人，死罪执行人，让女郎听你回答我的问题，你今天已经预备要烧死一个邪教徒吗？

掌刑人 是的。先生。

拿望诺 柴堆已经布置好了。

掌刑人 已经停当，就在市场上面，英国人把他造得太高。我不能够走近她的身边，使她死得容易一点，这个一定是死得很惨的。

贞德 （恐怖）但是你们并不是现在就要把我烧死的？

审问官 你现在才明白了。

拿望诺 有800个英国兵士，正在等着，庭上一宣布驱逐出教的判决，就要引你到市场上去，你只有极少的时候，就要遇见这个命运了。

贞德 （急迫的四顾，希望救援）哦，天呀！

拿望诺 不要失望，贞德教会是慈悲的，你还可以救你自已。

贞德 （有希望的样子）是的，我的声音曾经允许过我，我是不应当被烧死的，圣加德林叫我尽管胆大。

高穹 妇人，你是全然疯了吗？你现在还不能够看出，你的声音已经欺骗你吗？

贞德 哦，不，这是不可能的。

高穹 不可能的！他们已经直接地领到你逐出教会，领到你走上那个柴堆，正在那里等着你的。

拿望诺 （坚持着这一点）自从你在香旁义被擒以后，他们几时有一回对你不曾失信吗？魔鬼已经叛你，教会正在伸出手来救你。

贞德 （失望）这是真的，这是真的，这是真的，我的声音，真是欺骗我了。我已经被魔鬼愚弄，我的信仰破坏，我始终猛进，猛进，但是只有愚人，才会走到火堆里去，上帝，他是给予我常识的，决不能要我做这样的事情。

拿望诺 现在感谢上帝，他到最后的一刻时候，把你救出来了！（他很快地走到书记桌边在空的椅子上坐下，取过一张纸来，热心的书写。）

高穹 阿门！

贞德 我还应当怎样呢？

高穹 你必须在一个庄严的悔罪书上签字。

贞德 签字？这就是说写上我的名字，我是不会写字的。

高穹 你以前曾经有许多信上签过名的。

贞德 是的，那是有人握住我的手，将笔尖移动，我可以画我的花押。

教士 （他注意听着，逐渐的惊慌，愤怒）主教阁下，你是要让这个女子从我们手中脱去吗？

审问官 法律必须依照他的程序进行，司徒孔勃先生，而且，你是知道法律的。

教士 （立起，大怒，满面红紫）我知道法国人都是没有信用的。（全体哗然，他大声狂呼）我知道我们温却司特大主教，应当怎样的说法，他听见这个事情的时候，我知道瓦尔吕克伯爵一定有什么举动，他发现你们存心是要背叛他的时候，现在有 800 个武装兵士等在门外，他们一定会把这个万恶的魔女烧死，不管你们的口中怎样。

各陪审员 （同时说话）这是什么？他说些什么话？他诬蔑我们都是叛逆！这真是万分荒谬，法国人都处没有信用的！你听见那个话吗？这真是一个妄人，他是什么人？英国的教士都是这样的吗？他一定是发狂或是喝醉了。（等等）

审问官 （立起）静默，请求你们！诸君，请你静默！司徒孔勃先生，想想你的神圣的职务，你是什么人，现在在什么地方，我指示你坐下。

教士 （他的双臂，顽强的折在胸前，面上青筋暴露）我不愿坐下。

高穹 审问官阁下，这个人以前曾经当面骂过我是一个叛贼。

教士 你自然是一个叛贼，你们都是一班的叛贼，你们在这个审问的时候，一点没有做别的事情，只有跪在地上，恳求这个万恶的女魔，要她改过。

审问官 （安然的坐下）如其你不愿意坐下，你只有立着，这就完了。

教士 我不愿意立着。（他反身倒在他的椅上）

拿望诺 （立起来手中拿着一张文件）主教阁下，这里是女郎应当签字的悔罪书。

高穹 念给她听。

贞德 不必费事，我签字就是了。

审问官 女子，你必须知道，你所签名的是什么说话，念给她听吧，马丁教友，让大家都不要做声。

拿望诺 （慢慢的读着）我，贞德，普通称为女郎的。现在自认犯有以下各项极重大的罪恶，我伪托上帝，各天使及诸神圣的显示，而对于教会的警告，以为他们是魔鬼的诱惑的，坚决否认，我违背圣经及教会的规律，穿着男子衣裳，亵渎神明，我并且将头剪成男人的样子，拒绝上天所重视的女性的义务，亲执武器，甚至于沾濡人类的血液，鼓动人类自相残杀，招致魔鬼来蛊惑他们，而且顽迷的，亵渎的，将这些罪恶，托诸万能的上帝，我自认叛逆的罪恶，倔强的罪恶，迷信的罪恶，妄狂的罪恶，以及邪教的罪恶，所有这些罪恶，我现在一概捐弃，屏绝，脱离，诚心感谢你们，各位博士及教师，引导我回复真理，重到我主的护佑当中，我永远不再犯我的过失，而始终致身教会，服从我们的神父罗马教皇，我敬对上帝及圣经宣誓，并且在这个悔罪书上签名为证。

审问官 你了解这个吗？贞德？

贞德 （毫不注意的样子）这是很明白的，先生。

审问官 这是真的吗？

贞德 这也许是真的，如其不是真的，那个烈火也不会在市场上等着我了。

拿望诺 （拿起他的笔和一本书，很快的走到贞德面前，恐怕稍微她又要反悔）来吧，孩子，让我来握住你的手，拿起这个笔来，（她握着笔，他们拿书当作桌子，开始书写）J.E.H.A.N.E，好了，现在你签上花押。

贞德 （签上她的花押，将笔交还他，她的灵魂和她的意志及身体反抗，使她感觉痛苦）拿去！

拿望诺 （将笔放回桌上，极虔敬地将悔罪书交与高穹）感谢上帝，各位教友，这个小羔已经回到羊群里来了，牧人在她身上，比在其他的99个好人的身上，更觉愉快呢。（他转身坐下）

审问官 （从高穹手中取过悔罪书）我们宣布，由于这个举动，你已经免除你以前所有的驱逐出教的危险。（他把这个文件向桌上放下）

贞德 我谢谢你们。

审问官 但是因为你曾经极狂妄的对于上帝及教会，犯过这种罪恶，要使你在寂静的环境之中，可以忏悔前过，并且防止你重犯的诱惑，我们为你灵魂的福利，以及一种苦行，可以涤荡你的瑕秽，使你最后可以清白无瑕的呈身神前起见，宣告你永远禁锢，食忧郁的面包，饮苦痛的清水，终了你的天年。

贞德 （惊愕而且暴怒，立起）永远禁锢！那么你们不是把我开释吗？

拿望诺 （异常的震骇）孩子，做了你这样的事情以后，可以开释！你在那里做梦吗？

贞德 把那个文件给我，（她奔到桌边，抢过悔罪书来，扯成碎片）点起你们的火来，你们以为我怕这个，更胜于一个洞中老鼠的生命吗？我的声音是不错的！

拿望诺 贞德！贞德！

贞德 他们同我说，你们都是愚人，（这句话将大家非常得罪）叫我不要听从你们的甘言，赖你们的慈善，你们答应保全我的生命，但是你们全然说谎，（大怒狂呼）你们以为生命没有别的，只要不是僵硬的死去，我所怕的，并不是面包和清水，我可以靠面包维持生命，我几时还要求过别的吗？饮水也没有什么艰难，如其水是清洁的，面包在我不是忧郁，清水亦非苦痛，但是将我幽禁，使我不能看见天光，不能看见田野花木，把我的脚这样缚住，使我不能骑马闲行，不能登临眺望，使我呼吸秽恶的黑暗，使我离开一切这些事情，在你们的邪怨及愚昧，引诱我怨恨上帝的时候，可以把我领回到他的仁爱的，这些一切，比圣经上所说的七倍的烈火，更为可怕，我可以抛弃我的战马，我可以穿上女人的衣裙，我可以让这些旗帜、军号、武士、兵卒，走过身边，把我丢在后面，像他们丢下别的女人一样，只要我还能够听见树林中的风声，日光中的莺啭，严霜沍寒中羔羊的长鸣，以及这些神圣的礼拜堂钟声，在空气当中，送来给我天使的声音的，但是没有这些，我决不能生存，因为你们要把我的，或任何人类的，这些一切，完全剥夺，我知道你们的启示是魔鬼的，而我的是上帝的。

各陪审员 （大起惊扰）谩渎！谩渎！她是魔鬼附身了，她说我们的启示是鬼魔的，而她的是上帝的，岂有此理！魔鬼在我们当中了。

（等等）

戴丝蒂范 （高呼，压倒喧嚷的声音）她是一个再犯的邪教徒，顽强的，不可匡救的，完全辜负我们对她的慈悲，我要求宣布她驱逐出教的罪名。

教士 （向掌刑人说）点起你的火来，把她送上柴堆去。

（掌刑人和他的助手，很快地从天井中走出。）

拿望诺 你这个邪僻的女子，如其你的启示是上帝的，他为什么不会救你呢？

贞德 他的方法，不是和你们的一样，他愿意我由火中走进他的怀抱，我是他的孩子，我同你们一同活着，是不适宜的，这就是我对你们最后的说话。

（兵士们把她拖住。）

高穹 （立起来）慢点！

（他们等着，大众寂然无法生，高穹以询问的态度，回顾审问官，后者点头示意，他们庄严的立起以交响的声调，宣布判词。）

高穹 我们宣布，你是一个再犯的邪教徒。

审问官 为教会所共弃的。

高穹 为他的团体所屏除的。

审问官 沾染邪教的流毒的。

高穹 撒旦的同党。

审问官 我们宣布，必须将你驱逐出教。

高穹 现在我们将你驱除，将你隔绝，将你交付俗世的权力。

审问官 劝告这个俗世权力，对你加以矜怜，处死的时候，不要使你的肢体分裂。（他们重复坐下）

高穹　并且如其你表示真诚的悔悟。允许我们马丁教友，替你施行忏悔的圣礼。

教士　快把这个魔女送到火里去。（他向她奔去，帮助兵士们把她推出）（贞德从天井中引下，各陪审员纷纷立起，随着兵士同下，只有拿望诺留着，他双手遮住他的面孔。）

高穹　（立起来好像又想坐下去的样子）不对，不对，这是不合法的，俗世权力的代表，应当到这里来，从我们的手中把她引去。

审问官　（也重新立起来）那个东西，是一个不可匡救的愚人

高穹　马丁教友，你去看看，一切的事情，都要依照规则。

拿望诺　我应当在她的身边，主教阁下，你必须自己行使你的职权。（他奔出）

高穹　这些英国人真是毫无办法的，他们竟会把她直接丢到火里去，你看！（他指着天井，红色的火焰，在5月的阳光当中，已经可以看见法庭内只有主教和审问官留下。）

高穹　（立起来想要走出）我们必须制止这个。

审问官　（安静的说）是的，但是不必太快，主教阁下。

高穹　（停住）但是我们不能再耽误时候。

审问官　我们是完全依照规则进行的，如其英国人自己愿意妄为，我们没有应当纠正他们的义务，程序上的一点破绽，将来也许是有用的，一个人永远不能知道，并且快点完事，对于这个可怜的女人是比较好一点。

高穹　（缓和下来）这倒是真的，但的我想我们必须看这个可怕的事情完结。

审问官　一个人会看惯的，习惯是一切的事情，我已经看惯这种火烧，

他是很快就完的，但是看见一个年轻而且无罪的女子，压碎在这些大的力量，教会及法律之下，真是极可怖的。

高穹 你说她是无罪的！

审问官 哦，完全无罪，她知道什么是教会和法律呢？我们所说的话，她一句也未必了解，无知无识的人总是受苦的，来吧，不然我们要错过这个最后了。

高穹 如其我们错过，我也没有什么可惜，我不是像你一样看惯的。

（他们正在走出的时候，瓦尔吕克进来与他们遇见。）

瓦尔吕克 哦，我惊搔你们了，我以为一切都已经完结。（他要想退出的样子）

高穹 不必出去，伯爵阁下，是已经完结了。

审问官 死刑的执件，是不在我们的手中，但是我们应当看见这个最后，所以猜你原谅——（他鞠躬，从天井中走出）

高穹 现在是有一点疑义，你的部下，是不是遵守法律的程序，伯爵阁下。

瓦尔吕克 有人对我说，你的权力，在这个城区当中，也是有点疑义，主教阁下，因为这里不是你的教区，如其你可以在这一点上负责，其余的事情，我也可以负责。

高穹 我们两个人，都是应当向上帝负责的，早安，伯爵阁下。

瓦尔吕克 主教阁下，早安。（他们以显然的敌视，彼此互看一下，高穹随着审问官退出，瓦尔吕克回顾，只有他一个人在这里，高呼他的随从。）

瓦尔吕克 哈啰，你们来两个人到这里！（无人应），哈啰，有人吗！（无人应）哈啰，布那因，你这个小浑蛋，你到哪里去了？（无人应）

守卫！（无应人）他们一起都去看火烧，连这个小孩子都跑掉了。

（在寂静当中，听见有人狂号及悲泣的声音。）

瓦尔吕克 这是什么一回事情？

（教士从天井中踉跄地走进，满面泪痕，做出一种可怜的声音，就是瓦尔吕克力才所听见的，他勉强走到被告席上，自己倒在上面，极凄惨的哭泣。）

瓦尔吕克 （走到他身旁，用手拍着他的肩上）这是什么？约翰先生，有什么事情吗？

教士 （握住他的双手）我的爵爷，我的爵爷，看基督面上，替我可怜的犯罪的灵魂祈祷一下。

瓦尔吕克 （安慰他）是的，是的，当然，我会替你祷告，安静一点，缓和一点——

教士 （悲惨地说）我并不是一个坏人，我的爵爷。

瓦尔吕克 不，不，完全不是的。

教士 我并不是有意害人，我没有知道，这个会是这样的。

瓦尔吕克 （冷静起来）那么，你看见了吗？

教士 我没有知道，我在那里做的是什么事情，我是一个性急的呆子，我一定因此永远陷入地狱了。

瓦尔吕克 瞎说，这是极惨，毫无可疑的，但是这并不是你做的事情。

教士 （悲叹的音调）我让他们做的，我要是早点知道，我一定会从他们的手中，把她救出，你不知道，你是不曾看见，在你不知道的时候，说话是极其容易的，你拿空言来激刺你自己，使你自己陷溺，因为将油泼在你自己的怒火上面，你会觉得伟大，但是等到过后明白的时候，等到你看见你已经做出来的时候，等到他使你眼中流泪，鼻内酸楚，心中如割裂的时候，那就——那就——（他跪在地下）哦，上帝，把这个景象从我的眼中出去！哦，基督，把我从这个烈火中救出，现在正在焚烧我的！她在火中曾经呼你，耶稣！耶稣！耶稣！她是在你怀抱，而我要永远沦入地狱去了。

瓦尔吕克 （立刻拖他起来）来吧，来吧，你这个人，你自己必须振作一点，我们就要看见全城的人，都把这个当作话柄了，（他不十分温和的把他放下在桌旁的一只椅子上面）如其你没有胆量来看这种事情，你，为什么不学我的样子，早点避开呢？

教士 （惶惑及屈服）她要求一个十字架，有一个兵士将两根树枝扎起来给她，谢谢上帝，他是一个英国人，我应该这样做的，但是我不会做，我是一个懦夫，一个愚人，一个疯狗，不过他倒还是一个英国人。

瓦尔吕克 这个蠢货！如果被教士们把他捉住，也会要烧死他的。

教士 （周身颤动）有些人还在笑她，他们一定也会笑基督的，他们都是法国人，我的爵爷，我知道他们都是些法国人。

瓦尔吕克 轻些，有人来了，自己节制一点。

（拿望诺从天井中走到瓦尔吕克的右边，捧着主教的十字架，他从教堂内取出的，他的态度是极严肃、沉静。）

瓦尔吕克 我听见说，一切都已经完结了，马丁教友。

拿望诺 （谜语式的）我们不能知道，我的爵爷，也许是方才开始呢。

瓦尔吕克 你这个话，究竟是什么意思呢？

拿望诺 我从教堂中取出这个十字架，要她可以朝他看住，直到最后为止，她只有两个树枝扎成的十字，她把他放在怀中，等到火烧近我们旁边的时候，她看见如其我再拿着十字立在她的面前，我就会连自己烧死，她叫我快点下去，救出我自己，一个女子，在这样的时候还能想到他人的危险，决不是受了魔鬼的感动的，我不得已将十字从她面前拿开的时候，她朝天上望住，我决不相信，天上是空虚的，我确实相信，在这个时候，她的救主一定以他极仁爱的光荣，在她面前出现，她呼着他的名字，死去，这不是她的最后，实在是她的开始呢。

瓦尔吕克　我恐怕这个对于人民有不良的影响。

拿望诺　对于有些人已经有了，伯爵阁下，我听见笑声，原恕我说，我希望并且相信那是英国人的笑声。

教士　（发狂的立起来）不，那不是的，在那里的只有一个英国人替他的国家丢脸，就是那条疯狗，司徒孔勃（他奔出，狂呼）让他们惩治他，让他们烧死他，我要到她的余热当中去祷告去，我成了一个恶毒的犹太，我要绞死我自己了。

瓦尔吕克　快点，马丁教友，随他同去，他要伤害他自己了，跟着他，快点。

（拿望诺迅速走出，瓦尔吕克随着催他，掌刑人从审问席后面的门内走进，瓦尔吕克回转，正与他彼此对面。）

瓦尔吕克　喂，朋友，你是什么人？

掌刑人　（自重的态度）我不能让人家呼我做朋友，我的爵爷，我是卢安的掌刑官，这是个高贵的技术的秘传，我是来报告你阁下，你的命令是已经执行了。

瓦尔吕克　我请你原谅，掌刑官，让我来设法补偿你没有遗物出售的损失，你允许我，你不是说过，不留下一点东西，不留一块骨头，一片指甲，一根头发吗？

掌刑人 她的心不能烧掉，我的爵爷，但是一切剩下的东西，都已经投入河中，你这是最后听见她了。

瓦尔吕克 （勉强的微笑，想着拿望诺的说话）她的最后吗？我恐怕不见得吧！

〔幕落〕

后幕

〔1456年6月，一个时时发风的夜间，在许多天的酷热以后，雷电交作，法皇查尔斯七世年51岁，以前贞德时代的太子，现在称为胜利的查尔斯的，正睡在他的皇宫内一间卧室的床上，床放在两个起步的平台上面，偏在卧室的一边，以免阻碍在中间的尖头的长窗，华盖上绣着皇室的徽志，除掉华盖及大的枕头以外，这个床与一个阔的睡椅，铺上褥单及床帷，完全一样，所以睡在床上的人，从他的脚后望去，可以完全看见。

〔查尔斯没有入睡，他正在床上看书，或是宁可说他正在看一本福克特的播加西喔当中的插画，他的双膝曲起，当做一只书桌，在床的左侧，有一张小桌，点着彩画洋烛，桌上放着圣母的画像，墙上从顶到地，挂着画花的帷幔，时时被风吹动，骤然看见，这些红黄的摺纹，在风中动摇，好像火光一样。

〔房门是在查尔斯的左边，但是在他的前方与他相离最远的角上，一个极大的守夜用的鼗鼓，制作极精工，绘画极华美的，放在床上，正在他的手边。

〔查尔斯翻过一页，远处钟声，正报半点，他砰然一声将书折合，丢在旁边，顺手拿起鼗鼓来，极力摇动，发出一种震耳声音，拿望诺走上，比以前的年龄已经增长25岁，他的举动，奇特而且生硬，手中依然捧着卢安的十字架，差尔斯顾然是没有期待他来，因为他从门的那一面跳下床去。

查尔斯 你是什么人？我寝室的侍从到哪里去了？你有什么事情吗？

拿望诺 （庄严的）我来报告你极愉快的消息，欢乐吧，皇帝，因为你血液中的污点，皇冠上的瑕疵，已经除去，延误已久的公道，到最后居然胜利了。

查尔斯 你在讲些什么说话？你是什么人？

拿望诺 我是马丁教友。

查尔斯 上帝赐福你这位道长，可是马丁教友是什么人呢？

拿望诺 女郎烧死的时候，我捧着这个十字架，到现在已经是25年，将近2 000日了，在这些日子当中，我每天祷告上帝，在地上替他的女儿表白，像她在天上已经表白的样子。

查尔斯 （安心，在床脚上坐下）哦，我现在记起来了，我曾经听见过你，你的帽子上有一个蜜蜂就是因为女郎，你已经出席过审问吗？

拿望诺 我已经陈述过我的证据。

查尔斯 已经完事吗？

拿望诺 已经完事。

查尔斯 满意吗？

拿望诺 上帝的方式是非常奇异的。

查尔斯 怎样会如此呢？

拿望诺 在从前那个审问，把一个神圣，当作邪教及魔女送到火里去的，说的是真话，守的是法律，所表示的慈，超出一切的习惯以外，没有一点错误，除掉这个最后的可怕的错误，虚伪的判词，及无情的烈火，在现在的审问，我刚才从那里来的，包含无耻的伪证，官僚的腐化，对于已死的人，依照他们的观察，执行职务，不过因怯懦而避免最后结果的，任意加以诬灭，极无聊的证据，所依据的故事，不能欺骗一个乡下孩子的，然而由这种侮慢，居然得伸公道，由这些教会的诽谤、谎言及愚昧的专断，居然使真理表暴于天日之下，使纯洁的白衣，除去烧痕的玷污，使神圣的火焰变为圣洁，使在火光中活着的真心，化为神圣，使一个极大的谎言，永远消灭，一个极大的错误，在一切人类的面前，永远改正。

查尔斯 朋友，只要他们不能再说，我是被一个魔女及邪教徒加冕的，我决不多问，这个戏法是这样变的，贞德也决不愿意多问，只要在最后是不错好了，她不是这种人，我知道她，她的复权已经完全吗？对于这一点我曾经极明白的表示，决不可以含糊了事的。

拿望诺 已经庄严的宣布，她以前的问官，充满着腐化、虚伪、欺诈及私怨，四个罪状。

查尔斯 不必管这些罪状，她以前的问官，都已经死了。

拿望诺 对于她的判决，已经推翻，取消，消灭，认为不复存在，没有价值及效力。

查尔斯 好的，现在没有人可以攻击我的圣洁了，他们还可以吗？

拿望诺 加尔蒙尼及戴卫王自己的加冕，也不能比你是更神圣的，

查尔斯 好极了，你想这个对于我是有怎样关系的。

拿望诺 我在想这个对于她有怎样的关系。

查尔斯 你不能够，我们没有一个人能够知道，一切的事情，对于她有怎样的关系，她不是同别人一样的，无论在什么地方，她必须自己当心自己，我不能够当心她，你也是不能够，无论你怎样想法，你是决没有这样伟大，但是我可以告诉你关于她的这个一点，如其你可以使她再活转来，在6个月以内，他们一定又会把她烧死，无论现在他们是怎样崇拜她的，而且你又会捧着这个十字架，完全和以前一样，（他双手合成十字）所以让她安息，让我和你来当心我们自己的事情，不要去干涉她的。

拿望诺 上帝鉴临，我和她，或是她和我，怎样可以没有关系！（他转身，同来的时候一样，缓步走出，说道）从今以后，我再不走到宫殿当中，或是和帝王谈话了。

查尔斯 （随着他走向门口，大声向他说）这也许是于你极有益的，教友！（他回到卧室的中间，立定，奇怪的样子，向自己说）这倒是一个滑稽朋友，他怎样进来的？我的侍从到哪里去了？（他不耐的样子走到床边，摇动鼗鼓，一阵狂风，从开着的门口吹进，四面墙头，同时震荡，烛光熄灭，他在黑暗中呼唤）哈啰！来两个人把这个窗关上，所有的东西都到处吹开去了，（夏夜的电光一闪，显出尖顶的长窗，看见一个侧面的黑影，映在窗上）谁在那里？这是什么人？救命！刺客！（雷响，他跳上床去，将身体缩入被内）

贞德的声音 放心，查理，放心，你为什么这样的狂呼？没有人能够听见你的，你睡着在这里，（在一种淡绿色的微光当中，可以隐

约的看见她立在床边）

查尔斯　（向外面窥视）贞德！你是一个鬼吗？贞德。

贞德　连这个也还不能算，孩子，一个可怜的烧尽的女子，还能够有鬼吗？我不过是你梦境的当中一个梦影，（光的强度增加，他坐起来的时候，他们两人，都可以明显的看出）你好像老一点了，孩子。

查尔斯　我是老了一点，我真是睡着了吗？

贞德　你在你无聊的书上睡着了。

查尔斯　这倒是很滑稽的。

贞德　没有像我死掉了这样的滑稽，是不是呢？

查尔斯　你真的死了吗？

贞德　死得像随便什么人死过的样子，孩子，我是已经脱离躯壳了。

查尔斯　倒很奇怪！那个很使你痛苦吗？

贞德　什么很使我痛苦？

查尔斯　被人烧死。

贞德　哦，那个！我不能十分记得了，我想起初的时候，是有一点，但是后来一切混杂起来，直到我脱离躯壳为止，我的意志，是不十分明了，但是你万不要去随便弄火，以为他不会烧痛你呵，你这一向是怎样的？

查尔斯　哦！倒还不坏，你知道吗，我领我的军队出去打过仗了？走下壕沟，血水齐到我的腰间，爬上云梯上面全是石子和滚水打下，和你从前一样。

贞德　不会吧，我到底把你造成了一个汉子吗？

查尔斯　我现在是得胜的查尔斯了，我不得不勇敢一点，因为你是勇敢的，安尼司也给了我一点的勇气。

贞德 安尼司！安尼司是什么人？

查尔斯 安尼司·校莱尔，一个我所爱恋的女人，我常常梦见她，我以前从来没有梦见过你。

贞德 她也是已经死掉。和我一样吗？

查尔斯 是的，但是她不是同你一样，她是非常美丽的。

贞德 （大笑）哈哈！我本不是一个美女，我始终是一个粗人，一个道地的军人，我差不多尽可以做一个男子，可惜我不是，不然倒可以使你们大家少去许多麻烦，但是那个时候，我的头正在天上，上帝的光荣，正是照耀着我，所以无论是男是女，如其你们的鼻子还在泥里，我总是要来同你们麻烦的，现在同我说，自从你们这些聪明的人，不知道好点的方法，只有把我弄成一堆的灰烬以来，事情是怎样了。

查尔斯 你的母亲及弟兄们申诉法庭，请求重审你的事件，法庭已经宣布，你从前的问官是充满了腐化、虚伪、欺骗及私怨的。

贞德 他们不会的，他们是最诚实的愚人，曾经把比他们更好的人烧死过的。

查尔斯 对于你的判决，已经是推翻，取消，消灭，认为不复存在，毫无价值及效力了。

贞德 我已经烧死了，仍旧一样，他们还可以把我烧活转来吗？

查尔斯 如其他们能够，他们在这样做之先，倒还要细想一下呢，但是他们已经命令，在柴堆所在的地方，建立一个美丽的十字架，做你永久的纪念，表彰你救世的精神。

贞德 这是纪念及救世精神，将十字架圣化，并非十字架将纪念及救世精神圣化的，（她转身走开，忘记他的样子）我一定比这个十字架还更长久，等到大家忘记卢安是在什么地方的时候，他们一定还记得我呢。

查尔斯 现在你又是这样的自矜，完全和以前一样了！我想你应当有一句话谢我，居然替你把这个案件平反转来。

高穹 （在他们中间从窗上出现）谎言的人。

查尔斯 谢谢你。

贞德 这不是彼得尔·高穹吗！你好吗？彼得尔？自从你把我烧死以来，有什么幸福吗？

高穹 一点没有，我反诉这个人类的公道，这不是上帝的公道。

贞德 还在梦想公道吗，彼得尔？你看公道已经把我弄到什么地步！但是你也遇见什么事情吗？你是已经死去，还是活着呢？

高穹 死了，声名扫地了，他们追寻我到地下，他们把我死夫的遗骸，驱逐出教，他们把他掘出，把他丢在公众的秽物当中。

贞德 你死去的遗骸，不会觉得铁铲及秽物，像我活着的身体觉得火烧一样。

高穹 但是这种事情，他们对于我所做的，伤害公道，破坏信仰，摇动教会的基础，一个无罪的人，死在法律名义之下，乃污蔑好人，以挽救这个错误的时侯，坚实的地面，是会同大海的波涛一样，在神人的脚下，同时震荡的。

贞德 好了，好了，彼得尔，我希望人类因为记着我可以更好一点，如果你不曾把我烧死，他们不会这样记得我的。

高穹 他们因为记得我只有更坏一点，他们从我身上，会看见恶行战胜善行，虚伪战胜真理，残虐战胜慈悲，地狱战胜天堂，想着你可以增加他们的勇气，想着我的时候，只有畏怯，然而上帝可以做我的见证，我是公平的，我是慈悲的，我对于我所见到的，是忠实的，除了像以前这样以外，我万不能有别的做法。

查尔斯 （从被单内爬出，坐在床边）是的，做大的坏事的，永远是你们这些好人，你看我吧！我不是好的查尔斯，也不是聪明的查尔斯，也不是勇敢的查尔斯，崇拜贞德的人，可以甚至于叫我怯懦的查尔斯，因为我不曾把她从火中救出，但是我比你们无论何人，都少做许多害人的事情，你们这些人，都把你们的头朝着天上，费掉你们所有时候，想要把这个世界翻转过来，但是我让世界照他现在的样子，说上面在上是不错的，而且我把我的鼻尖放得离地很近，现在我要问你，法国哪一个皇帝，成绩比我更好，或是在他的小德上，是一个更好的人呢？

贞德 你已经真是法国的皇帝吗？英国人退出了吗？

邓鲁意 （从贞德左边的地下走出，同时烛光自己重明，愉快地照着他的甲胄）我守着我的信约，英国人已经退去了。

贞德 感谢上帝，现在锦绣的法兰西，是天国的乐土了，告诉我一切战事的情形，杰克，是你统率他们吗？你一直到死为止，始终是上帝的军官吗？

邓鲁意 我并没有死去，我的身体现在是极舒适地睡在东堡地方的床上，但是我的神魂被你的引到这里来了。

贞德 你是用我的方法战胜他们吗？杰克，咦，不是以前的方法，大家较量赎金，乃是女郎的方法，以生命与死神相搏，精神高举而且下沉，除去一切怨恨，在上帝之下，没有别的计较，只有法兰西的自由和她的人民，这是我的方法吗，杰克？

邓鲁意 实在说，那是无论什么方法，只要是能够战胜，但是战胜的总永远是你的方法，我已经替你竭力，孩子，我写了一封很好的信，在这个新的审问上替你平反，或者我不应当让教士们把你烧死，但是我那个时候，正忙于调度战事，并且那个是教会的事情，不是我的，弄得我们两个人一起烧死，又有什么用处，可不是吗？

高穹 哦，把责任推在教士们身上吧，但是我，已经起出于毁誉以外的，要告诉你，世界不是被他的教士救出，也不是被他的军人救出，乃是上帝及他的神圣救出的，世间的教会，把这个女子送到火中，但是就是在她烧死的时候，这个火焰，也是化为教会圣哲的光辉的。

（钟声正报三刻，听见一个粗率的男人声音，反复唱着一种随口诌成的调子。）

隆，通，脱隆姆莱隆东。

肥的咸肉呀，隆姆莱隆东。

老的圣贤，蒙姆莱隆东。

拖他的尾巴呀，司脱姆莱隆东。

呵呀，我的玛利安翁。

（一个兄恶的英兵，从帷幔中出来，走到邓鲁意及贞德的中间。）

邓鲁意 哪个恶劣的诗人，传授你这个滥调？

英兵 没有什么诗人，我们在行军的时候，自己造出来的，我们不是绅士，不是诗人，你可以说，平民心中直接出来的音乐，隆通，脱隆姆莱隆东，肥的咸肉呀，隆姆莱隆东，老的圣贤，蒙姆莱隆东，拖他的尾巴呀！司脱姆圣隆东，这个并没有什么意义，你知道，但是他调节我们的脚步，你们的仆人，诸位夫人及诸位先生，谁在问起一个神圣吗？

贞德 你是一个神圣吗？

英兵 是的，直接从地狱来的。

邓鲁意 一个神圣，而且从地狱来！

英兵 是的，尊贵的长官，我有一天的例假，每年一天，你知道，这是我做过一件好事的报酬。

高穹 恶人！你一生一世，就只做过一件好事吗？

英兵 我从来也没有想到，那是一件极自然的事情，但是他们已经替我记上了。

查尔斯 一件什么事情？

英兵 一件极可笑的事情，你从来没有听见过的，我——

贞德 （打断他的说话，走过来到床前，和查尔斯一同坐下）他把两根树枝扎成十字，送给一个可怜的女子，正在被他们烧死的。

英兵 不错，是谁和你说的？

贞德 不要管他，如果你再看见这个女子，你还认得她吗？

英兵 我不会的，天下有这许多的女人！然而她们个个都要想你记得她们，好像世界上只有一个女人一样，这个一定是一个头等角色，因为我由她得着每年一天的假期，所以正确的到12点钟为止，我是一个神圣，听你们的指挥的，各位爵爷，各位夫人。

查尔斯 12点以后呢？

英兵 12点以后，回到那个唯一的地方，适宜于我这样的人的。

贞德 （立起来）回到那里！你把十字送给那个少女的人！

英兵 （辩白他非军人的行为）她要求一个十字，他们正在把她烧死，她也和他们一样，有要求一个十字的权利，而且他们有好多的十字，那个是她的丧礼，并不是他们的，我的行为，有什么妨害呢。

贞德 蠢人，我并不是责备你，但是我不忍想你在那里受苦。

英兵 （愉快的样子）并不十分受苦，夫人，你看，我是习惯于更坏的生活的。

查尔斯 什么！比地狱更坏的？

英兵 法国战争中15年的军队生活以后，地狱是一个盛筵了。

贞德 双手举起，朝着圣母的神像，表示她对于人类的失望。

英兵 （继续说）——好像是于我很相宜的，这一天的例假，在起初很觉得无聊，像一个落雨的礼拜，现在我倒觉得，没有什么了，他们同我说，只要我喜欢，随便几天，无论什么时候，都可以的。

查尔斯 地狱是这样的样子？

英兵 你不会觉得怎样的坏，先生，畅快的，好像你可以永远喝醉，而没有要付酒钱的麻烦。并且顶高的伴侣，皇帝，教皇，王侯，以及各色的人，他们讥刺我，将十字送给年轻的犹太，但是我一点不怕，我堂堂地对付他们，向他们说，如其她不比他们更应当有那个十字，她也要到他们所在的地方来了，这个使得他们不能开口，真是这样的，他们毫无办法，只好咬紧他们的牙齿，地狱的风尚，我只有笑笑走开，一面唱着我的老调，隆通，脱隆姆——哈啰！哪一个在那里敲门吗？

（他们注意听着，有一个很轻的敲门声音。）

查尔斯 进来。

（门开，一个白发驼背的老教士，带着滑稽的但是慈善的微笑，进入室内，缓步向贞德走来。）

新来的人 原恕我。各位爵爷及夫人，不，要让我惊吵你们，我不过是一个可怜的善良的英国老教士，从前温却司特大主教阁下的小会堂牧师，约翰·司徒孔勃，来听你们的命令，（他以询问的态度望着他们）你们说了什么话吗？我是不幸有点重听，并且有点——或者神经不很清楚，但是没有关系，那是一个小的乡村，只有少数的简单住民，我很够了，我很够了。他们都很爱我，我可以行一点善事，我有各方面的关系，你们知道，他们是极宽待我的。

贞德 可怜的约翰，什么使你变成这个状态的？

司徒孔勃 我告诉我的人民，他们必须十分当心，我同他们说："如果你们看见了你们所想的事情，你们就会对于他全然另外一样的想法，他会得使你们惊骇，哦，极大的惊骇，"而他们都说："是的，牧师，我们都知道你是一个善人，你是连一个苍蝇也不肯伤害的，"这个是我一个极大的安慰，因为我的天性并不是残忍的，你们知道。

英兵 谁说你是呢？

司徒孔勃 你们看，我从前曾经做过一件极残忍的事情，因为我没有知道，残忍是怎样的情形，不曾亲眼看见过来，你们知道，这是一件极重大的事情，你们必须亲眼看见，那个时候你们就会悔悟而且得救了。

高穹 难道我们救主基督的受苦，在你还不够吗？

司徒孔勃 不，哦不，完全不够，我曾经在画像上见过，在书上读过，我以为我已经非常被他们感动，但是全然没有用的，拯救我的并非我们的救主，乃是一个青年女子，我亲腿看见她烧死的，那真是可怕，哦，极端的可怕，但是我因此得救了，我自从那天以来，成为一个完全两样的人，虽然有时候是有一点神志不清。

高穹 难道一个时代，必须有一个基督受苦死去，来拯救这些毫无想象力的人吗？

贞德 如果我已经救了许多的人，要是我没有被他虐待，他们一定要被他虐待的，我的烧死，就不算是有益处了，是不是呢？

司徒孔勃 哦，不对，那不是你，虽然我的眼力不济，不能看清你的面貌，但是她决不是你，决不是你，哦，绝不是你，她被烧成灰烤死去而且消灭了。

掌刑人 （从后面帷幔中走出，在查尔斯的右首，床在他们两人的中间）她比你还更其活着呢，老先生，她的心不能烧尽，不肯沉下，我是我职业当中的能手，胜过巴黎的能手，胜过图鲁斯的能手，我不能把那个女郎治死，她是存在而且活着在无论什么地方的。

瓦尔吕克伯爵 （从对面的床帷中突然出现，向贞德的左首走来）女士，我恭贺你的复权，我觉得我还应当向你表示歉意。

贞德 哦，请你不必客气。

瓦尔吕克 （愉快的态度）那个焚烧的事情，是纯粹政治关系，我确实申明，对于你个人，丝毫没有恶感。

贞德 我是不记仇恨的，我的爵爷。

瓦尔吕克 一点不错，你对我这样，真是非常的好意，足见你有一种真实的修养，但是我坚决主张，必须向你表示相当的歉意，实在的情形是，这些政治上的必要，有时会变成政治上的错误，而这个事情，尤其是一个真正的失策，因为不管我们的柴薪怎样，你的精神已经战胜我们，历史上会因你而记得我的名字，虽然在这些事情的关系上面，或者是稍为有点不幸的。

贞德 是的，或者不过稍为有点，你这个滑稽的人。

瓦尔吕克 然而，他们封你为神圣的时候，你的光环，应当归功于我，就好像这个幸运的君主，他的皇冠，应当归功于你一样。

贞德 （转身走开）我没有什么事情应当归功于什么人，一切的事情，我都归功于上帝的精神，存在我身上的，但是想我也会是一个神圣！圣加德林同圣玛利应当怎样说法，如其一个乡下女子，跪上去立在她们旁边。

（一个书记样子的绅士，身穿黑色礼服，头戴礼帽，1920 年的时装，从他们左首旁边的角上，突然出现，他们一齐向他注视一歇之后，纵声大笑。）

绅士 干嘛这么开心，各位绅士？

瓦尔吕克 祝贺你今天穿了一件极特别的，可笑的衣服。

绅士 我不能了解，你们都是奇装，我穿的是正当的衣服。

邓鲁意 一切的衣服，除掉我们天然的皮肤以外，不都是奇装吗？

绅士 原恕我，我是有极重要的事情来的，不能加入这种无聊的辩论，（他取出一张纸来，做出一种公务人员的严正态度）我来向诸位宣告，以前称为女郎的，现由奥利安士主教——

贞德 （打断他的话）嘎！他们在奥利安士还记着我呢。

绅士 （声音加重，表示不愿意被人打断他的话）——现由奥利安士主教组织审议机关，审议将上述贞德敕封神圣的要求——

贞德 （又打断他）但是我从来没有提出这样的要求。

绅士 （和以前一样）教会按照寻常程序，彻底审查这个要求以后，承认上述贞德，列入尊严及福佑的品位——

贞德 （好笑）我，尊严的！

绅士 ——最后宣布，她是禀赋有英勇的美德，感受有特异的启牖，应当列入教会先圣之中，称为圣女贞德。

贞德 （乐极）圣女贞德！

绅士 每年 5 月 13 日，为上述圣女死难之期，凡天主教会的礼拜堂，均应于是日举行特别典礼，以为她的纪念，并且法律允许，专为她建立小会堂，将她的神像，供奉在这种会堂的神坛上面，虔诚的信徒，可以向她跪下祈祷，由她转达慈悲的神座。

贞德 哦，这是应当要神圣跪下的。（她跪下，依然乐极）

绅士 （收起他的文件，退到掌刑人旁边）1920 年 5 月 16 日，发于巴惜立加，瓦梯加拉。

邓鲁意 （扶走贞德）尊贵的圣女，半点钟就烧死你的，400 年才发现你的真像，这真是——

司徒孔勃 先生，我以前做过温却司特大主教的小会堂牧师，他们总是称他为英国大主教，我和我的主人，都极愿意看见有一个女郎的神像，在温却司特大礼拜堂当中，你想他们会在那里立起一个来吗？

绅士 因为那个建筑，现在还在英国邪教徒的手中，我不能够替你保证。

（窗外现出一个温却司特礼拜堂中神像的幻影。）

司徒孔勃 哦，看呀！看呀！那就是温却司特。

贞德 那个就是我的像吗？我的脚还要直一点呢，幻影消灭。

绅士 法国政府机关，请我提及公共场所的女郎塑像，增加甚速，有妨碍交通的危险，但是代表教会，我必须向你们申明，女郎的马，并不比他种任何的马，更其妨碍交通。

贞德　咦！我真高兴，他们还没有忘记我的马呢。

（雷依姆礼拜堂前面一个神像的幻影现出。）

贞德　那个滑稽的小东西也是我吗？

查尔斯　那是雷伊姆礼拜堂，你替我加冕的地方，这个当然是你。

贞德　谁把我的剑弄破了，我的剑从来没有破过，它就是法兰西的剑。

邓鲁意　没有关系，剑可以补好的，你的灵魂并没有破，你就是法兰西的灵魂。

（幻影消灭，大主教及审问官在查尔斯的左右两旁出视。）

贞德　我的剑是还要战胜的，这个从来不会伤人的剑，人类虽然把我的躯壳毁坏，然而在我的灵魂当中，我已经看见上帝了。

高穹　（向她跪下）田间的女子们都歌颂你，因为你提高她们的眼光，使她们看见，天堂及她们的中间是没有障碍的。

邓鲁意　（向她跪下）垂死的军人们都歌颂你，因为你是一个光荣的盾牌，掩护他们的最后判决的。

大主教　（向她跪下）教会的领袖们都歌颂你，因为这个信仰，由他们的俗念沦入泥涂的，已经被你救出。

瓦尔吕克　（向她跪下）狡猾的策士们都歌颂你，因为你已经截断这个坚结，在这个上面，他们自己把他们的灵魂缚住的。

司徒孔勃　（向她跪下）垂老的愚人们，在他们死去之前，都歌颂你，因为他们对于你的罪恶，已经化为福佑。

审问官　（向她跪下）默守法律的审判官们都歌颂你，因为你已经证明人类灵魂的启示及自由了。

英兵 （向他跪下）地狱出来的恶鬼们都歌颂你，因为你已经指示他们，不能消灭的火就是圣火。

掌刑人 （问她跪下）掌刑人及刽子手们都歌颂你，因为你已经证明他们的手，对于灵魂的死去，是无罪的。

查尔斯 （向她跪下）没有大志的人们都歌颂你，因为你自己承受这个英雄的担负，在他们是觉得太重的。

贞德 全体人类都歌颂我的时候，我就从此休矣！我要你们记着我是一个神圣，神圣是能够造成灵异的。现在告诉我，我应当起死回生，变成一个活的女人，同你们相见吗？

（大家一齐惊骇立起，同时室中顿变黑暗，四壁完全消灭，只有床和人的形象，可以看见。）

贞德 什么？我还要再烧死吗？你们没有一个人预备可以接受我吗？

高穹 邪教徒永远是死掉好点，而常人的眼光，是不能分别圣神和邪教徒的，饶恕他们吧。

（他同进来的时候一样的走出）

邓鲁意 忘掉我们吧，贞德，我们的程度，都还配不上你，我要回到我的床上去了。（他也走出）

瓦尔吕克 我们对于从前小小的错误，真心抱歉，但是政治的必要，虽然偶尔错误，现在还是不可避免的，所以如果你可以这样宽大的原恕我——（他慎重地偷偷走出）

大主教 你的回来，决不能使我成一个这样的人，你从前思想中所想象我的，我至多可以说的是，我虽然不敢替你祝福，我希望有一天可以得着你的福佑，但是现在——（他走出）

审问官 我，现在已经死去的人，在那一天已经表明你是无罪的，但是我不能够看见，在现时环境之下，邪教的审问法庭，怎样可以废去，所以——（他走出）

司徒孔勃 哦，不要回来，你千万不可以回来，我必须安静的死去，上帝在我们的生命当中，给我们以安静，哦天呀！（他走出）

绅士 你复活的可能，在最近的赦封程序上，未曾计及，我必须回到罗马去，请求新的训令。（他鞠躬退去）

掌刑人 因为是我职业上的一个名手，我必须顾全他的利益，并且无论如何，我第一的义务是对于我的妻子及儿女的，我必须有点时候来想想这个事情。（他走出）

查尔斯 可怜的贞德，他们都避开你了，只剩下这个恶人，12 点钟要回到地狱里去的，我除了看杰克，邓鲁意的榜样，也回到床上去以外，还有什么办法呢？（他睡到床上去）

贞德 （妻惨的）晚安查理，查理。

查尔斯 （在枕上发出鼾声）咕——噫，（他睡着，黑暗将床掩蔽）

贞德 （向英国兵说）你，我唯一的信徒，你有什么安慰给圣女贞德吗？

英兵 哦，他们值得点什么，这些帝王、军官、主教、律师以及这一类的人？他们只会把你丢在沟里，让你流血死掉，第二件事情就是，你在那边下面遇见他们，不管他俩是怎样神气十足的，我要说的是，你应当有你自己的意见，和他们应当有他们的一样，或者更其应当，（他好像要在这个问题上演讲一番的样子）你看，这个是这样的，如果——（听见远处的钟声，慢慢地开始报十二点）对不住，一个要紧的约会。（他垫起脚尖走出）最后留下的光线，结成一个纯白的光圈，降落在贞德的身上，钟声继续响着。

贞德　哦上帝，你造成这个美丽的世界的，他要几时才可以预备接受你的神圣呢？要多久呢，哦，天呀，还要多久呢？

〔幕落〕

——剧终

卖花女

（五幕剧）

第一幕

景：伦敦，晚上 11 点一刻。正值夏季多雨时节，此时正是大雨滂沱，随处可见人们在焦急地等待车子和听见各种嘈杂声。不少路人正在匆忙地向市场和圣保罗教堂奔去。在这之前，教堂的门廊下已经有一些人在避雨了，人群中有一位太太和她的女儿，两个人都身穿晚礼服站在那里。所有人都是一副担忧的神情，万般无奈地看着下个不停的大雨，唯独一个人身子侧向一边，专心致志地在笔记本上记录着什么。

〔教堂准时敲响 11 点一刻的钟。

女儿 （站在廊柱中间，靠近左边的柱子）这天气真冷！简直快要被冻死了。弗雷迪怎么回事？去了快 20 分钟了还没见他回来。

母亲 （站在她女儿的右边）时间没那么长，但也早该把车叫过来了。

旁边的人 （站在这位母亲的右边）最早也得等到晚上 11 点半才能叫到车，太太！他们总得先把之前的那批客人送到家，然后才能转回来呀。

母亲 可是我们不能没有车子呀！我们可不能就这样一直站着，等到 11 点半？天哪，真糟糕！

旁边的人 但这也是没办法的事呀，怪得了谁呢？太太。

女儿 如果弗雷迪够机灵的话，就不用像现在这样，或许从戏院出来的时候就坐上车了。

母亲 那这又有什么办法呢？我可怜的孩子！

女儿 别人就能叫到车子，为什么偏偏就他不行？

（远远看到弗雷迪从南安普顿路的方向急匆匆地奔向这边，跑到母女俩的中间，随即把手中的伞收起来。他是个 20 岁出头的年轻小伙子，身穿晚礼服，膝盖以下都被雨水浸透了。）

女儿 车子呢？怎么没看到车呢？

弗雷迪 根本就没有空车，一辆都看不到。

母亲 怎么可能呢？肯定有，弗雷迪，是你不够细心。

女儿 真是气人！难道让我们两个亲自去冒雨叫车吗？

弗雷迪 所有车子都已经被人占了。这雨下得太突然，所有人都措手不及，谁不要坐车呢？我从这边一直跑到哲令十字街，几乎要到了卢德门转盘，同样没有车。

母亲 特拉法加广场那边你也去看过了吗？

弗雷迪 是的，那里一样没有车子。

女儿 你真的去找过了吗？

弗雷迪 我都已经跑到哲令十字街去了，难道还要我继续走路去哈默斯密斯那里吗？

女儿 那就是你压根就没有去那儿找过。

母亲 你也太没用了，弗雷迪！继续去找，等叫到了车子你再回来。

弗雷迪 那也是徒劳，这只是让我再去淋雨而已。

女儿 你就不能为我们考虑下吗？这里这么冷，我们又穿得这么少，难道你想让我们在这儿等一夜吗？你真是既自私又愚蠢！

弗雷迪 好了，好了，听你的，听你的就是了！（他撑开雨伞，再次慌慌张张地奔向河滨方向，刚迈开步，就迎面撞上一个急急忙忙跑进来避雨的卖花女，她手里的花篮一下子就被撞落到地上。就在这一瞬间，空中急速地划过一道闪电，接着传来一阵震耳欲聋的雷声，似乎是在为这一场景伴奏。）

卖花女 你究竟是怎么回事啊？弗雷迪，你的眼睛是用来干什么的？

弗雷迪 真是抱歉！（他急急忙忙地跑下去了）

卖花女 （把掉落在地上的花枝捡回到花篮里面）瞧，真是个粗鲁的家伙，竟然把我的两把紫罗兰一脚踩进泥土里了。（她走过去，坐到那位太太右边的柱脚上，接着开始耐心地整理她的花，她其实长得还算不错。年龄大概是18，或许是20，总之是20岁以下。她的头上戴着一顶又黑又脏的小草帽，上面满是灰尘和煤烟留下的污秽，好像从来就没有清洗过。头发看起来也似乎很长时间未清洗了，变成了难看的灰褐色。她上身穿一件黑色的大衣，布料粗糙又破旧不堪，衣服长及膝盖，但腰身刚刚好。下身穿着同样破旧过时的深黄色裙子，外面罩着一件粗布围裙。脚上的靴子早已经破得不成样子了。即使这样，她还是尽量让自己看起来整洁一些，当然要是跟太太小姐们相比就显得很邋遢了。但是她相貌并不差，只要稍加打扮即可。此外，她还有必要去牙医那儿清洗一下牙齿。）

母亲 你是怎么知道我儿子的名字的？

卖花女 哦，原来他是您的儿子啊！哼！那您这当妈妈的如果能够好好地教育孩子，他也不会弄坏了别人的花就头也不回地走了啊。既然这样，您就赔钱给我吧。

女儿　妈，别听她的话，不要给她！

母亲　克拉拉，还是多少给点吧。你身上还有零钱吗？

女儿　没有了，就只有一个6便士了。

卖花女　（心里充满期待）6便士我能找得开，好心的太太！

母亲　（对克拉拉）把钱拿来吧。（克拉拉不情愿地把钱放在母亲手里）（向卖花女）给，这是赔给你的损失。

卖花女　真是谢谢您了，太太！

女儿　让她给我们找钱。这花不值这么多钱，平常一把最多也就一个便士。

母亲　算了，克拉拉，给她吧。（向卖花女）这些都是你的了。

卖花女　哦，太感谢您了，太太。

母亲　现在请你告诉我，你是从哪里得知那位少爷的名字的？

卖花女　哦，我可不清楚。

母亲　可我明明听到你刚才叫了他的名字。你还是说实话吧。

卖花女　（辩解）我可没想说谎！不管是弗雷迪还是查理，都不过是我自己顺口叫出来的，对陌生人不都是这样吗？

女儿　这钱算是白给了，妈妈，你不能这样看待弗雷迪呀。（她表现出不高兴的神情，退到了柱子后面。）

（这时，跑过来一个年纪大点的，看起来性格温和、属于军官级别的绅士。他身上穿着晚礼服，外面套着一件夹大衣，同样地，裤脚完全被雨水打湿了。他收起手上那把湿漉漉的雨伞，然后站在那位太太的女儿刚刚站过的地方。）

绅士 唉，这天气!

母亲 （向绅士）先生，您看这雨一时半会儿会停吗?

绅士 我看不会了。就在两分钟之前又变得更大了，不是吗?（他走到柱脚边上，挨近卖花女，把脚放在她旁边的柱脚上，微微弯腰把卷起的裤脚放下来。）

母亲 这雨下得这么大，可怎么办啊!（她更加担忧了，也退到柱子后面，挨着她的女儿。）

卖花女 （那个绅士挨着她的时候，赶紧殷勤地向他说话）一旦这雨突然下大，就表示要停了。不要太担心，先生，就买一支我们穷人的花吧。

绅士 抱歉!我身上没有零钱。

卖花女 先生，我找得开钱。

绅士 那你找得开一镑吗?我只有这么大的。

卖花女 哎呀!您还是买枝花吧，长官。我找得开半先令呢。这个就算您两个便士行吧。

绅士 算了,别再啰唆了。(用手伸进口袋)我确实没有零钱了——哦，只剩一个半便士，行了吧?（他走到另一柱子边上）

卖花女 （很沮丧，但又觉得好歹还有一个半便士，有比没有好）真是谢谢您了，先生。

旁边的人 （向卖花女）你说话当心点，你给一枝花给他。后面那人可是把你说的那些话都给记录在本子上面了。(所有人都回过头来看向那位手拿笔记本的人。)

卖花女 （吓了一跳）我只不过是和那位先生说了几句话而已，可没做什么坏事呀!我卖花也不能算是犯法啊。(生怕出什么事，大声地说着）我可不是会干坏事的人，我是好人。你们都帮忙说说话，我可什么都没做，只是请那位先生买枝花而已。（四周围人声鼎沸，大多数人站在卖花女那边，也有人认为她的反应太过激烈了，叫着“不要吵了”、“又没人对你做什么”、“安静点吧”、“吵到别人了”、“没完没了的干什么呀”等，一些成熟稳重的观众是这样说的，而另外一些脾气暴躁点的则直接让她闭嘴，甚至有人大声呵斥她是不是脑子不正常。站得远点的人则是一头雾水，纷纷挤过来询问到底发生了什么事，你拥我挤，七嘴八舌的，现场顿时乱成一锅粥。“怎么回事呀？她做什么了？那个人是谁呀？”“那个侦探把她的话都记录下来了。”“是吗？为什么呀？”“她卖了花给这位先生”，等等。卖花女好不容易从人群中挤出来，在绅士旁边大声叫嚷着）先生呀！可千万不能让他把我送进警局呀！那样的话我就完了，就因为和您说了几句话，被当成了坏人，就要惩罚我，他们……

做记录的人 （走向前，来到卖花女旁边，那些原先在一旁的人都跟着走过来）得了，得了，不要再说这些傻话了，谁要抓你了？你把我看成什么人了？

旁边的人 （对卖花女）放心，没什么事的。他不是你想的那种坏人，你看看他的皮鞋。（对做记录的人解释）先生，她肯定把你看成是警察局的外勤人员了。

做记录的人 （立刻对这名词表现出很大的兴趣）外勤人员是什么职业？

旁边的人 （一时不知道该怎么说）意思就是——就是去外边跑腿的啦。换句话说，就是收集线索的意思嘛。

卖花女 （仍然叫嚷个不停）我对天发誓，我真的没说半句……

做记录的人 （语气严厉但友好地）好了，好了，叫嚷什么呀！你从哪看得出来我是警察了？我哪里像个警察了？

卖花女 （仍然抱着怀疑的态度）可是你为什么把我说的话都记在本子上面呢？我怎么知道你有没有乱写？你敢不敢把那个本子拿过来让我看看？（做记录的人把本子打开拿到她跟前，将本子平放在手里，站在后面的人拼命往前挤，稍不小心就会被挤倒在地。）

做记录的人 我知道你在想什么。（开始读着记下的笔记，还一边将她的发音模仿得惟妙惟肖）“不要太担心，先生，就买一支我们穷人的花吧。”

卖花女 （表现得非常害怕）我只是叫了他一声“先生”，我可没什么坏心思呀。（向绅士）先生呀，您可不能让他因为这件事就去告我。您……

绅士 告你？谁说要告你了？（向做记录的人）先生，如果您是个侦探的话，我并没有觉得这位年轻女士对我有什么不利，所以您没必要插手这件事。在场的人都知道，她没有恶意。

一个旁观者 （对警察局的秘密行动表示不满）是啊！在场的都知道这个，你这是干什么呢？不要随便管人家的事。这人是想升职吧？什么事都想管。那姑娘没说什么过分的话呀！怎么能这样呢？一个小姑娘来这儿躲雨还要受人的气，真是的！（对卖花女持同情态度的观众又让她重回到柱脚那儿，她再次坐下，但心情却无法平静下来。）

旁边的人 我看他不是什么侦探。根本就是个好管闲事的无聊的人，不信你们看他的皮靴就清楚了。

做记录的人 （很淡定地回过身问他）您住在塞尔西的家人都还好吗？

旁边的人 （无比惊讶）你怎么知道我的家在塞尔西的？

做记录的人 你先别管我是怎么知道的，反正我说的是对的。（向卖花女）你为什么大老远地跑到东城来呢？你的家是在里森格罗佛的呀。

卖花女 （感到恐惧）哎呀，我离开家来东城又怎样了？猪圈都比里森格罗佛要好，更过分的是，我每周的房租就要 4 先令 6 便士。（禁不住伤心地哭着）唉，呜呜……

做记录的人 没人管你住哪儿，不要再这样吵闹了。

绅士 （向卖花女）好了，好了。你想住哪儿是你自己的事，他没权利管你。

一个刁钻的旁观者 （用力挤到做记录的人和那绅士之间）如果我居住在富人区的公园路[①]，我倒是可以跟你探讨一下政府的住房规划。

卖花女 （停止哭泣，闷闷不乐地看着自己怀中的花篮，自言自语）您真的是个好人呀。

刁钻的旁观者 （对她不予理睬）那你说得出我是哪里人吗？

做记录的人 （脱口而出）霍克斯顿人。

（围观的人对此感到惊讶不已，对做记录的人表现出了更浓厚的兴趣。）

刁钻的旁观者 （惊讶不已）你怎么什么都知道啊？这家伙，你到底是干什么的呀？竟然能知道得这么清楚！

---

①公园路指的是伦敦那些富人的住宅区。这里说到的英国政府的住宅规划，是由于在19世纪后半期，伦敦穷人的居住卫生问题曾一度成为社会上的热点话题，并且被拿到议会上多次讨论。但是因涉及资本家们自身的根本利益，所以这一问题始终未能得到解决。

卖花女 （仍在生闷气）那又怎么样，他也管不到别人的事。

旁边的人 （对她）这是当然了。这没什么好可怕的！（向做记录的人）你这人，别人没做什么，你把别人的底细打听得这么清楚干吗？你有证件吗？

几个旁观者 （听到这些与法律沾边的问话，立刻就随声附和起来）是啊，你有证件吗？

卖花女 他想怎么说就怎么说，跟我没关系。

旁边的人 你瞧不起我是吗？你胆敢这样对待一位绅士吗？

刁钻的旁观者 是啊，如果你真的这么厉害，那就算算那位绅士是哪儿的人。

做记录的人 乔特纳人，中学就读于海洛，大学就读于剑桥，学成后就去了印度。

绅士 他说的丝毫不差！（周围的人感到更惊讶了，开始佩服做记录的人，周边的气氛渐渐地缓和起来。周围的人开始议论纷纷，你们听见了吗？他什么都清楚呢！真是厉害呢……）先生，请问您是不是凭着这项本事在游乐场混饭吃的？

做记录的人 我想过这样做，说不定以后会去呢。

（雨已经停了，人群周边的人都四散离开。）

卖花女 （看见人们都对做记录的人这么感兴趣，心里觉得不舒服了）他不是个“先生”，哪有“先生”会把穷人的事打听得这么清楚的？肯定不是“先生”。

女儿 （越发没有耐心了，硬是要往前挤，一直挤到绅士站的位置，于是绅士礼貌地向后退到柱子的另一边）弗雷迪真是的！怎么回事呀？再这样待下去，我都快得伤风了。

做记录的人 （赶忙把她的“伤风”两个字的发音记下来，一边喃喃自语）厄尔斯考特人。

女儿 （语气严厉地）谁允许你这么做的？

做记录的人 哦，是我的声音太大了吗？我不是故意说给您听的。真抱歉！您母亲是艾普森人，确定是。

母亲 （走到她女儿和做记录的人中间）真是稀奇！他说的一点也没错，我就是在艾普森那边的胖女园长大的。

做记录的人 （顿时觉得兴趣大增，开始大笑起来）哈哈哈！这地名确实有趣极了！真抱歉！（向女儿）您是打算叫辆车子是吗？

女儿 你别对我说话。

母亲 注意你的言行，克拉拉。（她女儿只得默不作声了，然后心怀不满地走到后面去）先生，要是您能帮我们叫辆车子的话，真是再好不过了。（做记录的人拿出一个哨子）哦，真是太感谢您了。（母亲也走到她女儿那边）

（做记录的人将哨子放到嘴边使劲吹了一下。）

刁钻的旁观者 瞧，我没猜错吧？他确实是个警察。

旁边的人 他拿的是打球专用的哨子，跟警察局没关系。

卖花女 （念念叨叨地倾诉着）他凭什么冤枉我呀？我跟那些太太小姐们一样，真的是好人哪！

做记录的人 就在两分钟前雨就停了，你们都没注意到吗？

旁边的人 是呀！你应该早点告诉我们，害我们在这儿跟你浪费时间。（他向河滨街走去）

刁钻的旁观者 我也知道你是从哪儿来的，你是安维尔疯人院的，你还是赶快回精神病院去吧。

做记录的人 （纠正他的发音）是韩维尔[①]，不是安维尔。

刁钻的旁观者 （模仿上等人的发音）好吧，教授先生，真是非常的感谢您！哈哈！那就祝您晚安了。（他故作姿态，毕恭毕敬地用一只手高高地举起帽子，做完这一套动作之后才走开了。）

卖花女 看他对别人这么嚣张，要是有人对他这样做行吗？

母亲 雨已经停了，克拉拉。我们坐公共汽车回去吧。（她双手提着裙子，然后匆忙地走向河滨街）

女儿 说不定再等一下就……唉，真是的！（随即跟着走下去）

（现在门廊下只剩3个人了，那个做记录的人、绅士还有卖花女。卖花女仍旧坐那儿收拾自己的花篮，嘴里还不停地念叨着。）

卖花女 真是个可怜的人哪！不仅得忍受贫穷，连个安稳的日子都过不上啊。）

绅士 （再次回到原来站的位置，在做记录的人的左边）请问你是怎么知道这些的？有什么秘诀吗？

做记录的人 只不过是应用语音学而已，简单地说就是语言的科学，这不仅是我从事的工作，更是我的兴趣所在。凭借自己的兴趣来谋生，确实是一件值得高兴的事呢！当你们听到爱尔兰人或者约克郡人的方言，马上就能分辨出他的家乡在哪儿。而我不管是听到谁的口音，都能准确地说出他来自哪里。总能猜得八九不离十，距离能控制在20里以内。伦敦人的话，准确度更高，不出五六里，甚至是两条街以内的范围。

卖花女 哼，脸皮还真厚，大男人欺侮一个姑娘家！

---

①韩维尔，地名，在伦敦圣保罗教堂以西10英里，当地著名的精神病院最多可收留两三千患者。

绅士 那这个能给你带来收入吗？

做记录的人 当然可以了，而且形势不错呢。在这个暴发户盛行的年代。在肯特镇不少人最初的年收入也就 80 镑，但是住进公园路之后年收入一下子增加到 10 万镑。他们都希望摆脱掉原来的方言，可是一张嘴就现了原形。而我正好可以帮助他们。

卖花女 管好自己不就行了吗？不要多管我们穷人的事……

做记录的人 （变得暴躁）你还真是让人讨厌，停止你的这些牢骚吧，否则请你离开这儿。

卖花女 （小声顶嘴）我想待在哪儿就待在哪儿，我的事用不着你来管。

做记录的人 像你这样的一个姑娘家，说话又这么难听，你的存在就是个错误，哪儿也容不下你。你就应该时刻记住自己是个活生生的、有思想的人，你只应该使用莎士比亚、弥尔顿和英译《圣经》里的语言，而不是愚蠢地坐在那儿不停地唠叨。

卖花女 （听完这些话，她一时愣住了，偷偷抬眼看看他，觉得惊讶可又不知道怎么回嘴）哎——天啊——我的天啊——天啊！

做记录的人 （急忙打开笔记本）老天！这个发音真妙！（他不仅把它记录下来还照着本子模仿，说得一模一样）哎——天啊——我的天啊——天啊！

卖花女 （觉得很有意思，禁不住放声大笑）哈！

做记录的人 你听听，脱口而出就是不堪入耳的土话，这种人一辈子都不会有出息。但我能保证，只需要给我 3 个月的时间，我绝对能将她彻底改变，就算是让她出席外国大使的花园宴会，别人都会把她看成是高贵的公爵夫人呢。另外，我还可以给她找个像样的工作——上等人家的保姆或店员，这种职位只有说纯正的英语的人才能获得。我做这一行，一方面是为了获得更多财富——成为一名有钱人。另一方面还有其他的好处，那就是更好地研究语音学，成为类似于弥尔顿式诗人的那种人。

绅士 我本身也在研究印度语言，还有……

做记录的人 （非常激动）真的吗？那你认识那位比克林上校吗？就是那本《口语梵文》的作者。

绅士 你说的比克林上校就是本人，那您是谁呢？

做记录的人 亨利·希金斯，《希金斯万国注音字母》的作者。

绅士 （既意外又兴奋）哦，真的吗？我特地从印度过来找你。

希金斯 正好我也打算去印度找你呢。

比克林 那你现在住哪儿？

希金斯 住在温波街27号甲。明天你就来我家吧。

比克林 我暂住在卡尔顿饭店。还是先到我住的饭店去吧，这样我们可以边吃夜宵边聊聊。

希金斯 好。

卖花女 （当他从她身旁经过时对比克林）好先生，求您买枝花吧，我可连住宿的钱都出不起呢。

比克林 但是，我确实没有零钱了，抱歉。（他继续向前走。）

希金斯 （看出她说谎）你骗谁呢？刚刚还说自己可以找得开半先令不是吗？

卖花女 （一下子慌了神）你这人真是多嘴！（气愤地把篮子扔在他脚下）那你出6便士把我的花都买走行吗？

（教堂敲起了11点半的钟声。）

希金斯 （钟声使他马上意识到，自己的虚伪与对待穷人这种过分计较的态度是不对的）这倒是提醒了我。（他严肃地举起帽子行礼，拿出一大把钱扔进花篮，然后紧随比克林离开了。）

卖花女　（开始不停地捡花篮里面的银币，边捡边赞叹不已）哎——呀！哎——呀！……

弗雷迪　（从一辆出租车上下车）总算是有空车了，喂！（对卖花女）之前在这儿躲雨的太太小姐去哪儿了？

卖花女　雨停后她们就走了，是坐公共汽车回去的。

弗雷迪　唉，那这辆车可怎么办呢？真倒霉！

卖花女　（趾高气扬地）没事，小伙子，正好让我坐回去吧。（她得意扬扬地去拉车门，车夫急忙伸出手从里面关紧车门不让她上。她知道车夫觉得她出不起车钱，便从花篮里抓了一大把钱放在他面前）瞧，我可是有钱的人。（车夫笑了笑，松手打开车门）德鲁里路，安琪儿法院，挨近迈克尔乔治油店。让我看看你的速度有多快！（她迅速地上了车，“砰”的一声用力关上车门，汽车开走了。）

弗雷迪　唉，真是倒霉！

〔幕落〕

第二幕

景:第二天上午11点钟,温波街上希金斯的实验室内。实验室在楼上,并且正好朝着大街,是由原先的客厅改造的一间房。后墙正中间安了两扇房门,从那里进门,一眼就可以看到两个高高的文件柜呈直角形立在房间的右角位置,且紧靠着墙。同样的,在那个角落还放了一张写字台,上面放着一台录音匣子,一个察喉镜,一排小的风琴管子,再加上一个风箱;还有一套吹火的灯罩、灯口,用橡皮管与墙上的煤气龙头相连通;一些大小不一的调音叉;半个人头的仿真模型,甚至能清楚地看见口腔发音器官;另外,还有一个装着用来录音的蜡筒匣子。

〔从同一边看过去,入眼处可以看到一座壁炉,靠近门边放着一个皮质的躺椅和一个煤斗。壁炉架的正上方挂着时钟。专用来放报纸的架子则被夹在壁炉和放录匣子的桌子中间。

〔在进门的左手边,放着一个柜子,柜子不大而且抽屉比较浅,柜子上放着电话和电话簿。再往前就是一架占了很大地方的大钢琴,当然还有一条很长的琴凳，差不多跟琴身一样长。钢琴的盖子上放着一盘糖果，很可能是巧克力糖。

〔但是屋子中间却是空荡荡的。除了躺椅、琴凳，还有几把椅子放在录音匣子旁，在壁炉旁边还放着一把椅子。墙上挂着一些版画，有铜版制作的人像及意大利皮拉内西[①]风景版画，没有水彩油画。

〔比克林正坐在桌子前面，刚放下手中的卡片和一个调音叉。希金斯就站在他身旁，正在关几个文件抽屉。他在清早阳光的照耀下，看起来非常健康、充满活力而且相貌英俊，他大概是40岁的样子，身上穿着看起来很严肃的黑色制服，戴着黑领结，只有领子是白色的。看得出来他是那种一向精神焕发而且始终不渝地追求科学的人，一切有研究价值的对象都对他有着不可抗拒的吸引力，一旦开始了某一项研究，他就会变得全神贯注，对周围的一切都置若罔闻，甚至是达到忘我的境界。如果不是看他的外在形象和年龄，他跟一个顽皮的小孩没什么两样——看到什么新鲜的事都想要一探究竟，只要稍不注意，他就可能会做出一些出人意料的事情来。他的一贯心态是：心情好的时候就管点别人的闲事，心情不好就随时发点小脾气。尽管如此，他在本质上还是善良的，所以就算是在他最无理取闹的时候，也不会惹人生厌。

希金斯　（终于把最后一个抽屉关上了）应该就这些了。

比克林　真是不错，非常不错！所有这些发音我真正听懂的连一半都没有呢。

---

①皮拉内西，18世纪初的意大利版画家，他的作品主要以描绘古代建筑物为主。

希金斯 哦？那还需要再听一遍吗？

比克林 （离开座位背对着炉火站着）算了，谢谢，暂时不要听了，今天早上我已经听得很累了。

希金斯 （也走过去，挨着壁炉，站在比克林的左边）听了这么多，早就觉得不耐烦了吧？

比克林 确实是，太费劲了。原来我还觉得自己已经很不错了，能读出24个不同的元音，但没想到你竟然可以分辨出130个元音，真是天外有天，人外有人啊！这么多发音，我基本上无法将它们区分开来。

希金斯 （只是笑笑，一边到钢琴上拿糖吃）只能说是熟能生巧。刚开始的时候我跟你一样难以分辨，一旦听的时间长了，你就会很清楚它们之间的差别，就像A和B一样有着明显的不同。（别斯太太从门口伸进半个头来，她是希金斯的管家）有事吗？

别斯太太 （犹犹豫豫的样子，看来是有难以决断的事）先生，有一个年轻的姑娘要见你。

希金斯 年轻的姑娘？她来做什么？

别斯太太 先生，她说如果你知道她的来意，你一定会很高兴的。但说实话，这姑娘看起来真是庸俗得很。原本我是打算让她走的，但我又马上想到您可能会需要她录音。但愿我是对的，因为你经常会跟一些奇怪的人接触，所以希望您能谅解这一点，先生。

希金斯 这没什么，别斯太太。你觉得她的口音怎么样？感觉有趣吗？

别斯太太 哎呀，先生，实在是不堪入耳，您怎么会觉得有趣哪？

希金斯 （对比克林）那就让她上来吧。带她上楼，别斯太太。（他走到桌子旁边，从匣子里面拿了个用来录音的蜡筒。）

别斯太太 （虽然不乐意，但也只能顺从）好吧，先生。我这就把她带上来。（别斯太太下楼）

希金斯 来得正好！我给您展示下我录音的过程。先听她讲话，再一边用贝尔式注音法做及时的记录，然后再用一般的国际音标标注，然后用录音机录下来，这样做的好处就是你可以随时听到被录下来的发音，还能同时看到记录下来的注音符号。

别斯太太 （缓步走来）先生，她来了。

（卖花女迈着缓慢的步子走进来，看起来十分的庄重。她头戴一顶插有三根鸵鸟毛的帽子，而且颜色各异，分别是黄色、天蓝色和红色。她全身上下都尽量打理得挺整洁的，不管是围裙还是粗布衣服，看起来都不算太脏。一看到她这副自以为是的可怜相，比克林心里就油然而生出一股同情之心。比克林在别斯太太进门之前就起立了。而希金斯，在对待男人和女人的态度上面，唯一的区别就是，只要他不去欺侮别人或因为一些鸡毛蒜皮的事怨天怨地，就得像小孩子一样，为了得到自己想要的东西，就去对那些女人连哄带骗。）

希金斯 （脸上立刻表现出明显的不满，跟小孩子似地大声抗议）这不就是昨天见过的那个姑娘吗？已经记下了口音又来干什么？里森格罗佛区方言的录音我早就不需要了，因此别想让我再因为她浪费一个蜡筒了。（对卖花女）赶紧离开这儿，对于我来说你已经没有任何价值了。

卖花女 哼！先不要这么吓唬人，我还没说自己来这儿干什么呢。（对仍然立在门口待命的别斯太太）你有没有说我是坐汽车来的呀？

别斯太太 你胡说什么呀！这里的人谁会关心这个？

卖花女 哼！神气什么！不管怎样他都得给我上课，这可是他自己说的。说实话吧，我来这儿绝不是想要占什么便宜，我是会付钱的人，如果你们不领情的话，我就去找别人。

希金斯 你说谁不领情？

卖花女 就是说你们。这下你明白了吧？我是来交费上课的，你最好清楚这一点。

希金斯 （顿时火冒三丈）简直太过分了！（实在气不过）那你觉得我该怎么做呢？

卖花女 如果你还是个有礼貌的先生的话，那你就应该给我让座。我说的没错吧？我就是来照顾你们生意的。

希金斯 比克林，你说我们是请这个蠢家伙坐下呢，还是干脆把她从窗口扔下去？

卖花女 （因惧怕连忙跑到钢琴边，然后面向他们做出反抗的架势）哎——呀！（自认为被欺负了，一边不住地念叨）我可是能像太太小姐们那样交学费上课，你怎么能这样对待我？（两人愣住了，惊讶得说不出话，只是站在另一边盯着她。）

比克林 （语气和善）那你说说自己想做什么？

卖花女 我就想在花铺当店员，不想再当托特兰坊大街口的卖花女了。但是我不符合要求，因为我不会讲跟太太小姐们一样的话。他不是说有能力教会我吗？我就来找他了。我是交费上课的，又不是免费，他没必要这样对待我呀！

别斯太太 你也太看得起自己了，也不想想自己有能力请希金斯先生来教你吗？

卖花女 怎么就没能耐了？我是知道这需要费用，但是我出得起这些钱。

希金斯 那你能出多少呢？

卖花女 （昂首挺胸地往回走）这才做得对嘛。我就知道你昨天扔了那么多钱给我，多少会有点后悔，现在我主动送回一部分给你，你肯定不想错过机会。（低语）你昨晚是不是喝了点酒？

希金斯 （命令式地）你坐下。

卖花女 喂，你就不能礼貌点……

希金斯 （大声喊叫）让你坐下。

别斯太太 （一点也不客气）坐下吧，要你干什么就干什么！（她随手将剩下的那把椅子放在希金斯与比克林之间的地毯旁，然后站在椅子后面要她坐。）

卖花女 哎——呀！（她想要反抗，却又手足无措。）

比克林 （友好地）您请坐吧。

卖花女 （故意扭扭捏捏）既然这样，那我就坐下。（她坐下去，比克林回到他原来的座位上。）

希金斯 怎么称呼你？

卖花女 我叫伊莉莎·杜立特尔。

希金斯 （全神贯注地读着）伊莉莎，伊莉莎白，伯齐，伯斯，快点去树林子里寻找鸟巢。

比克林 哦，他们看见一个鸟巢里有 4 个蛋。

希金斯 拿了一个还剩 3 个。

（两个人哈哈大笑，为自己的即兴创作而洋洋自得。）

伊莉莎 我说你们两个，不要再胡言乱语了。

别斯太太 你得对先生礼貌点。

伊莉莎 那他自己不就是这样开玩笑的吗？

希金斯 那好，现在来说正事吧。你能付多少学费？

伊莉莎 我心里有数。我之前从一位太太那里知道了一些情况，请一位好的法文老师上课是一小时 18 个便士。但我学的是母语，你不至于让我也交这么多吧，最多给你一个先令，你要是愿意的话我就来这儿上课。

希金斯 （一边来回走动，一边用一只手放在裤袋里，银币和钥匙被弄得响个不停）你想想，比克林，换个角度看，如果你不是单纯地把它看作一先令，而是作为她收入的一部分，就等于是一个富翁愿意出六七十镑了。

比克林 怎么说？

希金斯 你仔细想想。一个富人的日收入大概是 150 镑。而她的日收入最多也就两个半先令多点。

伊莉莎 （自信地）你怎么知道我一天就这么多，其实我……

希金斯 （自顾自说下去）也就是说她要把自己将近一半的收入给我当学费，这就相当于一个百万富翁愿意拿出每天收入的四分之一用来学习。听起来很不错，不是吗？对呀，这是我迄今为止收过的最昂贵的学费呢。

伊莉莎 （倏地一声站起来）60 镑？你在跟我开玩笑吧？我说的可没这么多，我到哪儿去给你弄 60 镑？

希金斯 别打断我的话。

伊莉莎 （开始大哭）我真的没有 60 镑呀！哎——呀！

别斯太太 快别哭了，傻姑娘。好好坐这儿，没人要你的钱。

希金斯 但是你要再这样哭个没完没了的，可别怪这儿的鸡毛掸子不认人，老实点，给我坐下！

伊莉莎 （被吓住了，只得坐下来）哎——呀！怎么跟我父亲似的。

希金斯 我一旦开始教你，就不止现在这副样子了，到时恐怕比你的两个父亲还要严厉呢！拿去。（他把自己的丝绸手帕拿到她面前。）

伊莉莎 干什么的？

希金斯 让你擦下眼泪。从现在起，请你弄清楚手帕和袖子区别，不要一急了就乱擦一通。你要是真心想当花铺里的店员，就不要把袖子当成手帕使用。

（伊莉莎一脸茫然，只知道傻愣着看他。）

别斯太太 希金斯先生，您这样跟她讲是没有用的，她什么都不懂；您的做法也不行，她肯定学不来。（从她手里拿过手帕来。）

伊莉莎 （情急之下一把抓住）喂！你拿我的手帕做什么？他已经给了我就是我的，谁也不能抢走。

比克林 （忍俊不禁）算了，别斯太太，看来这手帕是拿不走了。

别斯太太 （束手无策）这就没办法了，希金斯先生。

比克林 希金斯，我觉得你之前说的那件事很有意思，就是出席外国大使花园酒会的主意。只要你真正做到了，我愿意称您为最伟大的语音学家。我们可以打个赌，一旦您达到了目标，一切费用包括学费都由我来承担。

伊莉莎 哎呀，那真是太感谢您了，您真是个善良的人，好长官。

希金斯 我觉得可以一试，（看了她一眼）不妨试试，你看看她这一副自以为是又肮脏不堪的可怜相！

卖花女 你可别乱说，我一点也不脏，我来之前特意把手和脸洗干净了的。

比克林 希金斯，看样子你是下定决心让她一直讨厌你了？你就不想缓和一下你们之间的关系吗?

别斯太太 （连忙插话）先生，您可千万不要这样说。讨姑娘们欢心的方式可多了去了，希金斯在这方面有他自己的一套，虽然经常是在无意之中。先生，您可不能在这种蠢事上推他一把。

希金斯 （更加激动）人生是什么？不就是抓住一切做蠢事的机会来满足自己吗？就怕没有这样的机会呢！机不可失，我已经下定决心了，一定要尽全力把这个可怜的乞丐打造成一位高贵的公爵夫人。

伊莉莎 （对他的说法感到非常不满）哎——呀！你怎么能……

希金斯 （不理会她，仍旧兴致勃勃地）是的，只要 6 个月——前提是她听力好并且伶牙俐齿，甚至是 3 个月——我就可以随意带她到任何场合，并且以不同的身份出席宴会。我们今天就可以开始。不，就现在！现在就做！别斯太太，你带着她去好好清洗一下。实在没办法就用猴牌去污粉。厨房里怎么样？火大吗?

别斯太太 （不赞同他的做法）有火，但……

希金斯 （主意已定）把她身上穿的衣服都脱下来烧掉，再打电话给惠特雷公司让他们送点像样的衣服过来，其他公司也行，在送到之前先用纸把她包起来就好了。

伊莉莎 这哪是像您这样的先生可以说的话？我可是个正经的姑娘，我对你的为人可是一清二楚。

希金斯 你们里森格罗佛区的装模作样在这儿可不管用，小姑娘。你必须马上学会公爵夫人的那套做派。别斯太太，立刻带她走。只要她不听话，你就用鸡毛掸子。

伊莉莎 （吓得从椅子上跳起来，连忙躲到比克林和别斯太太两人中间作为掩护）你要是这样做的话，我就去报警。

别斯太太　可是我让她待哪儿呀？

希金斯　就扔到垃圾箱里算了。

伊莉莎　啊——呀——呀！

比克林　嘿，希金斯，不要太过分了。

别斯太太　（神情严肃地）希金斯先生，您不能这样做啊，您至少应该对她尊重些。

希金斯　（听了这话，渐渐地竟变得温和起来。短暂的兴奋过后，希金斯觉得有必要为自己辩解一下。）就跟教书没什么两样，（他逐字逐句地说着）我可没想过要对她不尊重，亲爱的别斯太太，亲爱的比克林，我从来不想对任何人采取轻视的态度。我只是急于表达自己的想法，我们得早做准备，一方面要多照应她的生活，另一方面也要让她尽快适应新的角色。这就是我的想法，这下我应该说清楚了吧？我不想伤害我们彼此之间的感情。

（伊莉莎暗自松了一口气，重新坐回到椅子上。）

别斯太太　（对比克林）您之前听过这样的事吗？先生。

比克林　（放声大笑）别斯太太，我当然没有听过。

希金斯　（疑惑不解）什么意思？

别斯太太　关键就是，先生，您怎么能像对待从路边随手捡到的石子一样，去对待一个大活人？

希金斯　这有何不妥的？

别斯太太　因为你根本就不了解她，她的父母是什么样？甚至她可能都结婚了。

伊莉莎　瞎说什么呀？哼！

希金斯 我就说嘛，看她的反应就知道了，瞎说什么呀？一般像她这种人要是结婚了的话，不到一年，就会变成一个无比沧桑的老太婆。

伊莉莎 我哪嫁得出去呀？

希金斯 （突然压低声音，用悦耳动听的口音）相信我，伊莉莎，等我们成功了，恐怕会有不少小伙子愿意为你而死呢。

别斯太太 先生，您不应该跟她讲这些，这样会误导她的。

伊莉莎 （起身，一副无比坚定的神情）我还是离开这儿算了。你们真不像是正经人，我不能跟这样的人学东西。

希金斯 （看到伊莉莎根本没意识到自己的口音有多么动听，心里很不爽）是吗？你认为我不正经？既然这样，别斯太太，直接把她扔出去，新衣服也不要订了。

伊莉莎 （小声嘟囔着）嘿，你可不能这样做。

别斯太太 早就让你老实点，现在晚了吧？（指向门的方向）从这边走吧。

伊莉莎 （几乎要哭出来）我不要你的新衣服，就算白送我也不要（果断扔下手帕）我可以自己买。

希金斯 （动作敏捷地抓住手帕，在她犹豫不定的时候快步跨到门前，拦住她）真是好心当成驴肝肺！我好意想搭救你一把，想把你变成年轻漂亮的小姐，你竟然是这种反应。

别斯太太 好了，希金斯先生。你不可以这样说下去了，这样做没什么好处。姑娘，你还是回去跟爸爸妈妈待一块吧，也让他们好好照应你。

伊莉莎 我没有爸妈。我爸爸说我已经长大了，应该学会独立，得自己养活自己，所以我就被赶出来了。

别斯太太 那你的妈妈呢？

伊莉莎 我没有亲妈，是第六个后妈把我轰出来的。不过我可以靠自己过日子，不用他们养活。

希金斯 既然这样，那就等于你是没人管了对不对？看来你只对我们有点用处了，那就待在这儿吧！（他走到别斯太太面前轻言细语地说）别斯太太，你干脆认她做干女儿好了，有个干女儿肯定很有趣，你说呢？好了，就这样说定，你就别再犹豫了。现在把她带到楼下去，然后……

别斯太太 但她在这里到底是什么身份？用不用付她工资？先生，这些事您必须说清楚才行。

希金斯 至于这个，你看着给吧，就当是家用的一部分了。（又添了一句）她的吃、穿、住都在这里，哪里需要花钱呢？难道不怕她拿着钱去喝酒吗？

伊莉莎 （看向希金斯，有点发怒）你不能这样随便冤枉人，我从来不会喝酒，再说你也没看到我喝酒对吧？（又走回去，一屁股坐在椅子上，生闷气。）

比克林 （好意提醒他）希金斯，难道你就一点也没想过要顾及这位姑娘的自尊心吗？

希金斯 （面无表情地上下打量她）这个嘛，我说不准。但我们不需要管，不是吗？（心情很愉快地）伊莉莎，告诉我你有自尊心吗？

伊莉莎 我当然有啊。

希金斯 （考虑到她的语言，严肃地对比克林）你看出了要解决的问题吗？

比克林 哦？你觉得是什么？

希金斯 得让她学会按文法讲话，单单做到发音准确倒是挺容易的。

伊莉莎 我可不想按文法讲话，只要能跟花铺里太太们讲一样的话就行。

别斯太太 希金斯先生，请你跟我说清楚，这位姑娘到底是以什么身份在这儿住呢？工资怎么办？等你教完了她之后又有什么打算？您不能只看眼前，您得把眼光放得长远些。

希金斯 （随口应付）那我问你，如果我就让她待在泥坑里，她会变成什么样子呢？别斯太太。

别斯太太 希金斯先生，这就是她自己的事了，跟您没关系。

希金斯 既然这样，只要做完了试验，我们就再把她扔回去。以后继续做陌生人不就行了？

伊莉莎 你这个自私自利、只为自己考虑的人。（她非常果断地站起身离开）我再也不想听你那些没良心的话了，我现在就走。（向门口走去）哼！脸皮真厚。

希金斯 （急忙从钢琴上拿了一块奶油巧克力糖，他的眼睛发着光，明显带着捉弄的意味）伊莉莎，想吃块糖吗？

伊莉莎 （有点嘴馋，停住了脚步）谁知道糖里面有没有迷药这类东西？我可知道有这种专骗姑娘们的迷药。

（希金斯马上用小刀从中间切开，自己吃一半，把另一半递给她。）

希金斯 伊莉莎，你现在知道我不会害你了吧？我们一人一半。（希金斯趁她张嘴想说话的时候，快速把剩下那一半塞到她嘴里）从现在起，你随时可以吃到这样的糖果，只要你愿意，你想要多少就有多少，你觉得怎么样？

伊莉莎 （差点被糖给噎死，好不容易吞下去）我本来没打算吃的，但是我觉得把吃进去的东西吐出来不好。

希金斯 伊莉莎，你不是说自己是坐汽车来的吗？

伊莉莎 是啊，我就是坐汽车来的，怎么啦？

希金斯 很好，伊莉莎。以后你可以随时坐汽车在城里游玩，你愿意坐多久都行，你仔细想想吧，伊莉莎。

别斯太太 希金斯先生，你知道自己是在做什么吗？你这是企图诱惑她。这么做可不行，应该让她独立决定自己的未来。

希金斯 她还这么年轻没有必要想得这么远，船到桥头自然直，以后再计划也不晚呀。对了，伊莉莎，你要以别斯太太为榜样，多替别人想想而不是只顾着自己的事。你只要想着巧克力糖、汽车、金子和钻石就行了。

伊莉莎 不，我可不是要金子和钻石，我是正经的姑娘家。（她故作姿态地坐下去）

希金斯 伊莉莎，你就得保持现在这个样子，别斯太太也可以帮助你。以后你一定会嫁得很好，说不定会是个侍从武官，而他的爸爸是个侯爵，只要他看到你就一定会感到满意，会因为他的儿子娶了你而感到自豪。

比克林 对不起，希金斯。我实在不能袖手旁观。别斯太太说得不错，在实施你的计划之前，你有义务让她明白自己到底在做什么。

希金斯 天哪！她怎么会懂得这些呢？跟她讲也是没用的呀！更何况我们自己也说不清楚，不是吗？如果我们知道的话哪还有实验的必要？

比克林 你的回答真是巧妙，希金斯，但这不是关键。（对伊莉莎）

杜立特尔小姐！

伊莉莎 （受宠若惊）啊——呀——呀！

希金斯 瞧瞧！这下你还有什么好说的？啊——呀——呀！再怎么解释她也不会懂。作为一个军官，你应该知道命令是最有效的，直接向她下达指令就行了。伊莉莎，你首先要在这儿生活六个月，学会太太小姐们说的话，你必须照我说的做才能当上花店里的店员。记住，只要你听我们的话，不要有任何的违抗，你就可以睡在舒服的卧室，享受美味的食物，还可以随时吃糖和坐汽车出门。但是，如果你不听话，做事随心所欲，就会失去这些特权。到时候你不仅要跟甲壳虫一起睡在厨房后面去，别斯太太还会惩罚你——狠狠揍你。事情顺利的话，六个月后你就可以风风光光地坐着华丽的马车去白金汉宫。如果你被看穿了身份，警察就要抓你到伦敦古堡[①]，砍下你的头示众，杀鸡儆猴。但只要你蒙混过关，你就可以稳稳当当地成为一个花店店员，每天能挣到七个半先令的工资。如果你还是个善解人意的姑娘的话，你就得自觉接受这些条例，否则你就个坏姑娘。（对比克林）比克林，你觉得怎么样？（又对别斯太太）别斯太太，这次我说得够明白了吧？

别斯太太 我看还是得让我单独跟这位姑娘谈一次话。虽然我还没办法保证自己会同意你的做法。我了解你不是那种心存歹意的人，但是一旦你对人家的口音感兴趣，就不会顾及别人的感受，连自己也给忘了。伊莉莎，跟我过来吧。

---

①伦敦古堡是古罗马时代的建筑物，历代都曾作为幽囚政治犯或处决犯人的地方。

希金斯 好吧，谢谢你，别斯太太，这些事就由你来负责吧。

伊莉莎 （还是对希金斯心怀芥蒂，迟疑不决的样子）我不用你管，我自己想做什么就做什么，想离开这里就离开。谁也不能打我，我不去什么白金汉宫，也不想招惹警察。我可是个好姑娘……

别斯太太 姑娘，不要说了。你还不知道他这个人的性格，先跟我走。

（她先一步走到门口，给伊莉莎开开门。）

伊莉莎 （走出去之前）我又没说错。还要砍我的脑袋？早知道这样，我绝不会跟着他做这种蠢事。我可是正经的姑娘，我也没主动惹他，我又不欠他什么，凭什么就得听他的命令？我自己给自己做主，我同样是……

（别斯太太关上了门，伊莉莎的不停念叨就完全被挡在门外了。比克林离开壁炉走到椅子那里，然后面对椅背坐下去，双手随意地放在椅背上。）

比克林 希金斯，恕我直言。你在对待女人这方面，值得信赖吗？

希金斯 （心里不太舒服）那你见识过那样的人吗？

比克林 不仅见过，而且还不少。

希金斯 （双手使劲撑在钢琴上，借力跳上去坐着）但我没见过。在我看来，只要女人开始跟我交往，都立刻变得庸俗不堪，既疑心重又贪心，真是不得不让人产生厌倦之心。除此之外，如果我跟一个女人好，我就只会以自己为中心，变得专制起来。我觉得女人根本什么事都做不成。当你和她们关系变得亲密时，你就会发现她们总是跟你唱反调。

比克林 唱反调？你说清楚点。

希金斯 （看起来满腹心事，离开钢琴）天知道！也许是女人和男人都想过各自的生活吧。他们总是想尽办法把对方往相反的方向拉，但往往适得其反，经常被拉到同一边，但这并不是双方想要的结果。（他再次来到钢琴凳上）因此我早就想好了，永远都不结婚，甘愿一辈子单身。

比克林 （站到他面前，极其认真地对他说）我必须跟你说，希金斯，希望你能赞同我的做法。一旦我加入了这个计划，我就得对这位姑娘负责。谁都不能趁机占人家的便宜。

希金斯 这是当然了，我以人格担保，绝对做到言行一致。（进一步说）你知道的，她现在是学生的身份，我们之间就应该是纯洁的师生关系，只有维持这种关系才能保证教学工作的顺利进行。在她之前我已经给很多有钱的美国小姐上过课，她们可都是不可多得的佳人。所以说我是有着很强的定力，在我的眼里，她们就和木头没两样，我觉得自己都成了木头。所以……

（别斯太太把门开开一条缝。她手上正拿着伊莉莎的帽子。比克林坐回到壁炉前的躺椅那。）

希金斯 （兴高采烈地）伊莉莎怎么样？别斯太太，都还好吗？

别斯太太 （站在门口）希金斯先生，我有几句话想对你说，我可以进来吗？

希金斯 好啊，进来说吧。（她推门进屋）这顶帽子就给我当古董留着，别斯太太，你就不用烧它了。（他把帽子拿在手上。）

别斯太太 您当心点，先生。伊莉莎不希望把它烧掉，所以我得留着，但最好先放蒸炉里消消毒。

希金斯 （迅速把帽子放在钢琴上）哦，好的，谢谢你。还有什么事要说吗？

比克林 我需要回避一下吗？

别斯太太 不，先生，您安心地坐着吧。希金斯先生，我只是想要提醒您，在这位姑娘面前说话时要注意您的用词。

希金斯 （不愉快地）我当然知道这点。我讲话一直都很谨慎，你这话是什么意思？

别斯太太 （对他的疑问不予理会，接着说）也许你自己没有意识到，先生。当你找不到东西或者很焦急的时候，你总是会说出不好听的话来。在我面前你可以随意，我已经习惯了，但是你千万不能让这些脏话传到这位姑娘的耳朵里去。

希金斯 （立刻变得暴躁了）脏话？我说脏话吗？（一字一顿地强调）我一向反对说脏话，从来不说。但你说这话是什么意思？

别斯太太 （坚持自己的立场）我就是想说这个，你自己还不知道吧？你确实会经常说些脏话。你总是把“混蛋”、“该死的”这些脏话挂在嘴边，如果只是这样还好，但……

希金斯 哦，别斯太太，你怎么可以让这些字从你的嘴里蹦出来呢？

别斯太太 （不理他）但是有一个字你可千万不能说出来，就是那位姑娘刚刚在浴室里说的一个字，字的读音与洗澡的“澡”字很相似。当然她现在这样说还不要紧，因为这种说话习惯不是一时半会儿就能改掉的。可是你可不能在她面前这样说。

希金斯 （不无高傲地）别斯太太，我可不记得自己说过那个字。（她睁大眼睛看着他。这让他觉得有点别扭，于是话锋一转）当然了，我不能保证自己偶尔会情绪失控，但这是可以理解的对吧？

别斯太太 可是在今天早晨，你说到你的“罩靴”和“早饭”时，就说了那个字。

希金斯　啊，那只不过是写诗常用的一些技巧，为了做到双声叠韵才说的。别斯太太，这正体现了诗人的风度。

别斯太太　好吧，就算是这样，我也希望你以后不要在她面前说那个字。

希金斯　知道了，知道了，我以后不说行了吧。还有什么事吗？

别斯太太　是的，先生。我们还得在她的个人卫生习惯上多花点心思。

希金斯　这是必须做的，而且是很关键的一个环节。

别斯太太　我指的是不仅得让她穿着整洁，还要有良好的生活习惯，学会整理自己的东西。

希金斯　（若有所思地走过去）很对。我也想到了这些小问题，细节很重要。（对比克林，后者正听得津津有味）比克林，我们得从小事做起，这样今后能省掉很多麻烦，在用钱和生活习惯方面都应该注意这点。（他在壁炉前的地毯上站住，好像对自己刚才的这套说辞很满意。）

别斯太太　是的，先生。因此我希望你今后能够穿好衣服再出来吃早饭，而且不要拿它当手巾用，先生。还有请记住不要重复使用一个碟子，更不能在一块整齐干净的桌布上放煮麦片粥用的锅，你得给她做好示范才行。别忘了上周你无意中把鱼刺放在果酱里了，结果差点被卡死。

希金斯　（默默地从地毯上退回到钢琴旁边）我承认自己偶尔会犯一些类似的错误，但绝不是像你说的那样频繁。（愤愤不平）哦，是的，那件睡衣上的风油精味真重。

别斯太太　这很正常不是吗？希金斯先生。如果你今后擦手的时候……

希金斯 （怒不可遏）好了，那我今后直接往头发上擦了。

别斯太太 我希望你不会因为这些话而怪我，希金斯先生。

希金斯 （不愿意让她发觉到自己的怒气，急忙掩饰）你说什么呢？当然不会了。你说得对，别斯太太，我们以后可是要和她相处很长一段时间，当然得在这方面多注意了。你还有什么事吗？

别斯太太 就这些了，先生。我可以给她穿你从国外带回来的日本和服吗？我们不能再让她穿那些破旧不堪的衣服了。

希金斯 这种事就由你做主好了，就这些了吧？

别斯太太 是的，谢谢您，先生。（她退了出去）

希金斯 比克林，真没想到我在这位太太眼里还有这样的一面。我可从来不觉得自己能够做什么事都游刃有余，更不像别人那样自视过高。真搞不懂为什么她总觉得我属于那种居高临下、我行我素的专制类型。

（别斯太太再次推门进来。）

别斯太太 真是抱歉，先生，我不得不来打扰您了。楼下有一个倒垃圾的工人要见您，自称叫阿尔弗莱·杜立特尔，他说说他的女儿在我们这儿。

比克林 （猛地站起身）呵！你看看！（感到不安，一直退到炉前地毯那边）

希金斯 （当机立断）那就把那个无赖带上来。

别斯太太 好的，先生。（她走下楼去）

比克林 希金斯，是不是无赖还不一定呢。

希金斯 哼！依我看就是无赖没错。

比克林 反正不管他是不是，总得发生点不愉快的事。

希金斯　（自信满满的样子）好了，没什么大不了的事。反正是他主动来找我，而不是我去找他。说不定我们会有意外的收获。

比克林　你指的是可以更好地了解那位姑娘吗？

希金斯　跟她没关系，我说的是他的口音。

比克林　哦！

别斯太太　（站在门口）先生，杜立特尔来了。（在把他引上楼之后，别斯太太又出去了）

（阿尔弗莱·杜立特尔虽然上了年纪，但身体依旧很健壮。他是一个倒垃圾的工人，身上还穿着倒垃圾时的工作服。他戴帽子的方式很有个性，帽檐在后面，一直盖住了脖子和肩膀。长相也挺特别，看来是个豁达的乐天派，没什么值得烦心的事。此外，连同他的口音也非常具有表现力。因为一直以来他都是习惯于毫无拘束地发表自己的看法，所以他现在给人的第一印象就是满腔正气、倔强不屈的样子。）

杜立特尔　（停在门口，分不清屋里谁是谁）请问哪位是希金斯教授？

希金斯　是我。您好，请过来坐。

杜立特尔　您好，老爷。（他的表情很严肃，坐了下来）老爷，我来这儿是有件很重要的事想跟您谈谈。

希金斯　（对比克林）洪斯劳地区的人。母亲是威尔士人，没错的。（杜立特尔一时惊讶得张大了嘴巴愣住了，接着希金斯开始问）那你说的是什么重要的事？杜立特尔。

杜立特尔　（明显带着威吓的语气）我得把自己的女儿领回去，就是这事，知道了吗？

希金斯　您是她父亲，当然有权利带走她了。您不至于认为别人想夺走她吧？看到您对她还这么关心，我倒是很高兴。她就在楼上，你可以马上带她走。

杜立特尔 （突然站起来，感到很意外）您这是什么意思？

希金斯 你来这儿不就是要把她带走吗？那就这样做吧，我也没想过要帮你养活她。

杜立特尔 （尽力辩解）话可不能这么说，老爷。这就是您的不对了吧？您这不是明摆着欺负我们穷人吗？我的女儿被您给弄过来，这事可怎么说呢？（他又坐下来。）

希金斯 哼！你这说的什么鬼话，腿长在她身上，是你女儿自己来这儿找的我，请我教她正确的发音，想今后在花店里当店员。我有这位先生和我的女管家作为证人啊。（恐吓他）难道她是你故意派过来，事后就来敲诈我们的吗？

杜立特尔 （急忙摇头否定）当然不是的，老爷。

希金斯 我看就是的，否则你是怎么知道她在这儿的？

杜立特尔 老爷，您不能这么冤枉人。

希金斯 你们肯定是早就串通好了的，想敲诈我的钱是不是？看来这事要交给警察来处理了，我马上打电话报警。（他毫不犹豫地走到电话旁边，打开电话簿）

杜立特尔 我可没一句话提过“钱”字，请这位先生给我做主，我说过一个“钱”字吗？

希金斯 把电话簿放一边，然后大步走到杜立特尔跟前对他进行盘问）那你来这儿到底是想做什么？

杜立特尔 （语气和善、诚恳）您认为呢？老爷，您得替我们穷人想想。

希金斯 （心情舒缓了些）阿尔弗莱，是你让她来我这儿的吗？

杜立特尔 当然不是了，老爷，我发誓绝对没有。我已经有两个月没见过她了。

希金斯 既然这样，你是怎么找到这儿来的？

杜立特尔 （声调轻柔凄凉）老爷，我要告诉您，但您得让我说上话才行呀。我情愿告诉您，我愿意告诉您，我也想和您说说啊。

希金斯 比克林，瞧这家伙竟然还会使用修辞呢。瞧瞧，真是伶牙俐齿，滔滔不绝。“我情愿告诉您，我愿意告诉您，我也想和您说说啊”。还真是善于煽情，说得绘声绘色啊！哼！威尔士人都是这个样子，他们的处事圆滑就是这么来的。

比克林 你可不能这么说，希金斯，我也是属于西部的人呢。（对杜立特尔）但如果不是你派她来的，你又是怎么找来的呢？

杜立特尔 事情是这样的，老爷。伊莉莎请了一个男孩子一起坐汽车游玩，就是她房东太太的儿子。那男孩子一直想跟着她坐汽车回家。于是在您把她留在这儿之后，她就让那男孩子帮着把行李拿过来。我在长亩和恩德尔街口正好碰到那个拿行李的男孩子。

希金斯 是在酒店里对吧？

杜立特尔 这不算什么的，老爷。像我们这种没什么钱的人经常得喝两口。

比克林 希金斯，先听完他的话吧。

杜立特尔 于是我就从他那儿问清楚了情况。我这个做爹的当然得管管自己的女儿了，所以我就让那个男孩子把行李拿过来给我，我就……

比克林 那你怎么不亲自去拿呢？

杜立特尔 我也想这么做呀，但是那房东太太就是不让我进去，老爷。唉，她那种人就是这样。我还不得不给了那男孩子一点钱，他才给我拿来了行李，真是个坏小子。我就是想为老爷您办点小事，不让您觉得麻烦，我就是这样想的。

希金斯 都有些什么东西？

杜立特尔 老爷，有乐器、几张画、一点首饰和一个鸟笼子。但她说不要带衣服。老爷，我当然会觉得不对劲了，我是她的亲爹呀，我得为自己的女儿考虑考虑对吧？

希金斯 这就是你找到这儿来的原因？就是怕别人糟蹋了您女儿的名誉？

杜立特尔 （欣慰地点点头）是的，老爷，就是这个原因。

比克林 反正你是要带她走的，就没有必要再把她的行李带过来了，不是吗？

杜立特尔 我可没说过要带她走的话，提都没提过一句。对吧？老爷。

希金斯 （果断地）你想把她带走的话，最好马上就走，越快越好。（他快步走到壁炉那边，按响铃声。）

杜立特尔 （赶忙站起来）您先别急着说这话，老爷。我也希望我女儿有个好前程。她在这儿对她有好处，这个我心里清楚，况且……（别斯太太听到铃声后走到门边，站着等吩咐。）

希金斯 别斯太太，这位是伊莉莎的父亲，把伊莉莎叫出来让他带回去，他是来接走伊莉莎的。（他背过身走到钢琴那里，毫不理会其他人，看起来一副事不关己的态度。）

杜立特尔 不是这样的，老爷。我不是这个意思，您听我解释……

别斯太太 现在不行，希金斯先生，他没办法带走她呀！她的衣服已经让我给烧了。

杜立特尔 是的呀。总不能让我女儿光着身子上大街吧？您看呢？老爷。

希金斯 不管怎样，你马上就可以带她走。没有衣服不是问题，大不了你去买件过来。

杜立特尔 （马上焦急了）那她原来的衣服都在哪儿呢？是谁烧的那些衣服？

别斯太太 真是抱歉了，我是这里的管家。不过我早就打电话给衣店了，不久就能把衣服送过来。等衣服送到了，你就可以带那位姑娘带走了。请先在厨房里等着吧。

（杜立特尔一时不知道该怎么办，只好随着走向厨房。犹豫之间，终于主动走近希金斯。）

杜立特尔 让我说完吧，老爷。我们都是明白人对吧？

希金斯 哦！我们都是明白人，对吗？别斯太太，你没事可以先走了。

别斯太太 好的，先生，我先出去一下。（她表情严肃地下了楼）

比克林 杜立特尔先生，你现在可以开始说了。

杜立特尔 （对比克林）谢谢老爷！（对希金斯，后者因为无法忍受客人身上的怪味，一直后退到钢琴凳子那里，这当然是由于杜立特尔从事的职业所致。）我跟您说实话吧，先生。说起来我们也算是有缘分，您如果愿意留下她，我也不会硬把她带回去，这当然是可以好好商量的。说实在的，我女儿长得还是不错的。把她留在我身边也说得上是委屈了她，我干脆跟您坦白吧。我好歹养了她这么多年，总不能白白地送了人。老爷，您是个爽快的人，五镑钱在您眼里不算什么事，我把伊莉莎带回去有什么用处呢？

（他脸色凝重地坐回到椅子上）

比克林　杜立特尔先生，你应该知道，希金斯先生完全是出于好意才做这件事的。

杜立特尔　老爷，这个我当然知道。如果不是这样，我说不定要的就是 50 镑了。

希金斯　（觉得厌恶）这么说来，只要出 50 镑，别人就能从你手里买到你的女儿了？

杜立特尔　一般说来是不会这么做的，但是对待像您这样的老爷，当然就是另一码事了。

比克林　难道你这家伙没有一点良心吗？

杜立特尔　我说老爷呀！像我这样的穷人要是还在乎这些的话，我还能活得下去吗？您有财有势，当然这么说了。再说，我也没什么坏心思，我就想在自己女儿身上捞点好处，这有什么不可以呢？

希金斯　（疑惑不解）比克林，这倒难住我了。很显然，从道德方面看的话，我们就应该让他空手回去。但是换个角度看，他说的似乎也有点道理。

杜立特尔　您这样想就对了，老爷。我就是这么想的，做爹的不就应该这么想吗？

比克林　我明白你的话，但总觉得有哪里不大对劲。

杜立特尔　老爷，您得换个角度看问题。两位老爷，你们瞧瞧，我不就是个没有用的穷光蛋吗？我什么也算不上。请您替我想想，像我这样的小人物，总是被那些绅士们踩在脚下，当我想占点小便宜的时候，他们总是设法阻止：“你没这个资格，走开。”

但您得想想，别人需要的我也是需要的呀！就说说那寡妇吧，她死了丈夫之后，一个礼拜就连续从 6 个慈善机构里面领了救济金，我跟她相比较，要花钱的地方多了去了。我吃得又多，时不时还得喝两口酒。我偶尔还要来点娱乐活动，您知道的，穷人嘛，遇到不顺心的事，总喜欢找点乐子唱个歌什么的。而且，他们伸手向我要钱的时候不也是一分都没少嘛。那些绅士也不过是找借口不给我钱罢了。所以两位老爷，你们也不要跟我讲那些大道理了，我说的是自己的心里话，我也不想假仁假义地找借口要钱。我就是这样，我知道自己没资格，但我也没想改。话说回来，我好不容易把自己的女儿养大，您两位老爷看着觉得有用就想留下，但是你们总不能因为我心善就欺负我。难道你们觉得 5 镑钱就是贪心了吗？我们好好说说，你们来评评理。

希金斯 （起身走到比克林那里）比克林，假如我们对这个人进行 3 个月的训练，他一定能当上内阁阁员或者是威尔士的传教士了。

比克林 杜立特尔，你觉得呢？

杜立特尔 老爷，我可不想干这个。我听过牧师和首相的讲话——我是个喜欢思考的人，不管是政治、宗教还是社会改革，这些东西在我的眼里跟其他娱乐没什么区别——但说实话，这些事可不是谁都能干的，我就想做个没出息的穷光蛋。跟其他社会上的工作相比，我就想干这个，其他事都不适合我做。

希金斯 看来我们必须给他 5 镑钱了。

比克林 就是怕他会乱花。

杜立特尔 我绝对不会的，老爷，您放一百二十个心。您一点儿也不用担心我会把钱存起来留着不用。过不了几天钱袋子就会空了，我肯定会和以前一样过日子。我最多跟我那个娘儿们痛快地喝一场，我自己舒服了，也照顾了别人的生意，这样您该放心了吧？

希金斯 （掏出钱包，走到杜立特尔和钢琴之间）真是个奇怪的人，那就给 10 镑钱吧。（他夹出两张钞票递给杜立特尔。）

杜立特尔 我不要那么多，老爷。这么多钱都花了她会心疼，我也不能这么做。10 镑可是个大数目，这么多钱放谁手里都得掂量掂量，这不就少了乐趣吗？老爷，您就按照我说的数给我，不多不少。

比克林 那你为什么跟你那位太太到现在还没正式结婚呢？我总觉得这样不应该呀！

杜立特尔 这个您去问她吧，老爷，我倒是想您能去给他讲讲道理。我没法管她，还得哄着她，买礼物送给她。我得辛辛苦苦去挣几个血汗钱，好让她穿好的。老爷，就因为还没正式结婚确定关系。她清楚这点，她能嫁给我吗？老爷，我跟您说，趁现在伊莉莎还年轻，你们早点结婚就对了，要是晚了后悔的可是您。早点结婚的话，今后后悔的是她。不管怎样，倒不如让她将来后悔。因为您是个大男人，而她不过是个娘们儿，这样做最好。

比克林 我们要是再继续听他说一会儿，恐怕我们的价值观都要被毁了。（对杜立特尔）你说的是 5 镑对吧？

杜立特尔 老爷，真是太感谢您了！

希金斯 你确定不要 10 镑吗？

杜立特尔 是的，老爷，下次吧。

希金斯 （给他 5 镑）好了，拿去吧。

杜立特尔 谢谢您，老爷，早安。（他急匆匆地转身向门口走去，归心似箭。当他打开门，迎面走来一位长相漂亮而衣着华丽的日本少女，身上穿的日本服装是素净的蓝色，上面还印有做工精细的小白素馨花图样。别斯太太正跟她一起走进来。他毕恭毕敬地为她让道并且道歉）打扰了，小姐。

伊莉莎 真要命，连自己女儿都不认识了吗？

杜立特尔 天哪！她是伊莉莎？

希金斯和比克林 （同时叫出）真的吗？是伊莉莎吗？

伊莉莎 我看上去很不一样吧？

希金斯 你说不一样？

别斯太太 （站在门口）先生，您可别把她夸得飞上了天。

希金斯 （点头）是的，没错，别斯太太。（对伊莉莎）确实是这样，真的不一样。

别斯太太 先生。

希金斯 （进一步解释）哦，我是说跟先前相比，她确实焕然一新了。

伊莉莎 我要是戴上帽子就更好看了。（她把帽子戴上，得意扬扬地漫步到壁炉前。）

希金斯 哦，天哪！这种新样式竟然会这么顺眼！

杜立特尔 （为自己的女儿感到非常自豪）简直是太漂亮了，没想到我女儿打扮一下竟是个大美人啊，老爷。谁看到都会这么说的，不是吗？

伊莉莎 你还不知道呢，这里可是方便得很。自来水、毛巾、肥皂，要什么有什么。洗澡的时候，不仅有用来擦身子的刷子，还有莲馨花香味的肥皂。我总算是知道了为什么那些太太小姐们身上那么干净。原来她们洗澡这么舒服啊，我也想让她们知道知道我是怎么洗的。

希金斯　看来你很喜欢这里的浴室，不错。

伊莉莎　也有不喜欢的地方，我也不怕别人知道，别斯太太清楚这事。

希金斯　别斯太太，哪里有问题？

别斯太太　（耸耸肩，装作不明白）没什么的，先生。一切都好。

伊莉莎　我真恨不得把它给摔了，弄得我不知道该往哪儿看，只好用毛巾给遮住了。

希金斯　把哪儿遮住了？

别斯太太　就是把穿衣镜给遮住了，先生。

希金斯　杜立特尔，看看你教给她的这些旧思想。

杜立特尔　我？这可不是我教给她的，我最多有时会抽她一顿。老爷，这可不是我的错。她现在是一时改不了那些旧习惯，再过不久她就能彻底学明白你们那套习惯了。

伊莉莎　我可是个正经的姑娘家，我不会跟他们学这些东西。

希金斯　伊莉莎，如果你再说这样的话，你的父亲就得带你回家了。

伊莉莎　他不会，你是不了解他，他就是想来这儿要点酒钱。

杜立特尔　我要是不喝酒的话要钱有什么用？难不成要我捐给教堂吗？（她向他做了个鬼脸。他马上发怒了，比克林不得不出手劝住这对父女）我告诉你，你不要在我面前耍小手段，也别让我知道你在这位老爷跟前胡闹，凡事小心点，知道吗？

希金斯　杜立特尔，你离开这儿之前还有什么话想对她说吗？说句祝福语什么的。

杜立特尔　老爷，我没什么说的了。我可不会这么蠢，什么都教给她，现在我就已经拿她没办法了。我告诉您，老爷，如果您想让她完全听您的话，您尽管用鞭子使劲抽她。再会，先生们。（他转身准备离开）

希金斯 （郑重其事的样子）等等，你以后可要经常来看伊莉莎。这是作为父亲该做的事。我有一个做牧师的兄弟，他会好好教伊莉莎的。

杜立特尔 （躲躲闪闪的）一定会来的，老爷。不过等以后再说吧，我最近到别处有事。我今后只要有空肯定过来。再会了，先生们。再会，太太。（他高举手中的帽子对别斯太太行了个礼，但她没有任何回应就出去了。他友好地对希金斯眨眨眼睛，认为他也是在忍受别斯太太的怪脾气，做完这些动作之后，就跟在她后面走出了门。）

伊莉莎 千万不能信他的话，他看见牧师就跟老鼠见了猫一样，这下子他一定不会常来了。

希金斯 我也不想经常看到他。伊莉莎，你希望他来这儿吗？

伊莉莎 我才不愿意经常跟他见面呢，最好是再也不相见。真是让人觉得没面子，跑去倒垃圾，原来的事倒不做。

比克林 伊莉莎，那他原来是做什么的？

伊莉莎 靠着自己的嘴皮子诈骗。他原来是帮人挖沟的苦力，有时也做做这事，活动活动，挣得也不少。您怎么不叫我杜立特尔小姐了呢？

比克林 哦，抱歉，杜立特尔小姐，是我无意中叫错了。

伊莉莎 不过也没关系，像您刚才那样叫听上去更好。我想叫一辆汽车专门到托特兰坊大街口上等着我，也让那些过去笑话我的小娘们儿开开眼，我再也不想理她们了。

比克林　我看还是等你穿上真正好看的衣服再去吧。

希金斯　再说了，你现在身份变尊贵了就抛弃老朋友，这不就成势利眼了吗？

伊莉莎　我可不想跟那种人做朋友。以前她们总是把我当笑柄，我受够了，我现在也要去笑话笑话她们，给她们点颜色看看。好了，我就听你的话再等等，等衣服来了再去。别斯太太说你要给我穿的是睡衣，不是白天穿的那种。不过我还是想穿出去给人见见，晚上还得换套衣服穿，这不是浪费吗？大冬天的我也不愿意换掉身上暖和的衣服。

别斯太太　（回来）伊莉莎，快过来，试试新衣服吧。

伊莉莎　啊——呀——呀！（她迫不及待地跑出去。）

比克林　（跟着她）孩子，慢点走。（她把房门关上）

希金斯　看来我们的任务很艰巨啊。

比克林　（点点头，肯定地说）希金斯，确实艰巨得很。

〔幕落〕

第三幕

景：这一天，希金斯的母亲在家里招呼客人。客人都还没到。她的客厅在雀尔西堤岸的一楼，透过客厅的三面窗户都能看见蜿蜒的小河。屋顶与那些老式房子相比矮了点。窗户正敞开着，一盆盆漂亮的花摆放在窗户外的凉台上。当你面向窗户，就会发现左边有一座壁炉，右边靠窗的墙角有一扇门。

〔希金斯的母亲很有艺术修养。钟爱·莫里斯①和彭·琼斯②一派的艺术风格。所以她的房间装饰风格跟她儿子在温波街的房间风格迥然不同，不像温波街的房间那样到处挤满了各种家具和小摆设。而是在房间当中摆着一个很大的长榻。除了铺了缎面和垫子的长榻之外，还有地毯、莫里斯风格的壁纸以及莫里斯花布窗帘，这些就是全部的装饰，由于这些装饰本来就搭配得天衣无缝，因此如果再放些东西就显得多余了。墙上挂着几幅珍贵的油画，那是三十年前在

①莫里斯（1834—1896年），英国著名诗人和艺术家，社会主义革新家；
②彭·琼斯（1833–1898年），是画家和美术设计家。

格娄斯温那美术陈列馆展览过的古董了（展览的是彭·琼斯派作品，不是惠斯勒[①]派作品）。只有一幅塞色尔·劳孙[②]的风景画，版面大小跟鲁本斯[③]画相近。还有一张希金斯夫人年轻时的画像。与当时的潮流背道而驰，她穿的是漂亮的罗塞蒂派[④]服装，而这种风格被后人所效仿，逐渐形成了1870年以后流行的唯美主义风格。）

〔希金斯夫人坐在正对门的角落里写信，她已年过60，在着装上不再是追求个性和潮流了。她面前是一把简朴而高雅的书桌，按铃就在手边。房间的后面则放了一把契本代尔[⑤]式的椅子，而在房间的另一边，还有一把伊丽莎白式[⑥]的椅子，上面是非常简单的殷尼哥·琼斯风格的雕刻，在同侧还放置了一架钢琴。还有一个被铺上莫里斯风格垫套的短榻，就放在壁炉和窗户之间。

〔时间大概是下午4点到5点钟的样子。

〔房门突然被人用力推开，希金斯戴着帽子匆匆地闯了进来。

希金斯夫人 （万般无奈地）亨利！（怪罪于他）你怎么今天过来了？我今天要招待客人，你答应了不会来的。（当他弯下腰吻她时，希金斯夫人伸手把他头上的帽子取下来放到他手上。）

希金斯 真是啰唆！（他随手把帽子扔到桌上）

---

①惠斯勒，19世纪画家。

②塞色尔·劳孙，19世纪英国风景画家，1878年在格娄斯温那美术陈列馆曾展出一幅著名的巨幅风景画《牧师的花园》。

③鲁本斯，是著名画家，他的画多半是巨幅的。

④罗塞蒂（1828—1882年），既是诗人、画家，也是著名美术设计家。

⑤契本代尔，18世纪英国木制家具的设计名家。

⑥伊丽莎白式，16世纪的一种家具式样。

希金斯夫人 你还是赶紧回去吧。

希金斯 （吻她）我明白这个，妈妈，我是专门跑过来的。

希金斯夫人 但你不该来，亨利。你冒犯了我所有的朋友，如果他们还在这儿看到你，他们是不会再来了。

希金斯 当然不会。虽然我不善于交际，但是别人对这事并不在意，不是吗？（他坐在长椅上）

希金斯夫人 你竟然说不在意？这根本和善不善于交际无关，是你的高谈阔论让人无法忍受。好了，我的孩子，你必须回去。

希金斯 今天我绝对不能走。我得请你帮我一个忙，跟语音学有关。

希金斯夫人 不行，孩子，真抱歉！我完全不懂你那方面的东西，我收到了你给我寄来的明信片，感到非常高兴，但是你用速记法写的字我一点儿也不懂，只能看你用普通字写的底稿。

希金斯 这次的事与语音学没关系。

希金斯夫人 你刚才还说跟语音学有关。

希金斯 你不必管这些，我找到了一位姑娘。

希金斯夫人 你的意思是看上你了吗？

希金斯 当然不是的，我没有在恋爱。

希金斯夫人 真是遗憾！

希金斯 怎么了？

希金斯夫人 你绝不会爱上45岁以下的任何一位女人。你要到什么时候才会对那些年轻可爱的姑娘感兴趣呢？

希金斯夫人 算了吧，我根本就无法忍受那些年轻的姑娘，在我看来，女人们都该跟你一样才好。我从未想过自己会真正地爱上一位年轻的姑娘。况且这种想法一旦形成，就很难改变了。（迅速起身，在房间里来回踱步，把裤袋里的钱和钥匙摇得很响）还有，那些姑娘们都不够聪明。

希金斯　亨利，如果你是真的爱我，你知道自己该怎么做！

希金斯　唉！我当然知道，不就是要我找人结婚吗？

希金斯夫人　你不要这么心烦意乱的，赶紧把手从裤袋里拿出来。（他只好无奈地照做，并且坐了下来）好了，这样才对。好好跟我说说这位姑娘的事。

希金斯　她马上就会过来拜访你了。

希金斯夫人　我好像没有邀请过她。

希金斯　是的，这是我自己的主意。因为如果你知道她的身份，就不可能这么做了。

希金斯夫人　哦？那你说说这是为什么呢？

希金斯　事实上，她只是我在马路上遇见的一个低俗的卖花女。

希金斯夫人　天哪！你竟然敢让这种人来我这儿！

希金斯　（他站起来，走到她身边说好话）相信我，不会出什么事的。我已经教过她该怎么做了，我对她的一举一动都有严格的标准。我只让她讲讲天气和健康这类的话题，你清楚那些话，“天气不错——哈，哈，哈”，“您过得怎么样”等。只要不让她讲其他的话题就能蒙混过关。

希金斯夫人　蒙混过关？还说什么健康问题，说身体内部还是外部呢？你怎么可以冒这种风险？亨利！

希金斯　（失去耐心了）不管怎样，她总不能一声不吭吧。（平复下自己的情绪，坐下来）你放心，她会做得很好的。比克林也是这个计划的参与人，我们打赌在六个月内让她成为别人眼中高贵的公爵夫人。我都已经教她好几个月了，她现在进步飞快，这场赌局我肯定会赢。她的听力很强，比起那些钱人家的小姐，她学发音快得多。现在她说英语和你说法语差不多。

希金斯夫人 能做到这样也就差不多了。

希金斯 话是这么说，但还是有欠缺的地方。

希金斯夫人 还有什么问题？

希金斯 你知道的，虽然她的发音学得不错，但是除了发音问题，还有讲话的内容方面……

（他们的谈话被刚进门的女仆打断了，听女仆说已经有客人到了。）

女仆 安斯佛·希尔太太和希尔小姐到了。（她退下）

希金斯 天哪！这可如何是好？（他匆忙起身，胡乱地抓走桌上的帽子想跑。可是没等他走到门口，希金斯夫人已经在向客人介绍他了。）

（希尔太太和希尔小姐正是在教堂的门廊下避雨的母女俩。母亲拥有良好的教养，举止得体，但是因为经济拮据经常面带忧色。女儿则是一副非常乐观的样子，看起来像是善于交际的人，这就是只有家道中落的人才会表现出来的虚伪。）

希尔太太 （对希金斯夫人）您好！（相互握手）

希尔小姐 您好！（也握手）

希金斯夫人 （介绍希金斯）这是我的儿子，亨利。

希尔太太 您那位赫赫有名的公子，久仰久仰，希金斯教授。

希金斯 （有气无力的样子，并没有走上前和她握手）您好。（后退到钢琴旁边，只是冷漠地点点头。）

希尔小姐 （像对待很久没见的熟人一样，走近他亲切地打招呼）您好！

希金斯 （盯着她看）我们是不是在哪里见过？我记不清了，但是你的声音我挺熟悉。（垂头丧气的）不过这无关紧要，你坐下吧。

希金斯夫人 请你们原谅，我这位赫赫有名的儿子不太懂事。

希尔小姐 （立刻说）没关系的。（她坐在那把伊丽莎白式的椅子上）

希尔太太 （还不清楚状况）没有的事。（她坐在她女儿和希金斯夫人之间的长榻上，这时希金斯夫人已经从书桌那儿搬来了自己的椅子。）

希金斯 哦，我哪里做错了吗？我是无意的。

（他走到正中间的那扇窗户前，背对着大家，透过开着的窗户去看河水与河对岸公园中的树木和花草，仿佛呈现在他眼前的不是美景而是一片广阔无垠的沙漠。）

（女仆走进门，引导比克林进来。）

女仆 比克林上校到了。（她退出）

比克林 希金斯夫人，您好！

希金斯夫人 真高兴看到您过来。您见过希尔太太和希尔小姐吗？

（相互鞠躬问候，比克林稍微往前挪了一下那把契本代尔式的椅子，坐在了希尔太太和希金斯夫人的中间。）

比克林 我们来这儿的目的，亨利告诉您了吗？

希金斯 （把头转过来）唉！有人打扰到了谈话。

希金斯夫人 亨利，你怎么能说这样的话呢？

希尔太太 （正打算起身）看来我们需要回避一下吧？

希金斯夫人 （连忙把她拉住，让她坐下）不，不，当然不是了。正好我们想让您见一位朋友呢。

希金斯 （兴奋地转过身来）是的！你们正好可以帮忙凑凑人数。

（女仆再次走进来，引导弗雷迪进门。）

女仆 希尔先生。

希金斯 （有点烦躁了，喃喃自语）天哪！又有人来了。

弗雷迪 （友好地同希金斯夫人握手）您好！

希金斯夫人 见到你真是让人高兴！（介绍）这位是比克林上校。

弗雷迪 （鞠躬）您好！

希金斯夫人 你应该还不认识我的儿子，希金斯教授。

弗雷迪 （走近希金斯）您好！

希金斯 （就像看见了一个小偷一样）我发誓我之前一定见过你。到底在哪儿呢？

弗雷迪 我觉得我们应该没有见过面。

希金斯 （做了个无奈的表情）不过这也没什么，坐下吧。

（他与弗雷迪握手的时候仍然是面对窗户外面，差点把弗雷迪推到长榻上，接着他又走到另一边。）

希金斯 既然已经来了这么多人（他坐在榻上，正好希尔太太在他右边）伊莉莎又还没到，我们总得说点什么吧？

希金斯夫人 亨利，在皇家学会的晚会上你可是大受欢迎，但是在这种小场合你一点儿也不讨人喜欢。

希金斯 是吗？那还真是抱歉。（又高兴起来）嗯，也许是的。哈哈！（更加兴奋了）

希尔小姐 （她觉得自己应该对希金斯主动点）我非常理解你的处境，我跟你一样都不太会交际。要是所有的人都可以畅所欲言那该多好。

希金斯 （马上变得心情低落）天哪！这可不行！

希尔太太 （立马接着问）为什么呢？

希金斯 谁晓得？他们觉得自己的那些心里话是说不出口的，要是把它们都说出来就会导致很严重的后果。你想想如果我把自己心里想的都说出来，难道这些话会讨人喜欢吗？

希尔小姐 （特别激动）难道这些都是讥笑的话吗？

希金斯 岂止是讥笑？可能会是无比刺耳的话呢。

希尔太太 （表情严肃地）哦！希金斯先生，我知道你并不是那种意思。

希金斯 不管怎么说，我们身上都还有点野蛮人的成分。虽然表面上看来有着很高的个人修养，懂得各种高雅的艺术形式，诗歌、哲学、科学等，但是我们当中真正了解这些的又有几个人？（对希尔小姐）你知道什么是诗歌吗？（对希尔太太）你了解什么是哲学？（指着弗雷迪）难道他又明白艺术和科学是什么东西吗？话说回来，我也说不上懂得什么是真正的哲学。

希金斯夫人 （语气中含着警告的意思）也说不上懂得什么才是真正的礼貌。

女仆 （开门）杜立特尔小姐到。（她退出去）

希金斯 （急忙起身，快步走到希金斯夫人身边）妈妈，我说的就是她。（他站在希金斯夫人身后，踮起脚尖给伊莉莎打手势，暗示她哪位才是女主人。）

（伊莉莎身穿华丽无比的礼服，全身上下都散发着一种高贵典雅的气息。她刚进门，所有的人纷纷起身，感到无比的激动。她在希金斯的指示下，优雅地向希金斯夫人走去。）

伊莉莎 （用温和而准确的口音向希金斯夫人问好，声调温婉动听）您好，希金斯夫人！（她发“希”字的音时顿了一下，但还是说得很好）希金斯先生说我可以有幸上门拜访您。

希金斯太太 （礼貌地）当然，欢迎你的到来。

比克林　欢迎您，杜立特尔小姐？

伊莉莎　（和他握手）比克林上校，是您吗？

希尔太太　杜立特尔小姐，我们之前应该在哪里碰见过，我很熟悉您的眼睛。

伊莉莎　您好！（她在希金斯起身的地方镇静地坐下来）

希尔太太　（向她介绍自己的女儿）这是我的女儿克拉拉。

伊莉莎　克拉拉小姐，您好！

克拉拉　（表现得亲近而兴奋）您好！（坐在伊莉莎旁边，不停地盯着她看。）

弗雷迪　（也走了过去）我一定在哪儿见过您。

希尔夫人　（做介绍）这是我的儿子弗雷迪。

伊莉莎　弗雷迪少爷，您好！

（弗雷迪礼貌地鞠躬，坐在了那把伊丽莎白式的椅子上，他完全被伊莉莎吸引住了。）

希金斯　（忽然叫起来）天哪！是的，我知道了（弗雷迪瞪大眼睛感到非常讶异）对了，就是在戏院外面。（叹了口气）唉，真晦气！

希金斯夫人　亨利，注意你的行为。（他正准备往桌沿上坐）你不能坐在我的书桌上，会被你压坏的。

希金斯　（郁闷地）好吧，真对不起。

（他又向短榻走过去，却不小心被炉围火钳绊了一下，不由得骂了一句，接着走了出来。他有气无力地倒在了榻上，简直快把它压垮了。希金斯夫人看在眼里，又无奈地把到嘴边的话咽了下去。）

（接着是很长一段时间尴尬的沉默。）

希金斯夫人　（只好主动找些话题）您觉得这天气怎么样呢？

伊莉莎　我觉得英伦三岛以西的低气压大约应该在渐渐地向东移。

按照气压状况来看，目前的天气不会发生太大的变化。

弗雷迪　哈哈！真是有趣极了！

伊莉莎　您这是怎么了？我自信自己的判断是绝对正确的。

弗雷迪　简直太神了！

希尔太太　我真希望这样的好天气能够持续下去，否则又会有很多人得感冒了。一到春天，我们全家人就得被传染上。

伊莉莎　（用很神秘的语气）据我的家人说，我的姑妈就是因为患感冒而死的。

希尔太太　（一边一边摇头表示同情）唉！

伊莉莎　（用哀伤的语调继续说着）但我总是觉得她是被人做掉的。

希尔太太　（没听懂她的话）做掉的？

伊莉莎　天哪！真不敢相信她得了个就感冒死了，以前就算患了白喉都坚持过来了呀！我眼睁睁看着她断了气，我们都以为她死了，但是当我父亲舀了一瓢烧酒给她灌下去之后，她又突然活了过来，还把瓢给咬破了。

希尔太太　（非常震惊）哦，天哪！

伊莉莎　（继续念叨这件事）我才不相信身体那么健康的人会因为感冒死掉，她还打算把那顶新的草帽送给我呢！肯定是被偷走了，是的，就是被那些做掉她的人偷走的。

希尔太太　“做掉了”是什么意思？

希金斯　（连忙打圆场）哦，这只是现在的一种流行语，意思就是把人给害死。

希尔太太　（对此很是迷惑，对伊莉莎）难道你真的相信你的姑母是被人给害死的吗？

伊莉莎 当然是的。那些跟她住一块的人就算是为了一个别针也有可能对她下手，别说是一顶帽子了。

希尔太太 但是你的父亲也不能给她灌烧酒啊，就不怕发生更严重的后果吗？

伊莉莎 这个绝对没问题，烧酒对于她来说就和牛奶差不多。我父亲喝得更厉害，所以他知道可以这样做。

希尔太太 你的意思是你父亲酗酒吗？

伊莉莎 说得上是嗜酒如命了。

希尔太太 这样可对你没什么好处。

伊莉莎 这也没什么。我觉得喝酒对他反而有好处，只要不经常喝就行，（兴奋地）时不时地喝点还是可以的。他喝了酒之后心情就能变好，所以在他失业的那段时间，我母亲就会给他一点酒钱，让他出去买酒喝，喝完了就高兴了。很多女人都是这样，得让自己的丈夫喝酒发泄一下，这样才相处得下去。（越说越来劲）事实就是这样，如果一个善良的人，当他头脑清醒的时候总会有愧疚之心，这样只会让他更加郁闷。但是只要喝点酒就什么都不记得了，心情自然也就变好了。（对弗雷迪，后者边听边禁不住发笑）喂！你在笑什么呢？

弗雷迪 你说的这些流行语真是太有趣了！

伊莉莎 如果我说的是对的，你还笑什么呢？（对希金斯）我说的不对吗？

希金斯夫人 （搭话）当然没有了，杜立特尔小姐。

伊莉莎 （愉快地）还有，我一直……

希金斯 （突然起身看着自己的手表）嘿！

伊莉莎 （转过头看他，马上明白了他的暗示，跟着起身）好了，今天我真的很高兴，不过我得走了。（大家也都站起来。弗雷迪热情地跑过去开门）再会了，希金斯夫人，谢谢您的招待。（她同希金斯夫人握手。）

希金斯夫人 再会。

伊莉莎 再会，上校。

比克林 再会，杜立特尔小姐。（他们握手道别。）

伊莉莎 （对其他人也点头）再会，各位。

弗雷迪 （给她打开门）杜立特尔小姐，您打算从公园走过去吗？如果您想走走的话……

伊莉莎 （非常镇定而自然地说）是走路吗？去你的！（所有人都感到非常的惊愕）我才不想走路呢，我得坐汽车回去。（她出了门）

（比克林长出一口气坐了下来。弗雷迪走到凉台上看着她坐车离开。）

希尔太太 （惊吓过度）说实话，我还是不太能接受这种流行语。

克拉拉 （有气无力地坐在伊丽莎白式的椅子上）哦，妈妈，这没你想得那么严重。如果你还守着那些旧思想的话，别人肯定会觉得我们思想落后，没见过什么大世面呢。

希尔太太 我不否认自己在这方面有点守旧，但是克拉拉，我不希望你也跟着这样说。我也听你说过一些不文雅的话，像什么“混蛋”、“家伙”这些，虽然我已经听惯了，但我从心里认为这不是小姐们该用的字眼。不管怎么说，这些话实在难以让人接受。比克林先生，您认为呢？

比克林 这我可不好说。先前我在印度待了好些年，现在人们的爱好跟习惯早就跟以前不一样了，这也让我不太能适应，有时我连自己是在正式的宴会上，还是在海上与水手们在一起都分不清。

克拉拉 这不过是习惯问题，谁分得清对与错呢？人们说这些话只是出于自己的习惯，没什么其他的意思。我觉得这种话很能吸引别人的注意，并且很有趣，反倒是原来的那些话太乏味了。

希尔太太 （站起来）坐了这么久，我想我们也该走了。

（比克林和希金斯站起来。）

克拉拉 （随着起身）哦，是的，我们还有三处茶会得去呢。再会，希金斯夫人。再会，比克林上校。再会，希金斯教授。

希金斯 （一本正经地走过去送她到门口）再会。你一定得在接下来的茶会上试着说说这种流行语，一定要试试。

克拉拉 （满脸微笑）一定会的，再会。这些维多利亚早期的条条框框都已经过时了。

希金斯 （引诱她）早就过时了！

克拉拉 真是过时了！

希尔太太 （听了觉得难受，大声喊道）克拉拉！

克拉拉 哈哈！（她精神抖擞地出了门，觉得自己已经赶上了潮流，一直笑着走到楼下。）

弗雷迪 （无奈地叹息）唉，这是……（他只说了半句，也走到希金斯夫人面前）再会。

希金斯夫人 （和他握手）再会。你还想再见到杜立特尔小姐吗？

弗雷迪 （激动地）当然了，我非常愿意，非常愿意。

希金斯夫人 你应该清楚我平日里会客的时间安排。

弗雷迪 是的，真是谢谢您，再会。（他高兴地出了门）

希尔太太 再会，希金斯先生。

希金斯　再会，再会。

希尔太太　（对比克林）我还是说不出这样的话。

比克林　那也不是一定得说的，你不想说也好。

希尔太太　但我要是不这样做，克拉拉肯定不会同意的。再会。

比克林　再会。（他们握手。）

希尔太太　（对希金斯夫人）请您一定要谅解克拉拉。（比克林听到她放低了声音，知道自己不便去听，就和希金斯一样站在窗前。）我们实在是太穷了！可怜的孩子，她几乎没怎么参加过这种宴会！所以才会表现得不得体。（希金斯夫人见她几乎要落泪，心里也很难受，亲切地拉着她的手一直送到门口）但我的儿子很明白事理不是吗？

希金斯夫人　是啊，那孩子很不错，希望他能经常过来走走。

希尔太太　真是谢谢你，再会。（她走出门）

希金斯　（兴奋地）你觉得还好吗？伊莉莎怎么样？（他一下子冲到他母亲面前，拉她坐在伊莉莎之前坐过的椅子上，自己坐在她的左边。比克林则坐到她的右边。）

希金斯夫人　不，这当然还不行。虽然她的口音和装扮被你改造得不错，但这并不表示她所有的言行都是天衣无缝的。要是你觉得这样就完美了的话，那你一定是糊涂了。

比克林　那你认为还可以改善吗？就是说让她改掉那些不好的说话习惯。

希金斯夫人　如果是在亨利身边的话，估计很难做到。

希金斯　（有点不悦）你是在说我讲话还不够文雅吗？

希金斯夫人　不，孩子。你说得很好，除非你是在码头上跟那些粗人在一起，但若是在一个高雅的茶会里就不见得如此了。

希金斯　（觉得很委屈）但……

比克林 （打断他的话）希金斯，你要清楚自己的情况。从我们那时候一起在海德公园练兵开始，到现在已经20年了，我这才听到像你口中说出来的那种粗话。

希金斯 （心情不好）要是连你都这么说的话，那我说的话肯定就没有牧师们的话那么好听了。

希金斯夫人 （做手势不让希金斯说下去）比克林上校，请你跟我说说温波街的情况吧。

比克林 （很乐意换了个话题）哦，我是和亨利一起住在那里的。因为要合作进行印度方言方面的工作，这样就更加方便些。

希金斯夫人 是的，这样合情合理。但是那位姑娘住哪里呢？

希金斯 当然是和我们一样，她不跟我们一起住的话还能住哪儿？

希金斯夫人 但如果是这样安排的话，你们以什么身份住在一起？难道当她是女用人吗？还是其他什么身份？

比克林 （缓慢地）希金斯夫人，我很明白你说这话的意思。

希金斯 可我一点儿也不明白。我每天给她上课教她发音，终于看到自己这几个月来的付出有了回报。而且她很清楚我的东西在哪儿，也知道我的约会安排等。

希金斯夫人 那你的女管家跟她还合得来吗？

希金斯 别斯太太吗？哦，她自然很乐意，因为伊莉莎可以帮到她不少忙。以前她经常不得不给我们找东西，还有记住很多约会时间安排。但她经常冒出一些奇怪的想法，她总说我自私，不懂得为别人考虑。对吧，比克林？

比克林 是的。她经常把这句话挂在嘴边：“先生，您得替别人想想”。一谈到伊莉莎，总得这么说一下。

希金斯　说的好像我会把她给忘了似的，我都已经很累了，我不得不时刻关注她的每一个发音。

希金斯夫人　你们两个人还真是有意思，这样玩弄你们的活宝贝。

希金斯　这怎么能说是玩弄呢？这可是一项严肃而又艰巨的任务。您得相信我，这真的是一件很有趣的事，凭着自己的能力去改造另一个人，教给她全新的语言。这是一项跨越阶级和改变灵魂的伟大的工作。

比克林　（挪了挪椅子，更靠近希金斯夫人，兴奋地说）没错，这确实是一件很有趣的事。您尽管放心，希金斯夫人，我们在这个过程中态度非常的端正和严肃。每个礼拜，甚至是每天都会有新的发现和突破。（更靠近希金斯夫人一点）并且在每一个阶段，我们都会以录音和照相的方式记录下来。

希金斯　（在希金斯夫人的另一边同时解释）一点儿也没错，这是我迄今为止做过的最有趣的实验。我们把自己所有的业余时间都放在做这件事情上面了，对吧？比克林。

比克林　我们不停地谈论伊莉莎的一切。

希金斯　还给她上课。

比克林　教她穿衣服。

希金斯夫人　你说什么！

希金斯　而且还设计、改造全新的伊莉莎。

希金斯和比克林　（同时）还有，她的听力简直是太强了，甚至可以与鹦鹉相媲美。我们曾经尝试过用各种不同的音调来对她进行测试，比如说欧洲和非洲的各种方言，以及南非野人的短促发音等，这些都是难度非常高的，连我们两个都得花好几年的时间才能完全学会，但她一听就能准确地说出来。希金斯夫人，她简直就是个天才！除此之外，她还善于弹钢琴。我们曾经把她带到剧院里面去听各种音乐，不管是古典音乐还是民间曲艺，也不论是哪位音乐家的作品，她只要听一遍，回家就能把它们都弹出来，即使在这之前她连碰都没碰过钢琴。

希金斯夫人 （不得不用手指堵住耳朵，因为此时他们俩的声音越来越大，而且根本就没有一点想停下来的意思）安静，安静！（两个人停止讲话）

比克林 真抱歉！（他觉得有点尴尬，将椅子往后挪一点。）

希金斯 对不起。只要比克林开始说话，没人能插得上嘴。

希金斯夫人 好了，亨利。比克林先生，你难道不清楚吗？在伊莉莎走进温波街的同时还带来了什么？

比克林 是她的父亲，但是亨利早就解决了这个问题。

希金斯夫人 不对，如果是她母亲来的话还好点，但事实上她带来的却是另一个。

比克林 您说的是什么呢？

希金斯夫人 （偶然地说出了她所经历的那个年代）一个问题。

比克林 哦，我想我知道了，就是如何让她伪装成上等人的问题。

希金斯 这个不难，我想我已经成功一半了。

希金斯夫人 真是大错特错，你们两个简直是太天真了，我是说以后怎么安排她的问题。

希金斯 这很容易解决。她已经具备这么大的优势，只要她愿意，想上哪儿就可以上哪儿。

希金斯夫人 难道就是跟那位可怜的希尔太太一样的优势吗？在养

成了和上等人一样的生活习惯之后，就失去了自力更生的能力，只能坐享其成，这就是所谓的优势吗?

比克林 （不想再继续这个话题，只好随口应付她）希金斯夫人，这个问题不大，是你太杞人忧天了。（他起身决定离开）

希金斯 （也站起来）我们可以帮她找一份像样的工作。

比克林 她生活得很满足，您大可放心。再会。（他同希金斯夫人轻轻地握手，就像是安抚一个胆小的孩子，接着就走出了门。）

希金斯 事已至此，就只能顺其自然了。再会，妈妈。（他吻了她，然后跟着比克林出门去。）

比克林 （想让叫安心些，转过身对她说）以后自有办法，一切自会水到渠成。再会。

希金斯 （出门时对比克林说）我们带她去出席俄耳斯坊的莎士比亚展览会吧。

比克林 好啊，单是想想就让人兴奋。

希金斯 等她从那儿回来以后，就可以让她给我们模仿每个人的言行举止。

比克林 简直太妙了！（两人边下楼边哈哈大笑个不停。）

希金斯夫人 （忍不住跳起来，坐到写字台前想继续刚才的事。她胡乱地拿开那一堆废纸，又从文具匣里抓起一张信纸准备写下去。但是，她没写几行就气得扔下了钢笔，双手紧抓住写字台怒喊着）啊，这些男人！男人！可恶的男人啊！

〔幕落〕

第四幕

景：温波街的实验室。午夜的钟声已经敲响，这是在夏天的夜里。屋里空无一人，壁炉里也没有火。

〔这里可以听到从楼梯间传来的希金斯和比克林的说话声。

希金斯 （向下对比克林喊道）喂，比克林。请你现在就把大门锁上吧，我今天不用出门了。

比克林 好吧。别斯太太已经睡了吗？我们不需要什么东西了吧？

希金斯 是的，不用了。

（伊莉莎进门，在楼梯口灯光的照耀下，可以清楚地看见她身上正穿着去歌剧院的斗篷、华丽的晚礼服，还戴着耀眼的钻石，手里正拿着扇子和鲜花，但她却是满脸的倦容。她走到壁炉旁边打开电灯。这样她的神态就清更晰了：她惨白的面色与乌黑的眼睛、头发形成鲜明的对比，看起来很是凄惨。接着，她脱下外套，将手中的扇子和鲜花放在钢琴上，默默地坐在了凳子上。这时希金斯走了进来，他穿着晚礼服和大衣，帽子还没摘下来，手上搭着一件便衣。他很快就脱掉了帽子和大衣，然后随手把它们扔在了报纸架上，再把上衣也脱掉换上便衣，有气无力地倒在了挨近壁炉的靠椅上。比克林进门，他和希金斯一样的打扮。同样地，他也脱掉帽子和大衣，正想扔在希金斯衣服的上面，可是又犹豫了片刻。）

比克林 喂，要是别斯太太看到我们这样乱扔衣服，肯定得发脾气。

希金斯 那就干脆从楼梯上扔下去算了。明早她看见走廊上有衣服就会收起来的，肯定会觉得我们喝醉了。

比克林 我们确实有点醉了。有信吗？

希金斯 我没注意。（比克林又带上自己的大衣和帽子下楼去了。希金斯一边呵欠连天一边还哼着正风靡一时的小曲。突然他大叫起来）我的鞋子又他妈去哪儿了？

（伊莉莎意味深长地看了他一眼，然后突然站起又猛地站起来，走出了房间。）

（希金斯接着打了一个呵欠，然后嘴里哼着曲子。）

比克林进来了，拿着从信箱里取回来的信件。

比克林 就是一些传单和一封印着冠冕花样的情书，都是寄给你的。

（他把传单扔在壁炉的炉围里，把那封情书拿给希金斯，然后背对着壁炉站在地毯上面。）

希金斯 （简单地浏览了一遍）又是放债的。（他也把它扔在传单那儿。）

（伊莉莎走回来，把一双破后跟的大拖鞋摆在希金斯的脚边，重新坐回去，继续沉默。）

希金斯 （止不住打呵欠）今天晚上这一群人真他妈地无理取闹（他跷起二郎腿想解开鞋带，正好看到了拖鞋。他定睛看了一会儿拖鞋，仿佛它们是自己冒出来的一样）哦，原来在这里呢。

比克林　（伸了伸懒腰）忙了一天我也确实累了。先是游园会，然后是宴会，还去了歌剧院，真是一刻也不让人停歇。但是不管怎样，这场赌局你赢了，希金斯。伊莉莎做得非常成功，甚至称得上是完美了，是吗？

希金斯　（兴奋地）天哪！总算是结束了！

（伊莉莎的身体突然颤了一下，但没人注意到她。她立刻又镇静下来，面无表情地坐着。）

比克林　难道在游园会上你一点儿也不担心吗？我心里七上八下的，但伊莉莎却很镇定。

希金斯　她一点儿也不担忧，我就知道她会做得很好。不过这几个月的辛苦工作确实把我给累坏了。刚开始我们教她发音的时候还挺有意思的，但后来时间一长这简直成了一种煎熬。如果不是因为我跟你之间的这场赌局，早在两个月前我就会放手不干了。看看我们干的蠢事，简直无聊透顶。

比克林　话也不能这么说，在游园上伊莉莎真是出尽了风头，我那时心都快跳出来了。

希金斯　在开始的三分钟里，我也跟你一样。但是当我知道我们稳操胜券的时候，我根本就是如坐针毡。晚上出席宴会的时候，情况更是糟糕。又没什么人可以说话，只有一位让人扫兴的太太。真的！比克林，我再也不干这种蠢事了。什么冒充高贵的公爵夫人，简直是吃饱了撑的。

比克林　你一向对这些社交活动嗤之以鼻。（走到钢琴那儿）但我倒是愿意偶尔参加一次，这样能激发我的活力。总而言之，这件事的确做得很成功，非常成功。我甚至有一两次变得恐慌了，因为伊莉莎做得比那些真正的上等人还要好。你知道，那些人总以为自己有了不错的社会地位，就一定具备上等人的气质，所以就忽略了学习。事实上，不管是做什么事情，只有专业，才能达到完美。

希金斯 是啊，一看到这些人连自己的事都做不好，我就忍不住生气。（站起来）总之，这件事情算是结束了，现在我打算去睡个好觉，终于不用再为明天担心了。

（此时，伊莉莎原本美丽的面容已经变得非常的阴沉恐怖了。）

比克林 我也得去睡了。反正这件事情，对于你来说是一次了不起的胜利。明天见。（他走出）

希金斯 （随他走出去）明天见。（刚走到门口却又回头）伊莉莎，把灯关上吧，还有告诉别斯太太，明天早晨别再煮咖啡了，我想喝茶。（他走出去）

（伊莉莎极力控制自己的情绪，装作若无其事的样子走过去关灯。可当到了那时，忽然觉得情绪失控。她坐在希金斯的椅子上，双手紧紧地抓着椅子的靠手。最后直接躺在了地板上生闷气。）

希金斯 （站在门外干着急）真倒霉！我的拖鞋又不见了。（走到门口）

伊莉莎 （一手抓着一个拖鞋用力地向他扔去，好像把所有的怒气都集中在这个动作上了。）这是你那见鬼的拖鞋，拿去吧，都拿去，去你的。

希金斯 （惊诧万分）你出什么事了？快起来。（他走过去将她扶起来）伊莉莎你到底怎么了？

伊莉莎 （呼吸有点困难）跟你没关系。你不是在我身上打赌赢了吗？你已经得到了你想要的，就不用再管我的死活了。

希金斯 哼！自高自大的东西！我是赢了，可你拿拖鞋扔我是什么意思？

伊莉莎 因为我恨死你了，我恨不得杀了你，你真是个冷血无情的东西。你当初就不应该管我，不如让我在大街上自生自灭呢。现在你想做的都做完了，是时候再把我扔回去了对吗？

希金斯 （镇定而又惊讶地瞪着她）看来你是神经过敏了。

伊莉莎 （怒吼一声，伸手就要去抓他的脸）啊！

希金斯 （眼疾手快地抓住她的手腕）哼！你是想造反吗？竟然敢抓我，老实点，给我坐下。（他用力将她推到躺椅上。）

伊莉莎 （在他面前无力反击）你说我怎么办？我该怎么办？

希金斯 那是你自己的事，跟我有什么相干？我怎么知道怎么办？

伊莉莎 跟你没关系。即使我死了你也不会关心。我对你来说，还顶不上那双拖鞋重要呢。

希金斯 （听她又用那些土音说话，生气地纠正）还不"如"那双拖鞋这句话不要出现"顶"这个词。

伊莉莎 （虽然认识到自己的口误，但还是愤恨不已）那就说"还不如那双拖鞋"，但这些已经不重要了，不是吗？

（接着是片刻的沉默。伊莉莎只是沮丧地低着头。希金斯有点手足无措。）

希金斯 （仍旧趾高气扬地对她说）你这样做是为了什么呢？难道你在这儿还有什么不满足的吗？

伊莉莎 没有。

希金斯 那是有谁惹你了吗？比克林上校还是别斯太太？不然是哪个用人吗？

伊莉莎 他们都很好。

希金斯 那你总不会觉得是我的错吧？

伊莉莎 不是。

希金斯 我很高兴听到你这样回答。（他的语气变得温和些）也许是你今天太累了，想喝杯香槟酒吗？（他走向门口。）

伊莉莎 不用了。（想起她的礼貌）谢谢。

希金斯 （变得更愉快了）应该是由于长时间精神焦虑导致的。游园会让你觉得紧张，这很正常，但毕竟已经过去了。（他亲切地轻拍她的肩膀，但她却是忍不住往后退缩）现在什么麻烦都没有了，你可以放心了。

伊莉莎 是啊，你是轻松了。（她突然起身走开，坐在钢琴凳子上，双手捂住脸。）天哪！倒不如让我死了痛快。

希金斯 （无比惊讶地看着她）为什么？你怎么会这么说？（走到她面前，心平气和地对她说）伊莉莎，你现在的伤心完全是主观情绪造成的。

伊莉莎 我不懂你说的是什么意思。

希金斯 这只是因为你自己想太多了，根本就没什么事。你只要现在去好好睡一觉，明天早上醒来就好了。要是想哭的话就哭出来吧，或许还可以跟上帝对对话，这样你就会舒坦了。

伊莉莎 是啊，我倒是听见了你跟上帝的对话，“天哪！总算是结束了。”

希金斯 （快要失去耐心，带着点怒气责问她）难道我说错了吗？你应该庆幸自己现在自由了，可以随心所欲做自己想做的事了。

伊莉莎 （悲观至极）那你说我还能做什么？我已经不是以前那个卖

花的姑娘了，我现在这样子还能做什么呢？我能去哪里？我以后该怎么办？

希金斯 （似乎有点理解她的意思，但觉得这是小事一桩）哦，原来你担心的就是这个问题，是吗？（他习惯性地把手放到裤袋里，一边来回走动，一边弄得口袋里的钱和钥匙响个不停，一本正经地思考着这个在他看来根本不值一提的问题。）如果我是你的话，我绝对不会有这样的忧虑。我觉得你要找一个好的安身之处并不难，虽然之前我并未想过你要走这件事。（她快速地瞥了他一眼，而他此时正看着钢琴上的果盘，想要吃个苹果）而且，你不是还可以结婚吗？（他大口地嚼着苹果，并且发出很大的声响）伊莉莎，其实像我和比克林这样不想结婚的人并不多，大部分男人都是要结婚的。（值得同情的人）其实你有时看起来挺不错的，不过像现在这样哭成个大花脸就难看了。你平时的样子还是挺讨人喜欢的，当然是对于那些想要结婚的男人而言。现在对于你来说，最重要的就是去睡个好觉，养足了精神，明早起来你就不会这么悲观了。

（伊莉莎忧郁地看了他一眼，依旧保持沉默。）

（希金斯没有任何反应，只是在津津有味地吃着手里的苹果。）

希金斯 （突然脑海里出现了一个好主意）我母亲一定可以帮你找到一个好小伙子的。

伊莉莎 哼！我们托特兰坊大街上的人是有自己的尊严的，还不至于这么卑贱。

希金斯 （恍然大悟）你这话是什么意思啊？

伊莉莎 原本我只是卖花的，但是我没有出卖自己。但是现在你让我成了一位高贵的小姐，我反倒什么都不能做了，连卖花也不行了。这样的我还不如一直当个卖花女。

希金斯 （生气地把苹果核扔到火炉里）简直是一派胡言，伊莉莎。这跟买卖没关系，你可以自主决定嫁给谁。

伊莉莎 那你说我还可以做什么呢？

希金斯 你能做的事可多了去了。你之前不是想要开花店吗？比克林可以帮你，他可是个有钱人。（哈哈大笑）你今天身上的那些衣服首饰都得他出钱，总共加起来大概有两百镑左右呢。半年前你不是说自己想拥有自己的花店么，你还不知道会高兴成什么样子呢。总之这件事就这么定了，我现在必须去睡觉了。哦，对了，我忘了自己是来找什么的？

伊莉莎 找你那破拖鞋。

希金斯 哦，是的，你还扔了我的。（他捡起鞋正准备出去，伊莉莎起身对她说）

伊莉莎 趁你还在这儿，少爷！

希金斯 （听她叫他“少爷”，大吃一惊，放下拖鞋）怎么了？

伊莉莎 你告诉我，我身上的衣服是属于我的呢，还是得还给比克林上校？

希金斯 （回到房里，觉得她不可理喻）比克林拿着这些衣服有什么用？

伊莉莎 也许这些衣服对你们的下次试验有用呢。

希金斯 （惊讶之余还是觉得受到了羞辱）你就是这样看待我们的吗？

伊莉莎 我不想再听这些话了。你只要告诉我哪些东西属于我就行，你都已经把我原来的衣服烧掉了。

希金斯 那有什么关系呢？大半夜的你为什么要想这些奇怪的问

题？

伊莉莎 我只想知道哪些东西是我可以带走的，我不想到时候被人说成是小偷。

希金斯 （感觉受到了更大的羞辱）小偷？伊莉莎，你说这话就太过分了。

伊莉莎 对不起。像我这样既普通又贫穷的姑娘不得不做事谨慎，你们是不可能理解我们这种人的处境的。我还是希望你能够给我说清楚哪些是我的哪些不是，可以吗？

希金斯 （心情很糟糕）只要你想，你可以拿走所有的东西，除了这些租来的珠宝首饰。这下可以了吗？（他气冲冲地打算回房）

伊莉莎 （看他不高兴反而幸灾乐祸，就像是喝了蜂蜜似的，于是她故意激他）先等一下。（她把自己身上戴的首饰取下来）我看你还是把这些首饰拿回房间比较安全，要是弄丢了我可赔不起。

希金斯 （怒发冲冠）拿过来。（她把首饰递到他手里）幸好这些首饰是珠宝店的而不是我自己的，否则我肯定会用它们堵住你的嘴，你这个不懂报恩的东西。（信手将首饰全塞到口袋里，正好露在外面的链子成了他身上的一个装饰。）

伊莉莎 （取下手上的戒指，递到希金斯手中）这个戒指好像是你在布赖顿买来送给我的，不是珠宝店的，现在还你了。（希金斯猛地把戒指扔到壁炉里，像头发怒的狮子一样看着他，伊莉莎吓得捂住脸叫喊着）你可不能动手打人啊。

希金斯 动手？你这没良心的，竟然还污蔑我会动手？是你伤害了我，你真是令我失望。

伊莉莎 （在心里偷笑）但是我很高兴，不管怎样我还是找回来了一部分。

希金斯 （表现出绅士特有的风度，居高临下地）像你这样惹我生气，这还是第一次。总之现在我什么都不想说了。我得去睡觉了。

伊莉莎（有意激怒他）好吧，那咖啡的事我就不跟别斯太太说了，你自己写张纸条给她吧。

希金斯 （板着个脸，怒吼道）别斯太太也好，咖啡也好，还有你，我都不想理了。（暴躁地）看来是我自己做了件蠢事，用尽心思教了你这么一个冷血的叫花子。（他昂首挺胸地走了出去，然后“砰”的一声关上房门，这反而使他庄重的风度逊色不少。）

（伊莉莎第一次笑得那么开心，她拼命地用各种姿势表达自己抑制不住的兴奋。她模仿希金斯出去时的样子，加上她自己得意扬扬的神情。最后，她开始跪在地毯上寻找那枚戒指。）

〔幕落〕

第五幕

景：希金斯夫人的客厅。

〔她仍然坐在书桌前。女仆走了进来。

女仆 （在门口）夫人，希金斯少爷和比克林上校来了。

希金斯夫人 叫他们进来吧。

女仆 他们好像在报警。

希金斯夫人 你说什么？

女仆 （走上前低声说）我不得不告诉您，少爷看起来有点精神失常呢。

希金斯夫人 如果你跟我说他很正常的话，我才会觉得意外呢。等他们打完了电话就叫他们上来。他应该是丢东西了。

女仆 是，夫人。（准备出去）

希金斯夫人 你去楼上告诉杜立特尔小姐，少爷和比克林上校过来了。让她暂时不要下楼，等我的通知。

女仆 好的，夫人。

（希金斯飞快地闯了进来，就好像女仆说得那样，他看起来的确有点儿精神失常。）

希金斯　妈妈，发生了一件糟糕的事。

希金斯夫人　哦，早安。（他敷衍式地吻他母亲，同时女仆走出）怎么了？

希金斯　伊莉莎不在了。

希金斯夫人　（若无其事地继续写信）那肯定是被你吓跑了。

希金斯　这怎么可能。昨晚跟平时一样，我让她关灯休息，而她不但没有进屋睡觉，反而换了衣服就离开了。今早七点钟之前她就坐着车把自己所有的东西给取走了，别斯太太竟然默不吭声地把东西都给了她。我现在该做什么？

希金斯夫人　既然她想离开，就由她去吧，这是她自己的自由。

希金斯　（不知所措地走来走去）但问题是我没办法找到自己的东西了，也不清楚有什么约会。我真的……

（比克林进来，希金斯夫人放下钢笔面向他。

比克林　（亲切地和她握手）早安，希金斯夫人。亨利跟你说了吗？（他依靠着长榻坐下）

希金斯　那个马虎的警官说什么了？你拒绝出赏金了吗？

希金斯夫人　（突然站起来，又惊又气）你们是打算叫警察把伊莉莎抓回来吗？

希金斯　当然了，警察不就是做这些的吗？除此之外我们还能有什么办法？（他坐在伊丽莎白式的椅子上。）

比克林　那个警官根本就不相信我们的话，我想他可能觉得我们不是什么好人。

希金斯夫人　这再正常不过了。你们有什么资格去警察局告她？她既不是偷东西的贼也不是丢失的一把伞，她是个活生生的人。（她重新坐在写字台前，充满愤怒。）

希金斯 但是我们一定要把她找回来呀。

比克林 我们必须得让她回来，希金斯夫人，所以我们只能这样做了。

希金斯夫人 你们两个简直就是幼稚的孩子。你知道……

（女仆走了过来，打断了他们的对话。）

女仆 少爷，有一位先生有重要的事要跟你谈。他是从温波街那儿过来的。

希金斯 该死的，我现在谁都不想见。他是谁？

女仆 是一位叫杜立特尔的先生。

比克林 杜立特尔！就是那个清洁工人吗？

女仆 清洁工人！哦，不是的，是一位先生。

希金斯 （精神突然变得亢奋起来）真是的，比克林，我敢肯定这是她故意把她亲戚叫了出来。还是个我们还不认识的人。（对女仆）快叫他上来吧。

女仆 是的，少爷。（她走了出去）

希金斯 （兴高采烈地走到他母亲身边）我想我们应该可以从她的亲戚那里知道点有用的消息。（他坐在那把契本代尔式椅子上）

希金斯夫人 你的意思是你们已经见过她的家人了吗？

比克林 就见过她父亲，就是我们之前跟你说的那个家伙。

女仆 （通报）杜立特尔先生到了。（她退出）

（杜立特尔走了进来，他身上穿着华丽的礼服，披着白马甲，下身穿着一条灰裤子，胸前的钮孔里还插着一朵花，头戴崭新的黑绸礼帽，脚上是锃亮的新皮鞋。他太过专注自己的事以致忽视了希金斯夫人。他径直走到希金斯面前，劈头盖脸地责骂他。）

杜立特尔 （指着自己身上）你仔细瞧瞧，看看你干的好事。

希金斯 我做什么了？

杜立特尔 你看看我这身衣服、帽子。

希金斯 这些是伊莉莎给你买的吗？

杜立特尔 当然不是，伊莉莎给我买这些干吗？

希金斯夫人 您好，杜立特尔先生。请坐。

杜立特尔 （这才记起自己还没跟女主人打招呼，感到有点尴尬）真是抱歉，太太。（他走过去与她握手）谢谢您。（他也在长榻上坐下，坐在比克林右边）我一心想着自己的事，没顾得上别的。

希金斯 你出什么事了？

杜立特尔 如果只是我一个人的事倒也没什么，谁能不遇点倒霉事？怪不了任何人，最多也就埋怨一下老天爷了。但这事是你干的，就得怪你。希金斯。

希金斯 难道是你找到伊莉莎了吗？这才是现在最应该关心的。

杜立特尔 她不见了吗？

希金斯 她是不见了。

杜立特尔 你真幸运。我也不知道她在哪儿，不过她马上就会来找我了。

希金斯夫人 但是杜立特尔先生，我的儿子做对你做什么了？

杜立特尔 哼！他把我的生活都给毁了。他把我出卖给了那些虚伪的绅士。

希金斯 （气急败坏地走到他跟前）你胡说什么？我看你是喝醉了耍酒疯吧？我不过是给了你五镑钱，还跟你有过两次谈话，从那之后我们就再没有见过面了。

杜立特尔 哼！你说我喝醉了要酒疯？你自己说，你有没有给一位美国人写信？他是不是捐了500万建立了一个世界级的道德改进会，还请你发明一种世界语？

希金斯 这又怎么了？埃兹拉·狄·万那费勒已经死了。（他毫不在意地坐了下来）。

杜立特尔 没错，他是死了，但是我却被害惨了。你是不是在信中跟他说过阿尔弗莱·杜立特尔是现在全英国最有思想的伦理学者，还是一个倒垃圾的可怜人？

希金斯 哦，在跟你见了第一次面后，我似乎说过这样的玩笑话。

杜立特尔 天哪！你把它当成小玩笑，却让我活受罪。你给了他一个绝好的机会去表现他们美国人的平等观念：他们尊重每一个有才干的人，不管这个人有多么的卑微，即使他是个倒垃圾的。因为你的玩笑话，他在自己的遗嘱里给我留下了一大笔钱——每年有3 000镑，但是我必须给他的“万那费勒儿道德改进世界协会”做演讲，还得由他们安排，每年安排六场。

希金斯 你说的是真的吗？（忽然变得高兴起来）这可是件好事啊！

比克林 杜立特尔，你放心，他们最多请你讲一次就会停止了。

杜立特尔 但是我不是害怕演讲，我不在乎给他们讲那些东西，我反对的是要我做个绅士。我本来可以随心所欲地过自己的日子，缺钱的话就能向别人要，就跟向你要钱一样，希金斯。可是现在事情都反过来了，我什么自由都没有了，谁都可以跟我要钱。我那律师说我要交好运了，可我倒觉得走运的不是我而是他。我以前也找过一次律师，那时有人在我的垃圾车里发现了一辆儿童车，事情一办完，他就立刻赶我出来了。医生见到我也是这样，毫不犹豫地把我赶出来。但是现在呢，好像他们不给我一天看两次病，我就会没命了。我在家里除了休息什么都不能干，别人干活，我还得给他们钱。我以前一个亲戚也没有，但现在八竿子打不着的人都成了我的亲戚。我现在不是为自己活着，而是在为别人活着，这就是所谓的绅士们的生活方式。你告诉我说伊莉莎不见了。我倒觉得她马上就会来找我了，如果我不是绅士，她也只能去大街上卖花了。说不定今后你也得管我要钱，希金斯。我现在不得不主动请你教我说绅士们的话，我敢说这是你一开始就计划好了的。是不是，希金斯？

希金斯夫人　可是，杜立特尔先生，你如果真的不愿意做绅士，你大可不必勉强。你可以选择拒绝接受这笔钱呀。我说的对吧，比克林上校？

比克林　应该是这样。

杜立特尔　（因为对方是女性，言辞变得温和了一些）唉，太太，问题就出在这儿，让我说不要的话，我也说不出口。我都给吓住了，太太。我要是不要这些钱，我老了就得住孤老院啊。我现在要做个倒垃圾的都不容易。如果我是个有人同情的穷人，自己有点小钱，我也就不用这些钱了。因为像这种人就算是变成了百万富翁，也不懂得怎么过日子。可我偏偏是个可怜的穷人，我要是不要这些钱，就得住孤老院。一边是住孤老院，一边是做绅士，一边每年拿 3 000 镑。太太，您别生气，谁碰到这种事都得骂几句。我真是进退两难呀！我也没办法，我自己把自己给卖了。我只能自认倒霉了，别人可以给我倒垃圾，来向我要钱，我没办法不给，只能眼睁睁地等着被宰。哼！这都是因为你的

儿子。（他非常沮丧）

希金斯夫人 我很高兴你做出了这个选择，杜立特尔先生。这样的话就不必担心伊莉莎以后的生活了，你有能力养她。

杜立特尔 （垂头丧气的）是的，太太。现在不管我认识的还是不认识的，我都用这一年 3 000 镑来养他们。

希金斯 （激动得跳起来）这可不行！她没必要由你来养，她已经和你没关系了。不要忘了我当时是付了 5 镑钱的。杜立特尔，你是选择厚道呢，还是甘愿做个要赖的人？

杜立特尔 （忍让着他）都想要，跟所有人一样，都想要。

希金斯 我已经给你钱了，就不会让你把她带走，你没有这个资格。

希金斯夫人 亨利，你不要无理取闹。我告诉你，伊莉莎就在楼上。

希金斯 （惊讶不已）就在楼上？好了，我马上去让她下来。（他果断地决定上楼）

希金斯夫人 （起身阻止他）慢着，亨利。坐下！

希金斯 但是……

希金斯夫人 好了，先坐下吧，孩子。

希金斯 好吧，好吧，好吧。（他就势倒在长榻上，面向窗户外面）但你应该在我们来的时候就让我们知道。

希金斯夫人 伊莉莎是今天早晨过来的。昨晚她的情绪很糟糕，不安地来回走动，甚至想到去跳河，但最后还是没有勇气，她有时待在卡尔顿饭店。今早她已经把你们两个对她做的事都告诉我了。

希金斯 （跳起来）你说什么？

比克林 （马上站起来）亲爱的希金斯夫人，你绝对不能轻易地相信她，我们两个都对她很好，我们甚至连说都没有说她，是她自己莫名其妙地走了。（转身对希金斯）希金斯，昨晚我走后你对她做什么了？

希金斯 正好相反。我什么都没做，反而是她用拖鞋打了我的脸。昨晚她简直是不可理喻，见我进门，看准我的脸就“啪”的一声扔过来了，还对我说了很多无礼的话。我还没弄清楚是什么情况呢。

比克林 （大惊失色）她为什么要这么做呢？我们哪里对不起她了？

希金斯夫人 我大概知道是什么情况了。伊莉莎是一个很重情义的女孩子，对不对？杜立特尔先生。

杜立特尔 太太，她确实是很心善呢，这一点跟我是一样的。

希金斯夫人 这就对了。这么长时间的相处，她已经把你们当成了自己人。亨利，她这么配合你的工作，你是不知道对于她这种家庭的姑娘，要学会这些东西是很不容易的。等她终于成功地完成了这项艰巨的任务后，你们不但没有慰问她的辛苦，赞美她，还批判整件事情是多么的无聊。我看，她会拿拖鞋来砸你一点儿也不奇怪。换作是我，我会直接拿火钳扔你。

希金斯 反正不是我们的错，我们只是说想要睡觉。对吧？比克林。

比克林 （耸耸肩，摊开双手）确实如此。

希金斯夫人 （用讥讽的语气）你们说的真是实话吗？

比克林 当然是实话了，绝对真实。

希金斯夫人 你们都不知道好好感谢她，夸夸她，让她知道自己表现得多么完美。真是的，你们连这也不会说吗？

希金斯 （感动厌烦）这些她不都知道吗？你的意思是让我们去恭维

她几句，是吗？

比克林 （有点心虚）或许真的是我们做得不够好，她确实很生气吗？

希金斯夫人 （坐回到她的写字台前）我想她大概不会再愿意回到温波街去了，况且现在杜立特尔先生有能力帮助她了，虽然这个身份是你们硬给她的。但是不管怎样，她说她还愿意当你们的朋友，以前的事就一笔勾销了。

希金斯 （生气）什么？她愿意？真是可笑！

希金斯夫人 亨利，要是你能再听话点，我就请伊莉莎下楼，否则你就直接回去吧，不要再浪费我的时间了。

希金斯 好的，好的。比克林，你就本分点。让我们以最高的礼节来欢迎这位从大街上捡来的脏东西吧。（他不情愿地坐到伊丽莎白式的椅子上。）

杜立特尔 （不满地）好了，希金斯，就算是看在我这个绅士的面子上，你也不能这么说话呀。

希金斯夫人 亨利，你可不要忘了答应我的事。（她按响桌上的铃）杜立特尔先生，请您暂时到阳台上待一会儿。我想先不要让伊莉莎知道你的情况，免得她太过惊讶。等她跟这两位和好了我再请你过来好吗？

杜立特尔 好的，太太。但愿亨利能让她不再给我添烦恼。（随后他就出去了。）

（女仆听见铃声走进来，比克林坐在了刚才杜立特尔坐过的那把椅子上。）

希金斯夫人 去把杜立特尔小姐请下来吧。

女仆 好的，夫人！（她走出）

希金斯夫人　亨利，你现在得老实点。

希金斯　我这不挺好的吗？

比克林　希金斯夫人，他已经在努力做了。

（片刻之后，希金斯仰躺在那里，两腿伸直，嘴里还吹着口哨。）

希金斯夫人　亨利，你这个表现实在是不像样。

希金斯　（坐起来）反正我也不怎么愿意跟你们一样，妈妈。

希金斯夫人　好了，我只是想让你开口说话而已。

希金斯　为什么这样说？

希金斯夫人　因为只要你用嘴巴说话，就不能吹口哨了。

（希金斯长叹一声。接着是一段时间尴尬的沉默。）

希金斯　（迫不及待地跳起来）她到底在哪儿？难不成我们要这样没完没了地等下去吗？

（伊莉莎从容不迫地走了进来，神情很从容。她手里拿着一个精致小巧的针线篮子，镇定自若地走进来。比克林瞪大眼睛看着她，甚至忘了要站起来。）

伊莉莎　您好，希金斯教授？您身体还好吧？

希金斯　（气得干瞪眼）你叫我什么……（不知道说什么了）

伊莉莎　我知道您的身体一向很健康。很高兴再次见到您，比克林上校。（他连忙起身友好地与她握手）今天天气有点冷是吗？（她在比克林左边坐下，他也跟着坐下来。）

希金斯　你没必要用我教给你的那套在这儿装模作样，你骗不到我。现在给我回家去，快点！

（伊莉莎悠闲地从针线盒里拿出针线，开始做着针线活，对希金斯的吵闹置若罔闻。）

希金斯夫人 亨利，你说得这么没诚意，谁听到这样的话都不会高兴的。

希金斯 妈，你先不要插话，听她说。我倒想知道，她脑子里除了我教她的东西，还能有什么别的好想法。说实在的，她原本不过是一片烂菜叶子，我把她变成了一位高贵的小姐，她反倒在我这儿装腔作势。

希金斯夫人 （语气平缓地）好了，孩子。你先坐下再说行吗？

（希金斯又气势汹汹地坐下来。）

伊莉莎 （对比克林，似乎完全忽视了希金斯的存在，手中灵巧地做着针线活）比克林上校，现在你们的试验成功了，就不想再搭理我了吗？

比克林 你千万不能这么说。你不要简单地把它当成是一次试验。我不希望听到你这样说。

伊莉莎 哦，不是有人说我只是一片烂菜叶子吗……

比克林 （心情变得更激动）别再这么说了。

伊莉莎 （仍然用平淡的语气）你一直对我这么友善，如果你把我给忘了，我肯定会伤心的。

比克林 杜立特尔小姐，你这么说让我既高兴又感激。

伊莉莎 当然，我并不是因为你在我身上花钱才这么说的，我知道你本来就是个慷慨大方的人。但不管怎么说，我确实是在你身上才学到了真正的贵族的习惯，才让我变成了现在这个样子。你知道，跟希金斯教授待一块儿是很难学好这些东西的。以前的我就跟他一样，经常忍不住说那些难听的粗话，是你让我看到了贵族应该有真正的风度。

希金斯　哦！

比克林　不管怎样，这就是他的本色，他的本性不坏。

伊莉莎　是啊，我以前在大街上卖花的时候也没什么坏心思呀。但那就是我的作风，而这正是贵族与下等人之间的差别。

比克林　你说得对。但我并不能像他那样教你说话，我在这方面无能为力。

伊莉莎　（一点儿也不在乎的样子）这我明白，因为这是他的生意嘛。

希金斯　闭嘴！

伊莉莎　（接着说下去）就和学跳舞是一个道理，只是技巧问题。但你知道我是从发生什么事情时接受真正的教育吗？

比克林　哦？是什么事情？

伊莉莎　（停顿了一下手里的动作）就是我们在温波街初次见面那天，你叫我杜立特尔小姐的那一刻开始的。也是在那时我才有了自尊心。（她继续做着手里的针线活）当然，后来还有不少生活中的小细节，那些对于你来说再自然不过的事，却让我觉得自己受到了极大地尊重。比如说看到来人就起立，让座，脱帽，给人开门等。

比克林　哦，这都没什么，是应该的。

伊莉莎　哦，不，这正说明了你并没有看不起我。你没有把我看成是一个在厨房里打杂的丫头，当然我知道即使是面对一个打杂的丫头，你仍旧会是这副文质彬彬的样子。还有，我从未看到你在饭厅脱鞋。

比克林　希望你不要见怪，希金斯一向是这个习惯。

伊莉莎　我很明白，他从来就是那个样子。但你不一样，这让我觉得很特殊。说实在的，除了所有人都可以学会的装扮技巧和说话方式，一个贵族小姐和一个卖花姑娘的真正差别并不在于她自己怎么做，最关键的还是别人对她的态度。就像我在你和希金斯面前一样，在希金斯的眼里我只是个不起眼的卖花女，他一直是这么看我的，以后也不会变。但是你却一直把我当成真正的小姐来看待，永远都是这样。

希金斯夫人 亨利，请你规矩点行不行？

比克林 杜立特尔小姐，你过誉了。

伊莉莎 现在我想让你叫我伊莉莎，可以吗？

比克林 谢谢，当然可以，伊莉莎。

伊莉莎 但我想让希金斯教授叫我杜立特尔小姐。

希金斯 去你的，说什么鬼话！

希金斯夫人 亨利，注意你的语言！你怎么能这样说呢？

比克林 （笑起来）你可以回敬他几句啊，这样对他没什么坏处。你不要太在意他的话。

伊莉莎 我现在已经骂不出口了，换成是以前我会这样做。比如说，昨晚我在大街上闲逛时，有个姑娘就对我说了不礼貌的话，原本我想像以前一样地回嘴，但我做不到。你不是跟我说过吗？一个到了外国的小孩可以在几周之内学会当地的语言。我觉得自己就像是这样，到了你们的地方，学会了你们的语言，就把自己的话给忘了。这代表我已经真正告别了托特兰坊大街，等离开温波街就算是毕业了。

比克林 （失去了镇定）啊！难道你不打算再回到温波街了吗？你会原谅希金斯吧？

希金斯 （生气地站起来）原谅？你说要她原谅我？太荒唐了！要是没有我们在她身边帮助她，我看不久之后她就会变回原形，永远不能彻底改掉那些坏习惯。

（杜立特尔已经走到了中间的玻璃窗口。他不屑地瞥了希金斯一眼，对他的刚才的言论嗤之以鼻。他一声不吭地走到他女儿那里，但伊莉莎正背对窗户，所以看不到他。）

比克林 希金斯已经习惯成自然了，已经改不了的。伊莉莎，你再也不会变成原来的样子，对吗？

伊莉莎 当然不会了，绝对不会。我已经完全脱离了过去的自己，连以前的那种发音都不会了。（杜立特尔轻轻地碰了一下她的左肩，她猛然看到父亲的新装扮，被吓得扔掉了针线）啊——呀——呀——呀！

希金斯 （因为自己的话得到了印证，感到非常高兴）哈！哈！就是这个发音。（一边模仿她刚才的发音）啊——呀——呀——呀！啊——呀——呀——呀！啊——呀——呀——呀！我说对了吧，我赢了，哈哈！（他兴奋地倒在长榻上，两手交叉，得意地躺着。）

杜立特尔 这可不是他的错。伊莉莎，你别这么大惊小怪的，我现在可是发大财了。

伊莉莎 爸爸，你肯定是从一位百万富翁手里骗来不少钱了。

杜立特尔 你说得对。但我今天是特意装扮成这样的，我要去韩诺威方场圣乔治教堂跟你后妈结婚。

伊莉莎 （怒气冲冲地）你怎么能跟那种无耻的女人结婚？真是丢死人了。

比克林 （语调和缓）他应该结婚的，伊莉莎。（对杜立特尔）她为什么又同意结婚了呢?

杜立特尔 （非常哀伤地）我受到惊吓了，唉！给吓到了。绅士的道德让我变成了这副样子。伊莉莎，你愿意到教堂来参加我们的婚礼吗?

伊莉莎 唉！比克林上校说必须得去的话，那我只能……（差点哭出来）只能忍气吞声了。可能自己的好心还得不到一句好听的话呢。

杜立特尔 你不要担心，她现在不敢跟任何人大声说话。绅士太太的头衔让她做什么都变得小心谨慎了。

比克林 （轻轻地捏住她的膀子）伊莉莎，你尽量宽容一下他们，做做样子嘛。

伊莉莎 （心里不乐意，仍然面带微笑）那我就听你的，就表示一下自己的一点友善，马上就回来。（她出去了）

杜立特尔 （在比克林旁边坐下来）上校,我这次结婚心里可没一点底。能不能也请您出席我们的婚礼呢?

比克林 但你之前不是结过婚吗？就是跟伊莉莎的母亲，不是吗?

杜立特尔 你听谁告诉你的？上校。

比克林 没有人告诉我，我只是觉得应该是这样。

杜立特尔 这不一样，上校，这跟我以前用的那套穷人的办法不同。但您还是不要跟伊莉莎说。她不知道这个，我还是觉得不方便告诉她。

比克林 你说的没错，那就不要说了。

杜立特尔 先生，我希望您能到教堂来帮助我，好吗?

比克林 当然了，我很乐意。只要是我可以帮忙的事。

希金斯夫人 杜立特尔先生，请问我也可以参加吗？我也很想去呢。

杜立特尔　亲爱的希金斯夫人，如果您肯屈尊出席我们的婚礼，我会感到无上的荣幸。我那老婆子肯定也会很感激您的。她这段时间正不高兴，觉得日子难过呢。

希金斯夫人　（站起身）我先去叫马车，准备一下。（大家都站起来，只有希金斯还坐着）我马上就回来了。（正当她走到门口时，碰见伊莉莎进门，头戴帽子，边走边扣着她的手套）伊莉莎，我也去参加你父亲的婚礼，你就跟我一起走吧。比克林上校跟新郎同坐一辆车。

（希金斯夫人已经出去了。伊莉莎走到正中央的窗门和短榻之间，正好处在房间的中心位置。比克林也跟着到她旁边。）

杜立特尔　新郎！真是一个光荣的称号呢，一听到就让人激动啊。（他拿起帽子出了门。）

比克林　伊莉莎，我还是希望你跟希金斯和解，重新回到温波街去住。

伊莉莎　恐怕我父亲不会答应呢。你愿意让我回去吗？

杜立特尔　伊莉莎，这两位先生对付你的手段真是高明。如果不是两位而只有一位的话，恐怕你早就上钩了。但是两个人就可以做到互相监督。（对比克林）先生，你们确定厉害得很，不过这也不能怪你们，如果是我，我也得这么做。反正事情已经成了这样，我也就不管了。我是时候走了，上校。希金斯，再会了。伊莉莎，教堂再会。（他走出去）

比克林　（恳求她）伊莉莎，跟我们一起回去吧，好吗？（随后，他跟着杜立特尔一起出去了）

（伊莉莎不想跟希金斯单独待一块，于是来到阳台上，可是希金斯也跟着走到阳台上。她又转回来走向房门的方向，他仍旧跟着她，先她一步堵住了房门。）

希金斯 伊莉莎，我想你应该已经闹够了吧？你要做的事情都做了。现在你愿意心平气和地跟我谈谈了吗？你还想解决问题吗？

伊莉莎 你不过是想让我回去继续给你做这做那，给你当出气筒。

希金斯 我也没硬要你回去呀。

伊莉莎 哦？那我们还有什么好说的？

希金斯 就说说你自己的事。如果你回去了，我还是像从前那样对你。我也改变不了自己的性格，更没法改变自己的态度。我跟比克林上校是一样的立场。

伊莉莎 不，你说错了。比克林上校看待一位卖花女就像是看待高贵的公爵夫人一样。

希金斯 正好相反，在我的眼里，公爵夫人跟卖花女差不到哪儿去。

伊莉莎 原来你是这么想的。（她心平气静地走到短榻前坐下，面对窗门）不管对谁都是这副态度。

希金斯 是的。

伊莉莎 这点跟我父亲很相似。

希金斯 （苦笑一下）伊莉莎，虽然我不清楚他其他方面怎么样，但你父亲也不算是虚伪市侩，不管他的运气怎么样，他随时保持一副镇定自若的样子。（严肃地）伊莉莎，对别人的态度怎么样并不重要，关键是对所有人都能抱定同样的态度。换句话说，就像人死之后都会进入天堂，这对所有人都是一样的，没有高低贵贱之分。

伊莉莎 阿门！你简直是个天生的传教士。

希金斯 （心里不太痛快）关键不在于我是否对你态度恶劣，而是跟对待你相比，我有没有对别人更好。

伊莉莎 （严肃而真诚地）不管你怎么对待我，我都无所谓。打我也好、骂我也好，反正我已经承受过了。但有一点，（她突然站到他面前）我不喜欢别人连招呼都不打，就随意地从我身边冲过去。

希金斯 那你最好乖乖地待在一边，我是不可能因为你停下来的。怎么觉得我变成了一辆公车似的。

伊莉莎 你本来就是，只知道随心所欲地做自己想做的事，从来不会为别人着想。但我告诉你，没有你我照样能好好过日子。

希金斯 这我当然相信。我也这样说过。

伊莉莎 （觉得伤感，走到短榻的另一边，面对着壁炉）我以前就听你说过这话，你这个冷血无情的人，根本就是想把我给扔了。

希金斯 你胡说。

伊莉莎 好吧。（她有点生气地坐到椅子上）

希金斯 你应该从未想过我没有你行不行。

伊莉莎 （认真地）你别以为说这些话有用，这跟我没关系。

希金斯 （高傲地）我没必要依靠任何人，我有自己的思想、天赋和才干。但是，（诚心诚意地）伊莉莎，如果你真的走了，我会想念你的。（他慢慢地靠近她坐在短榻上）我也从你那些奇怪的想法里懂得了一些东西，这点我不否认，同时也很庆幸。不论是你的样貌还是你的声音，都已经深深地留在我的脑海里，并且还挺喜欢。

伊莉莎 你不是还有录音匣子和相册吗？你用它们记录下来，就可以随时听、随时看了。这样也不会对我造成什么影响。

希金斯 但这些里面没有你的灵魂。你把思想和感情留给了我，然后把你的声音和容颜也带走了，那些东西并不能代表你本人。

伊莉莎 你简直就是魔鬼，总是一下子就能抓准别人的心。别斯太太多次提醒让我当心你。她好几次想离开，但你最后总能想办法留住她。但你从来不为她着想，也一点儿都不关心我。

希金斯 我关心生活和人类，你也是这中间的一部分。而且你遇见了我之后，就变成了我家的一分子，你还有什么不满足的？

伊莉莎 我才不愿意去关心一个从不在乎我的人。

希金斯 伊莉莎，这不过是市侩的交易法则。就像（惟妙惟肖地模仿卖花女的土音）“卖花呀”，对吧？

伊莉莎 你不应该这样讥讽别人，这很无礼。

希金斯 不，我从不会讥讽别人，因为这样做没有任何好处。我不过是想表达自己对于买卖原则的蔑视和愤怒。我永远不会把感情当作一场交易。在你看来，我是一个冷血的人，因为你帮我做这做那，我却不领你的情。是你的想法太愚蠢了，我觉得女人不该为男人做拿拖鞋、找眼镜这些小事，你看我就从来没有这样帮你做过。你还朝我扔鞋子，倒让我更加敬佩你。如果你心甘情愿地把自己降到奴仆的位置，却又想得到我的关心，这算什么呢？谁会去关心一个奴仆呢？如果你回来的话，就说明我们还能相处下去，仅此而已。我给予你的东西远远多余你给予我的。如果你毁坏了我亲手创造的伊莉莎夫人的形象，做那些拿拖鞋的事，我就把你赶出去。

伊莉莎 如果你对我毫不关心，那你又为什么要做这些事呢？

希金斯 （理所当然地）为什么？因为这是我的工作。

伊莉莎 我想你应该从未考虑过这事会带给我多大的麻烦吧。

希金斯 假如造物主怕麻烦的话，那么这个世界就不会存在了？因为创造生命就是在制造麻烦了。那么把一切东西毁掉才是避免麻烦的唯一办法。所以那些懦夫们一直叫嚣着要杀掉那些找麻烦的人。

伊莉莎 我不是个传教士，我才不关心这些事，我只知道你对我怎么样。

希金斯 （觉得有些烦躁，不停地走来走去）伊莉莎，你真是愚蠢。我把自己所有的智慧都展现在你的眼前，但你的所作所为简直就是对它的侮辱。总而言之，你得知道我必须做自己的事，我不会在意其他的人或事物。我可不会像你爹和你后妈那样怕这怕那，所以不论你选择回来还是离开，都由你自己决定。

伊莉莎 如果我决定回来的话，又有什么意义呢？

希金斯 （他兴奋地跳到短榻上，跪在上面，与她面对面）当然是为了好玩。这也是我留下你的原因。

伊莉莎 （转过脸去）如果我不按照你的要求做事，或许明天就会被你赶出去，对吗？

希金斯 是的。如果我不按照你的要求做事，或许你明天也会离开我。

伊莉莎 去和我后妈过日子吗？

希金斯 没错，再回去卖花也可以啊。

伊莉莎 哼！这话说得真是可笑。如果我还回得去的话，那我就能自食其力，不用依靠你们任何人了。是你剥夺了我独立生存的能力，虽然现在的我表面上看起来很风光，但我却是个寄人篱下的奴仆。

希金斯 当然不是你说的这样。要是你愿意的话，你可以做我的干女儿，然后我会给你一大笔钱，或者是嫁给比克林怎么样?

伊莉莎　（突然变得很生气,对着他说）就算是让我嫁给你我也不愿意，虽然你跟他的年龄差不离。

希金斯　（耐心地）是“差不多”，不是“差不离”。

伊莉莎　（气冲冲地站起来）我想怎么说是我自己的事，你已经不再是我的老师了。

希金斯　（琢磨着）但是我觉得比克林也不行。他跟我一样早就决定一辈子单身了。

伊莉莎　我从来没想过这事，是你弄错了。想追我的人多了去了，弗雷迪一天写两三封信给我，一来就是好几张写得密密麻麻的信纸。

希金斯　（让他觉得既惊讶又生气）这家伙的胆子也太大了！（他向后退，然后坐在了自己的脚后跟上。）

伊莉莎　可怜的人啊，他要是愿意的话，就有权利这样做，而且他确实是爱我的。

希金斯　（离开短榻了）你可不能去鼓励他做这些事。

伊莉莎　但每个姑娘都有被爱的权利，不是这样的吗?

希金斯　难道是被这样的白痴爱吗?

伊莉莎　弗雷迪才不是什么白痴呢。即使他性格懦弱，但至少他很需要我，总好过那些比我聪明、经常捉弄我却又不需要我的人。

希金斯　但是他对于你来说有什么帮助呢?

伊莉莎　这我说不清楚，或许我能帮到他呢。但我可和你不一样，脑袋里总是考虑人与人之间是不是有什么用处的问题。我只想过平平淡淡的日子。

希金斯 也就是说，你想让我像弗雷迪一样追求你是吗？

伊莉莎 不，当然不是。我想得到的并不是这种感情，你千万不要这么想。只要我愿意，我可以变成一个坏姑娘，虽然你的学识比我高，但有些事情我知道得比你清楚。像我这样的姑娘能够轻易地迷住男人，也很容易立刻反目成仇。

希金斯 你说的没错。那我们还有什么好争论的呢？

伊莉莎 （有点心烦意乱）我只是需要一点关心。当然我明白，我只是个普通的没出息的丫头，而你却是个学识渊博的上流社会的绅士。不过即使是这样，我也不是可以随便被你踩踏的小草。我干这个（马上纠正自己的错误），我做这个不是冲着穿好衣服和坐汽车来的。而是因为我觉得我们能相处好，所以我就——就渐渐地关心你。可是我并不是想得到你的爱，我也知道我们之间的差别，我只是希望能够相互间更加友善一点。

希金斯 我也是这么想的，比克林也是这样。伊莉莎，你真是傻。

伊莉莎 你不应该给我这样的回复。（她坐在写字台前的椅子上，开始哭泣。）

希金斯 你总是这样，我只会给你这样的回复。如果你想成为一位真正的上流社会的小姐，就不要总希望别人会时刻想着你，一定要那些和你相识的男人花上一半的时间陪着你抹眼泪，花另一半的时间把你折磨得面目全非。如果你真的不能习惯我的这种冷漠、拘谨的生活，那你就继续去大街上卖花去吧。你可以把自己累得人不像人鬼不像鬼，然后亲亲热热，吃吃喝喝，过着鸡飞狗跳的日子。是的，这种生活还真是值得去尝试。确实是温暖的、热情的、实在的。不必接受训练，不管脸皮多厚的人都能感受得到。这跟科学技术、文学、古典音乐、哲学和艺术不一样。既然你认为我是个冷血无情、不会为别人着想的人，那你就干脆回到你向往的那些地方去。然后嫁给一个热情而老土的笨猪，让他用自己的厚嘴唇和大皮靴折磨你。如果你不会珍惜自己拥有的东西，那就去找你想要重视的东西去吧。

伊莉莎 （无话可说）哦，你这个狠心又专制的人。我们两个根本就谈不下去，你说什么都是对的，我永远是错的那一方，你这明摆着是欺负我。你知道我没有办法再去过以前那种日子，而且除了你和比克林上校，我根本就没有其他任何朋友。但你还要说这样的话来刺激我，你真是太过分了。不要以为我除了我父亲那儿没地方可去，就一定会回到温波街。你不要太自信了，你也别想把我踩在脚下，欺负我。要是我决定嫁给弗雷迪，谁也拦不住。

希金斯 （在她旁边坐下）简直是胡闹！你至少也要找一位大使来结婚，或者是印度总督及爱尔兰总督，如果能找个女王副官也还过得去。我可不愿意让弗雷迪捡这么个大便宜。

伊莉莎 你别以为我乐意听你这些话，你忘了自己一分钟前说什么了吗？我才不会相信这些哄骗人的话。要是真的没人帮我，我就学会自立。

希金斯 自立？那可是中产阶级用来自欺欺人的字眼。生活在地球上的每一个人都应该互相帮助，彼此依靠。

伊莉莎 （突然站起来，眼神非常坚定）那我就让你看看我能不能自立。如果你可以去教育他人，那我为什么不能？我可以去当一名教师。

希金斯 天哪！那你打算教什么？

伊莉莎 就是我从你那儿学到的东西，我也可以去教人语音学。

希金斯 哈！哈！这也太滑稽了。

伊莉莎 我可以自己去大胡子匈牙利人那儿，当他的助手。

希金斯 （猛地站起来，怒发冲冠）什么？你要去教那个骗子！他根本就是个冒牌货。你胆敢把我的东西教给他，我发誓我会杀了你。（他用手在她肩上做出那个动作）一丁点儿也不行，知道了吗？

伊莉莎 （任他摆弄，倔强地）那你就杀死我吧，难道你以为我会怕你不成？我知道你总会跟我动手的，你打吧。（他松开手，意识到自己刚才的失礼，后悔不及，连忙往后退到短榻边，倒下去。）哈哈！我总算是知道要怎么对付你了，我之前怎么就没想到呢。我已经学到了你教给我的东西，而且我的听力比你强。此外，我还可以尽量对人温和有礼，这也是你比不上的。希金斯，我现在看你还有什么办法，（弹响手指）我再也不用怕被你欺负了。我还可以在报纸上发布一条消息，让所有人都知道，你教出来的这位公爵夫人只不过是卖花女冒充的，而且她能够在半年内帮助任何女人成为高贵的公爵夫人，只需付 1 000 英镑学费就行。哼！当我想到自己当初受你的欺负，被你打骂，却可以轻易变得和你一样，我真想抽我自己。

希金斯 （惊讶不已）你现在这种胆敢反抗的样子可比刚才的哭哭啼啼要好多了。总比只会找拖鞋要好对吧？（站起来）伊莉莎，我之前说过要彻底地改造你，我觉得现在才是真正的成功了，我非常喜欢你现在的模样。

伊莉莎 我就说嘛，我现在不用再怕你了，所以你想主动讨好我，是吗？

希金斯 是啊，5分钟前你还没什么用处，而现在你已经能够独立自主、有所作为了。看来我们和比克林即将变成3个单身汉了。哈哈哈……

（希金斯夫人走了进来，身上穿着出席婚礼的衣服。伊莉莎马上变成了一副高贵典雅的样子。）

希金斯夫人 伊莉莎，马车已经准备好在等我们了。你可以走了吗？

伊莉莎 是的，教授也会参加吗？

希金斯夫人 不，不，不用他来。他在教堂里总是吵闹不休，因为他总是忍不住去批评牧师的口音问题。

伊莉莎 这样的话，那就再会了，希金斯教授。（她走到门口）

希金斯夫人 （对希金斯）再会，孩子。

希金斯 再会，妈妈。（他正准备吻希金斯夫人时，突然记起几件事）哦，对了，伊莉莎，请你记得要在店里拿一只火腿和一块斯提尔敦干酪送来给我，再去帮我买一双8号大小的鹿皮手套，此外，再为我那身新衣服搭配一条合适的领带。颜色随你选。（他那种溢于言表的兴奋之情和洪亮的声音，正显示出他没有任何悔过之心。）

伊莉莎 （蔑视地）我是不会帮你这个忙的。（她潇洒地走出去）

希金斯夫人 看来这姑娘已经被你给惯坏了，亨利。但是你放心，我会帮你买回来的。

希金斯 （愉快地）哦，妈妈，您不必担心这个。她一定会把它们买回来的。再会。

（他们吻别。希金斯夫人走出去了。只剩下希金斯一人待在屋里，他的手在裤袋里弄得钱币直响，脸上带着些许神秘的微笑，一副心满意足又从容自得的样子。）

〔幕落〕

——剧终

萧伯纳及其作品

继伟大的戏剧作家莎士比亚之后，英国又相继出现了很多杰出的剧作家，他们中较优秀的有康格雷夫[①]、薛立敦[②]、高德斯密[③]、王尔德[④]、萧伯纳和欧卡西[⑤]，有一个令人惊奇的巧合之处是，他们5人都在爱尔兰度过了自己的少年时期，而除薛立敦以外，其余四人都出生在都柏林！在那个地方，乔治·萧伯纳于1856年7月26日出生。

那时候，爱尔兰已经分化成一个明显的阶级社会，特权阶级是盎格鲁爱尔兰人，拥有金钱和权利，信奉新教；平民阶级是贫

①康格雷夫（1670—1729年），英国戏剧家，著《老鳏夫》《为爱而爱》《世界之路》等喜剧，词句绚烂，结构巧妙。

②薛立敦（1751—1816年），英国戏剧家，著有《逐鹿者》《造谣学校》和《比撒罗》等。

③高德斯密（1728—1774年），所著小说《威克斐牧师傅》古今传诵，所作歌剧亦著名。

④王尔德（1856—1900年），英国作家，他借各种写作形式来发挥他的才华，其中以喜剧最有成就，其中以《少奶奶的扇子》和《莎乐美》最有名。

⑤欧卡西（1884—1964年），爱尔兰剧作家。

穷的市民和农民，信奉罗马天主教；还有一种是爱尔兰原住民。萧伯纳出生的家庭就属于特权阶级，不过他家经济条件却比较差。他曾在位于美以美教区的一所新教学校接受短期教育，萧伯纳之后在描述这段求学生活时，明显带着看不起的色彩，但愿他并不像他承认的那样没学到什么东西吧！

在萧伯纳的整个生命中，他从没有放弃过对爱尔兰及其首都的恨。萧伯纳出生在一个不幸的家庭里，贫穷只是一方面，与贫穷相伴的是父母的不和。他父亲早年是一名牧师，在法庭工作，随后开了一家磨粉厂，生意差得让人难以置信。但是他父亲天生乐观，根本不放在心上，只是终日酗酒。他的母亲则是一个冷漠而又不苟言笑的人，长时间忍耐艰难的生活并没有让她的脾气温和一些，纵使她并不是真正的寡恩薄义之人，但她也从未能给过一儿两女应有的母爱和温暖。不过她会依靠音乐来安慰她的心灵，所以萧伯纳的生活环境虽然很差，但却有着极好的音乐素养。他之后靠在报纸上发表音乐评论而崭露头角也正是获益于此。他经常通过阅读，特别是阅读知名英国小说家的著作，去剧院听戏和参观都柏林画廊等方法来提高自身修养。

15 岁的时候，他在一个房地产公司做学徒，没过多久他就学会了收租和记账等事情。他从不好高骛远，而是脚踏实地、专心工作，所以很快就升职成为出纳员。他一辈子都保有良好的金钱敏锐性和鉴别能力，也管理得很有一套办法。他是自己的经纪人和出版商，从来没有假手他人代他管理契约和处理相关的事情。

对他来说，都柏林实在是个小地方，20 岁时，他搬到伦敦和母亲住在一起。在此之前，他的母亲因为和他父亲不和，已经于四年之前就离开家，到伦敦从事音乐教学工作了。萧伯纳和他的母亲先是住在佛尔汗的郊区，之后又搬迁到了位于市中心的费兹洛伊广场。

这个时候，萧伯纳已经计划靠写作为生了，不过他的起点却选错了，他选择写小说。在他23—27岁期间，他写了4部小说：讲述婚姻的《不合理的难题》(1880)、《艺术家的恋爱》(1881)，讲述一名获奖拳击手的《开塞·拜伦的职业》(1882)、《一个不善交际的社会主义者》(1883)，他把这些小说投给出版社，可惜，没有一家接收。其实他们的拒收不是没道理的，萧伯纳在写小说方面天赋不足，他不擅长编织曲折动人的情节。虽然他曾把狄更斯[①]当作学习对象，对其作品细细研读，但他却不具备狄更斯那样的天赋，没办法在23岁的时候就功成名就。虽然日后他也承认自己的小说确实没有受重视的价值，但即使他因剧作成名后，还心存幻想，希望能看到这些小说上市呢。

在那段时间，他靠母亲的微薄收入过日子，但他并不以之为耻，反倒是乐于提到这段经历。那个时候，他的大部分时间都用来阅读和宣传社会主义。他为亨利·乔治[②]的书籍所感动，还曾经阅读马克思的一些著作，但却没有成为马克思主义者。他主要通过一些中产阶级的改革家和社会主义建立联系，他们组织了一个小规模的宣传社会主义的团体，取名“费边学社[③]”。费边学社的名字取自主张缓慢进攻的罗马帝国的大将费比阿斯[④]，费比阿斯在和汉尼拔[⑤]的战争中，采取“先静候时机，再一举攻下”的战术。不过

①狄更斯（1812—1870)，英国著名小说家，代表作有《圣诞欢歌》《大卫·科波菲尔》《远大前程》等。

②亨利·乔治（1839—1897)，美国经济学家、社会问题研究家，代表作《进步与贫困》。

这个学社并不进行任何革命性的行动，他们只是仔细观察社会中的现象，然后散发一些宣传册，以主张共享生产资料。他们主要是在思想上和其他团体进行沟通，而不是像费比阿斯将军那样在充分准备的情况下进行猛攻。

萧伯纳为费边学社写了一些宣传册和一本书，是关于地方社会主义的。此外，他还做了一些其他会员都没有做过的事情，到街头和其他公共集会场合进行演讲。原本他也是个害羞腼腆的人，但是他通过锻炼成为一个优秀的演讲者。这些活动都是有着明确目的性的志愿行为，所以，他还需要想办法赚生活费。

因为缺乏天赋，他在创作小说的过程中频频受挫，不过他的笔触清楚锐利，头脑也非常灵活，特别适合从事新闻报道。此外，他早些年曾下功夫在音乐和绘画上，此时也收获了一些成果。他在 1888—1890 年，为一些知名度较高的《明星晚报》写音乐评论。尔后又转向艺术评论，给《世界报社》写了一段时间的评论。1895 年 1 月起，他开始给著名的《星期六评论》写戏剧评论，写了 3 年多，一直到 1898 年 5 月为止。这些剧评后来被集合成册出版，取名《戏剧评论集》，共两卷。直至现在，这些作品还是像当时一样生动和吸引人。

他对戏剧真正产生兴趣，是由于著名演员巴里 · 苏利文和亨利 · 欧文爵士对都柏林的一次造访。很快他发现，亨利 · 欧文爵士对莎士比亚作品的改编简直是在糟蹋原著，于是他发表评论严

③费边学社，英国的社会主义团体之一，不靠硬攻，而靠智取，不以斗争为手段，而是通过和平宣传等方法，逐渐扩大社会主义的影响力。

④费比阿斯，罗马帝国时期的大将。

⑤汉尼拔，迦太基大将，领导迦太基抗击罗马，并入侵意大利。

厉批评了这种做法。他奉行真实和简约的写作风格，是自由剧场运动的支持者。自由剧场运动是由法国近代戏剧艺术改革家安卓安托[①]在巴黎提出的，得到整个欧洲的支持。他最为欣赏的作家是易卜生，在他着笔写戏剧评论的4年前，他就写了本名为《易卜生主义的精华》(1891)的书,详细评价和鉴赏这位挪威的艺术大师。他对易卜生的卓远辩述，成功证明了自己虽然没有写小说的天赋，却有能力做一个成功的评论家和宣传家。

在以戏剧评论获取最活跃和最具可读性的作家的名声之前，萧伯纳曾经好多次进行撰写戏剧的尝试。他的第一部剧作写于1892年，名叫《鳏夫的房间》，主题是揭露贫民窟里那些房东丑恶的嘴脸。第二部剧写于1894年，名叫《武器与人》，在这部作品中，他指出，战争本来是悲惨残酷的事，但有的人却穷兵黩武，以此为乐，认为这很浪漫，他深刻地对此进行了讽刺。在这期间他还创作过一部反映妓女问题的《华伦夫人的职业》。随后，他又写了《登徒子》，主题是关于那些嘲笑易卜生的人。但是这期间，这些作品都没有引起很大反响，虽然个别也上演了，但只在不起眼的剧院或不起眼的时间上演。过了很久，他的作品才得以在伦敦的大剧院进行持续的有金钱收益的演出。

19世纪末，英国的剧坛毫无生气，充斥着老旧的故事和情节，到处都是肤浅的内容和所谓的浪漫主义。用梅瑞狄斯[②]的话来说，

①安卓安托（1857—1943)，法国近代艺术革新者，于1887年创立自由剧场，它不像别的剧场，总演一些吸引人的眼球的噱头剧，自由剧场将人们日常事务搬上舞台，真实再现生活，它持续时间很短，但影响却很深远。

②梅瑞狄斯（1828—1909)，代表作有诗歌《山谷中的爱情》、小说《波宋的经历》《维多利亚》等。

就是“感官的琴弦上演奏着浪漫主义的和声”。萧伯纳，作为一个颇有见地的清教徒，极其赞成这个论断。在他看来，那个时期的流行戏剧，尤其是音乐戏剧，都不过是为沉溺享乐的人创造出磨灭灵魂的收容所。在那个地方，肉欲被美化包装成爱情，用奢华的布景和粗俗的陈设，交织着魅力四射的演员和诱惑人心的华尔兹舞曲。

萧伯纳在年轻的时候观赏，并在此后进行评论和分析的音乐剧之外的戏剧，囊括了英国甚至大半个欧洲的剧作，他十分讨厌其中被浪漫化的“性”。他觉得这根本就是谎言，是凭空杜撰的。这些戏剧总是告诉观众，就像他们希望的那样，女人就像是娇嫩的花朵，等待着在婚礼中被一个强壮而主动的男士来采摘。理所当然的，剧中有着俊男美女和完满的结局。所有的人都觉得所谓的大圆满结局就是婚礼的钟声。萧伯纳却觉得，如果女主角是小女人，男主角是大丈夫，他们结合拥有圆满的婚姻，永远的生活在幸福的国度，这样的作品简直毫无意义。也许许多人也有这样的认识，只不过他们仍然愿意去相信谎言，并且将观看这种肤浅的戏剧作为娱乐和享受。萧伯纳不是一般人，他可不愿意去欣赏这样快乐的掩饰。他下决心要用实际的真相去讽刺这样的谎言。首先，他作了一个论断：快乐在英国家庭之中根本不存在，那只是一个浪漫的神话。而后，他又进一步论定，两性之中的女性就像是活跃在丛林当中的女狩猎者。这就是《人与超人》（1903）以及这部作品序言中的主题。

根据戏剧专业的知识，他在对虚伪陈腐的旧戏剧进行批评和对自己的新见解进行论述的时候，非常推崇他的导师易卜生。他曾经写道："在这个新的里程当中，易卜生就是起点。"易卜生在他的剧本《玩偶之家》（1879）当中告诉我们，夫妻恩爱、温馨的一个家庭，实际情况极有可能根本不幸福，只是个玩偶之家。而在《罗斯莫庄》（1886）当中，易卜生塑造了一个最不像女人的女主角丽贝卡·韦斯特，她知道什么是她想要的和应该做的，而不是像花儿一样待在床上被男人采摘。《社会栋梁》（1877）讲述了一个以利益当先的人，为了飞黄腾达，可以把友情和爱情统统抛弃，在这本书中，他表达了对唯利是图者强烈的嘲讽。而在《人民公敌》（1873）中，他又称赞了一位可歌可泣的医生，为了正义不惜以寡敌众，独自和社会不公做斗争，抨击了当权阶级打着民主的旗号，实则专制一方。而《群鬼》（1881）和《玩偶之家》则描写的是百姓的日常家庭生活。不过，英国人观看易卜生作品的机会并不多，在剧评家们看来，这些作品是在不切实际地诋毁当时的社会。萧伯纳，作为易卜生的支持者，要将这种抨击旧社会现象的工作继续下去。他因此而不断努力：他认为，战争就是残酷的、不人道的，不要为了给战争戴上正义的帽子，而硬和勇气扯上关系；在他看来，当时的经济体制存在许多不公之处，他试图将这些问题整理出来，意欲减少许多人不必要的利益损失；他努力发掘家庭问题，他发现，那些表面看起来很完美的家庭，往往潜藏着危机。

他第一次通过戏剧赚到大钱并不是在伦敦，而是在纽约。那是一出叫作《魔鬼的门徒》的戏剧，在搬上舞台的时候，美国籍男演员理查德·曼斯菲尔德的表现非常出色，他扮演一位青年歌手，在危机当中成为一个牺牲自我的英雄。这出戏剧演出的时间是 1898 年，那个时候萧伯纳的脚摔伤了，这部戏剧的版税正好让他可以不用工作而专心调养身体。

1898 年，萧伯纳将他最早的七部剧本整理成两卷出版，分别命名为《快乐的戏剧》和《不愉快的戏剧》，他仔细地罗列了角色的介绍和背景，便于那些没有去剧院欣赏的人进行理解。此外，他还附上前言进行简介，这也是他一辈子保持的习惯。通过这种方式，他可以尽情显示他的叙事风格、辩论技巧，甚至是嬉笑怒骂的能力，彰显他同时擅长解说和评论的散文大师的功底。有的时候，前言甚至优于戏剧本身。不过，还是有例外的，那是两出一流的剧作，那就是《坎迪德》(1894) 和《难以预料》(1895)。

不久，萧件伯纳遇到了一位志趣相投的合作伙伴，他就是年轻演员格兰威尔 · 巴克，同时也是一位作家和戏剧导演，后来他被喜爱他的人称作哈利 · 格兰威尔 · 巴克。他以自己的智慧，在色罗尼广场宫廷剧院的季度早场演出中，用自己受过专业训练的出色演技对萧伯纳的新作品做了完美的诠释。

1898 年 6 月，萧伯纳与出生于富有的安格鲁爱尔兰家族的夏绿蒂 · 潘陶森小姐完婚，她的年龄比萧伯纳小 6 个月。那个时候，他已经颇有身价，所以还不至于被人质疑说是因为金钱而结婚，否则他一定会为此感到十分难堪。两人相识时，独自奋斗多年的萧伯纳正遭受疾病的折磨，他的脚还受了伤，需要拄着拐杖走路，她搀扶着他，像一个最好的朋友，帮他支撑着身体的重量，也支撑着生活的重担。慕名而来的访问者颇多，她替他一一阻挡着。因为夏洛蒂的极力抗拒，在两人的生活中，“性”是不存在的。实际上，他们维持了长时间的愉快而自由的伴侣生活。尽管萧伯纳的女人缘极佳，夏绿蒂仍然支持他出去旅行，以防止他劳累过度。

不过，即使是在最远距离的旅行当中，萧伯纳仍然坚持写信。萧伯纳总是与许许多多的人进行长期的频繁通信，这当中有很多人都默默无闻，这也是他精力充沛的体现。

在20世纪早期，他的主要戏剧作品有《人与超人》（1903），它直言女性其实在两性中比较有侵略性和占有欲；《约翰·布尔的另一个岛屿》（1904），写于他参与伦敦州议会议员竞选失败时，谈论了爱尔兰的现状及前景；《巴巴拉少校》（1905），写于作者第一次回到家乡爱尔兰时，他当时还在爱又特·圣劳伦斯买了房子；《医生的抉择》（1906）；《我们九十年代的剧院》（1906）；《结婚》（1908）；《错误的姻缘》（1909）；《布兰哥·波斯那的出现》（1909）。

在《医生的抉择》当中，作者重新讨论着一种对科学，尤其是对医药科学的崇拜。萧伯纳起初不相信医生，特别是那些住在伦敦哈利街附近的穿着入时、身家富有的名医，他极力进行挖苦、嘲笑他们，认为他们愚昧无知、夸夸其谈。他讽刺外科医生总是进行价格高昂而又没有必要的手术，他还讥讽其他医生与护士没有责任心、心怀不轨。这出戏剧的本质就是嘲讽那些为人不知廉耻的小丑。

他向来都不是伦敦人所说的“西区剧作家”，伦敦西区是有钱人的豪宅和高级商店的所在。直到1911年他的轻松通俗剧《芬妮的第一出戏》上演之后，他才名实相符。那个时候，他正好要替当时赫赫有名的演员经理，叱咤伦敦的风云人物赫伯特·比尔布特瑞爵士写一出戏。这就是《卖花女》的由来，描写了一个伦敦贫穷的卖花女子被一位语言学教授刻意矫正语音、仪态，最后培养成一位名媛淑女的故事。后来这出戏剧被改变为著名的音乐剧《窈窕淑女》而蜚声世界。原剧进行排练的时候，变成一场作者与演员经理的战争，后来卖花女的扮演者派崔克 · 肯波夫人的介入让战争形势更加火热。那是一个有谋略的女演员，她热衷于靠自己的魅力追求萧伯纳以及挑拨离间萧伯纳与其他人的关系。当年，这出戏剧的演出效果一般。1912 年，他创作了《安达洛克里斯和狮子》，在这部剧的序言中，他表明了自己对基督教的态度。

在第一次世界大战期间，他将所有的心血都花在了《伤心之家》的构思上，因而只创作了一些独幕剧。他将《伤心之家》比作契诃夫[①]式的戏剧，在谈到人类的前途的时候论点非常悲观。这部戏剧于 1919 年完成，1921 年进行了首场演出。那个时候，萧伯纳已经完成了五幕剧《回到麦修撒拉身边》(1920)。在这部剧中，他认为人在得到智慧以前就已经死了，除非他们拥有坚定的意志，让他们得到长生从而可以祈求智慧；而世界从伊甸园开始，一直被一位长寿的长者用适当的方法统治着。这出剧本因为对白太过冗长，所以很少上演。

1923 年，萧伯纳写出了世人公认的他的代表作品《圣女贞德》。审判圣女贞德的那出戏他描写得特别细致，圣女贞德发表了一篇非常特别但极具说服力的反异端宣言来驳斥自己的对手。在这出戏中，萧伯纳充分发挥了他擅长叙述的特点，将感人至深的情节

①契诃夫（1860—1904)，俄国戏剧家和短篇小说家，他生长在衰败的帝俄时代，又长期受病魔折磨，因此，他的小说和戏剧都反映出一个悲观的人生，著名的剧作有《樱桃园》《海欧》等。

表现得淋漓尽致。那些一直说他缺乏人道主义精神的人们只能闭口不言了。这出戏演出了很长时间，并且不停地重复上演着。观众都非常喜欢这出戏剧，甚至有些声称从来不会去剧院听他进行社会主义演说的人也被这出戏剧所感染。

萧伯纳在对待个人自由上，态度有矛盾的地方，这一点在《圣女贞德》中体现得尤为明显。他之所以对这位来自奥尔良的少女产生共鸣，正是因为她坚定地认为只有她听取和奉行的神的旨意才是判断她德行的标准，而不是教会的命令和清规戒律。她要求可以直接接触上帝，保持个人抉择的权利，而不是必须在教会或其他僧侣同意之后才能接触上帝。萧伯纳在序言中写道："新教的精髓是个人至高无上的判断权。"因此，他认为贞德在维护人权，反对认为自己绝对正确的教会权上，具有和胡斯①、威克里夫②与路德同等的地位。萧伯纳指出，许多伟大的天主教徒，都曾和教会发生过冲突，之后才被封为圣徒；而"圣女贞德"早在五百年前就自封为圣徒，以其反叛者和新教徒的身份感染众人。

在《圣女贞德》以后，萧伯纳的作品更加偏重于理论性。他讽刺一般的戏剧只是在表演故事，而他的戏剧可以让舞台成为他的讲坛；同时，他开始创作一系列"多传教者的辩论，少动作"

①胡斯（1370—1415年），波西米亚人，宗教改革家，受威克里夫作品的影响，提出要遵从人的本心和经典，对教皇的一些行为大加抗议，被教会逮捕后，受火刑而死。他的遇难激怒了波西米亚和摩拉维亚等地的人民，引发了一场战争。

②威克里夫（1324—1384年），英国人，宗教改革的先驱，经常写文章批判教皇对政治的过多干预，并揭露了教会的腐败，并希望人们好好细读圣经。英国内外很多人都对他的行为深表赞同。1431年，君士坦丁堡召开宗教大会，人们讨论到胡斯的罪行时，觉得都因威克里夫而起，所以迁怒于他，威克里夫死了都没得到安生。

的戏剧。当中，最好的作品就是《苹果车》(1929)，探讨的是政府执政的技术。1947 年，萧伯纳 91 岁的时候，他的最后一出舞台剧《上飘的百万元》上演，不过没多久就停止了演出。

1943 年，他的妻子去世，萧伯纳非常悲痛，身体的健康状况和精神活力也从此一蹶不振，并最终在 1950 年 11 月 2 日去世，享年 94 岁零 14 个星期。他和妻子的骨灰合葬在一起，长眠于圣劳伦斯的花园里。

萧伯纳的戏剧作品以其卓越的技巧、特殊的个性、让人回味的睿智和深刻的哲学思想，对 20 世纪的人们产生了深远的影响。他认为自己以及全部的演说家和作家都有评判社会和政府的权利。他勇敢地挑战权威，如同那个奥尔良少女那样，坚定地认为自己拥有直接和上帝进行接触的权利。当时有言论认为政府是人民所有、人民治理、人民共享的，而萧伯纳认为那些都是些危险的大话。他认为政府的权力应把持在那些有经验的受过训练的人手中，而他的理想就是古代雅典的柏拉图的“哲学王”的观点。他对社会主义的喜爱仅仅源自社会主义的平等观，但他同时又认为假如每个人都拥有无限制的自由，那么就没有办法真正达到平等，因为更具才能和侵略性的人会得到超过他们所应当得到的那部分的财富以及权利。因此，他觉得政治上的自由是脱离现实，甚至是危害甚重的。萧伯纳的自由主义，包括上述种种观点都得到了人们的认同；不过许多人不能认同他为独裁政府辩护的一些观点。反对独裁政体的人一般认为独裁会完全否定个人享有的权利。萧伯纳切身体会到民主政治或许会导致政府无能而且腐败，事实也经常如此。不过，他却没有发现，民主政治中的人民比独裁政治中的人更加自由，而在独裁政体下生活是非常困难的。

最让人想不通的就是萧伯纳竟然不明白，不会出现一个不重视议会的独裁者，会给他言论自由的权利，就像他认为应当拥有的那样。如果他生活在独裁政体下，即使不被处死，也会被流放或是在集中营中死去。他对英国政府舞台剧审查制度的不满由来已久，后来终于得到一个满意的说法。但是，他却从没有讽刺或者是指责那些强行检查各类新闻或是思想的批评家。

萧伯纳晚年相信人类的意志是自由的，并且难逢敌手。他坚定地认为生存和成长的动力是“决心”而不是运气，是“决心”让我们产生差异或者是进化；因而他反对达尔文的“物竞天择”进化论。他认为长颈鹿并不是都有着长长的脖子，那些正好出生就脖子长的可以吃到更高处的树叶因而过着更好的生活，他觉得是某些长颈鹿拥有向上的信念，不停地努力奋斗最终使得自身的生理条件发生变化，并且将这样的变化传给子孙后代。对他来说，“进化”是不停地努力的结果，是人类挑战自身意志，达到更加完美的境地的责任；假如人类有足够的意志，就可以达到更高的境地。

萧伯纳的哲学理论对那些注重感官享受的人是没有好处的。他从来不会，至少在理论上来说不会怜悯这类人。他也不是想生活在这种高超的哲学思想当中，否则的话他的精神和肉体会争论不休。他也会对人类的弱点抱有同情，同时，更重要的是他也会欢笑。假如他缺乏这种幽默，也就不会成为举世闻名的剧作家。他不单是传教的人，同时还是一位喜剧大师，正是喜剧大师的身份让他得到了许多观众的认同；假使他不是拥有了各种各样的不同特性，而是只具备其中的某一种，那么他就不可能拥有现在这样的成就。但是，他相对于他的哲学思想来说，似乎更加快乐一些，从某种程度上来说，也更加聪明一些。

萧伯纳获奖经过

1925 年的诺贝尔文学奖并不是在当年颁发的，而是延期一年，与 1926 年的奖金一起颁发的。1926 年的 5 项诺贝尔奖，最引人注目的是和平奖而不是文学奖。在停止颁发 2 年以后，挪威国会将 1925 年和 1926 年的诺贝尔和平奖连续颁发给了 4 位闻名世界的政治家：1925 年诺贝尔和平奖的获得者是英国的奥斯汀 · 张伯伦和美国的道威斯，这位张伯伦和签订《慕尼黑协定》的内维尔·张伯伦是亲兄弟。1926 年诺贝尔和平奖的获得者是法国的白里安和德国的史特莱斯曼。但 1925 年的诺贝尔文学奖因其在颁奖史上的特殊地位最终还是吸引了人们的眼球。

当 1926 年 11 月 11 日，瑞典学院最终决定将 1925 年的诺贝尔文学奖颁发给萧伯纳的时候，和以前一样，学院秘书立即向获奖人致电。消息传开没多久，路透社就发表了一则非常简短但是真实程度却有待考证的新闻稿。稿件里面引用了萧伯纳对记者说的一段话：“我着实想不明白这件事情，我只能认为我获奖的原因是因为我今年半个字都没有写。”接着，连续好几天全球各地的报纸都在头版头条报道了各种谣言，比如说什么“萧伯纳拒受诺贝尔文学奖”、“萧伯纳拒绝诺贝尔奖一事令全球震惊”之类的。萧伯纳只能无奈地问：“这些人为什么要在一个已经出名的老头子的脖子上系上一个金铃铛？”

萧伯纳，身为爱尔兰的幽默大师拒绝参加这样无聊的活动。人们都忍不住为他这样的反应喝彩。终其一生，他都不随便接受任何形式的荣誉。他认为这样的行为会对他的人格造成损害，不管给他颁发荣誉学问、爵位或其他什么荣誉头衔的是什么人。以这样的观点来看，颁发诺贝尔奖本身对他来说也是一种让人窘迫的耻辱。

在角逐诺贝尔奖的战场上，萧伯纳是众多的老兵之一。有人不断地提出他的名字，而他的作品也不断地被提出、抛弃、再提出。但是从另一个角度上来说，出生于1856年的他，确实有充裕的时间让他的作品在被瑞典学院以及诺贝尔委员会重视以前，就成为世界文坛一个重要的角色。

1911年的诺贝尔文学奖候选人就有萧伯纳。而推荐他的人是瑞典皇家文艺协会学术委员会的一名会员，也就是牛津大学的莫伊累教授。那时候，撰写报告的负责人是伟大的田园诗人、卓越的英国文学批评家卡尔菲特。卡尔菲特的报告对萧伯纳非常有帮助。不过，那个时候瑞典学院的常务秘书是威尔森博士，他对瑞典学院有强烈的控制权。对他来说，作家萧伯纳是以“非常的善于诡辩、极其无情和十分不文雅”出名的。所以那年的诺贝尔文学奖最终颁给了梅特林克。

持久的战争岁月随之而来。在这段时间，萧伯纳作为一个主张对侵略行为退让的支持者，让他的名声一落千丈。《伤心之家》尽管已经出版，却没能演出。而《回到麦修撒拉身边》也被评论为一部没有意义的奇怪的剧作。但 1924 年，《圣女贞德》的上市，却得到了前所未有的成功，让萧伯纳一下子名声大噪。《圣女贞德》极为卖座，在全球都捧红了不少星光熠熠的明星：伦敦的西贝尔、柏林的伊丽莎白、巴黎的路米拉等。现在，又出现了一位讲"世界语"的天才，全球都在聆听他的语言。而这样的事情很快就传达到了斯德哥尔摩。

很多瑞典人在 1921 年提名萧伯纳，不过没能成功。当时是诺贝尔委员会的专家霍尔斯陶穆撰写的极具影响力的研究报告，在他的报告当中，排名第一的是 H.G.威尔斯，然后是高尔斯华绥和萧伯纳。1924，经由新入瑞典学院的新院士、国家剧院的住持者的推荐，萧伯纳再次角逐诺贝尔文学奖。在第二年的研讨当中，深具影响力的厄普色拉大主教布洛姆转而成为萧伯纳的支持者。这位大主教充分发挥他传教士的辩论能力，号召人们重视《圣女贞德》在戏剧上的成功之处。这出曾经在斯德哥尔摩演出的戏剧，以其纯粹的戏剧造诣最终征服了霍尔斯陶穆，我们从他在颁奖典礼上的颁奖辞中就可见一斑。在颁奖辞中，他对萧伯纳的称呼非常恭敬，往常的保留态度都变成了毫不吝啬的溢美之词。(不过萧伯纳最终没参加颁奖典礼)。

英国非常热衷诺贝尔奖，这样的兴趣都是源自萧伯纳。从来没有一位作家热衷名利的程度可以和萧伯纳相比。他非常喜爱制造新闻。他热衷于让他的文字或者是照片频繁地出现在报纸之上，当然，他这样做的主要原因是因为他想让人们熟知他观念的出发点。

萧伯纳最终还是接受了诺贝尔文学奖的奖金，这让舆论对他这位“年老的叛徒”进行了不留情面的抨击。毕竟，诺贝尔文学奖不仅仅是一个象征意义上的冠冕，它还伴随着一大笔闪耀光彩的奖金。我们都知道，萧伯纳对金钱的态度十分的奇怪和害怕，这种怪病在他得到这笔奖金的时候马上就发作了。但他对金钱的这种讨厌和伏尔泰不一样，他讨厌的并不是金钱本身；恰恰相反，他将金钱看作是解决贫困的良药。在他看来，贫穷才是当代社会的顽症，是当今时代最大的原罪和恶的源头。

随着收入的日益增多，萧伯纳的经济也越来越宽裕了，不需要再去考虑一些他所认为的“资本主义加诸他”的烦人事情。但是，他仍然认为对他的天分威胁最大的还是征税的问题。他的这种固执程度十分地夸张。他的女秘书布朗倩在回忆录描绘了这样一种现象：晚年的萧伯纳常常周期性地担心他的巨额财产。他坚持认为他的收入越多，就需要缴纳更多的税款，而很快他的财产就会成为负数。假如他赚了 100 镑，那么他的税款就会达到 147 镑。她没办法用任何逻辑和统计数字扭转他的看法。“我认为是 147 镑，就是 147 镑，这是最好记的数字了。”

在接到瑞典学院的获奖电报的时候，他之所以反应如此强烈、想法如此固执，从中便可以得到解释了。同样，也可以解释为何在接下来的时间里，报纸上都是一些零零碎碎的信息，那是因为没有记者可以找到他。从原则上来说，萧伯纳厌恶这种突如其来的荣誉，那张 6 500 英镑的巨额奖金对他来说是烫手的山芋。哪怕他在家里的地窖当中发现了一颗炸弹，也不会担心到了这样的程度。

瑞典驻伦敦的公使连续好多天都非常担心。他想尽办法来使自己免于成为丑闻的主角，但替他解围的还是罗夫人的智慧。罗夫人在结婚以前叫作艾巴 · 碧斯穆陶，是萧伯纳的好朋友，曾经将萧伯纳的作品翻译成瑞典文字。她曾经告诉我她怎样在没办法的情况下充分运用她的辩论技巧，努力地改变这位获奖人的看法，她对他说“我们不能让诺贝尔文学奖成为丢入波罗的海的一个小石头”、“亲爱的萧伯纳，你不能这么做，瑞典是要表扬你，而你却用耻辱在报答他们”。她的这些睿智的建议最终被萧伯纳采纳，令他改变了心意，来接受诺贝尔文学奖，包括奖金，他用这笔奖金成立了一个英瑞文化基金会。所有的人都非常开心，他的这种安排好像让很多拥有不一样看法的人都得到了满足。

在瑞典学院看来，萧伯纳其实是领取了这笔奖金，毕竟他是要先领取了奖金，然后才能根据自己的心意来花这笔钱。1904 年的米斯特拉尔也采取了相似的做法，1910 年的海泽和 1915 年的罗曼 · 罗兰也是如此。最终，这笔奖金成就了一个正式的机构，也就是英瑞文学基金会。这个基金会设在英国伦敦，包括一个总部、一个法人组织和一个信托董事会。在战争以后，经济不停变换的大萧条当中，这个基金会一直屹立不倒，并且逐步发展，成为一个让人们可以感受到创办人的博大胸怀的，深具效用的组织。得益于萧伯纳的这种努力，瑞典的报纸不再像以前那样，很多报纸开始对其进行正面报道。这个基金促使斯特林堡的许多著作被翻译到了英国。之后，这个基金还被用于褒奖一些瑞典作家，为这些作家发表作品提供平台，让他们以此为起点，走向国际文坛。

作为一位一点儿也不后悔的文坛前辈，萧伯纳对这笔奖金发挥如此神奇的重要作用表示了一定程度上的满足。最后的几年时光，当他住在爱又特·圣劳伦斯的乡村别墅的时候，拜访他的客人们可以发现他将诺贝尔文学奖的奖状用相框装裱着放在某个角落。上面写着：这位来自爱又特·圣劳伦斯的戏剧大师，之所以获得诺贝尔文学奖，是因为“他的作品蕴含着丰富的理想主义色彩，同时又充满着人道精神；作品中的讽刺也带着激励的性质，而且饱含着深刻的诗意美”。

萧伯纳作品年表

1856年　7月26日生于爱尔兰都柏林，父亲是一名小官员。

1871年　到都柏林一家地产公司当小工，不久升任会计，他在这家公司干了5年。

1876年　来到伦敦，和母亲生活在一起，母亲靠教音乐艰难谋生，他开始自己的文学生涯。

1880年　完成小说《不合理的难题》。

1881年　完成小说《艺术家的恋爱》。

1882年　完成小说《凯雪尔·拜伦的职业》。

1883年　完成小说《一个不善交际的社会主义者》。

1884年　和一群中产阶级的社会改革家一起，组成了“费边学社”。他对社里工作很活跃，编写了一些宣传材料，并写了一本关于地方社会主义的书。

1885年　他的父亲去世，去世前，父亲每周都接济他一英镑。

1888/1890年　他以肯诺·迪·巴索的笔名，给《明星晚报》写音乐评论，后来，又给《世界报社》写艺术评论。

1891 年　完成一篇重要论文《易卜生主义的精华》。

1892 年　完成他第一出戏《鳏夫的房间》。

1893 年　完成剧本《华伦夫人的职业》，揭露妓女的问题。

1894 年　完成剧本《武器与人》。

1895—1898 年　给《星期六评论》写戏剧评论，这些评论后来被编辑为《戏剧评论集》两卷。1898 年，出版《不愉快的戏剧》和《快乐的戏剧》。

1896 年　第一次替他赚了大钱的剧作《魔鬼的门徒》首次在纽约上演。

1898 年　和夏绿蒂·潘陶森小姐结婚。

1901 年　出版剧本《写给清教徒的三出戏》。

1903 年　完成剧本《人与超人》。

1904 年　完成剧本《约翰·布尔的另一个岛》，参与竞选伦敦州议员失败。

1905 年　完成剧本《巴巴拉少校》，第一次回到位于爱尔兰的故乡，并在爱又特·圣劳伦斯买房子。

1906 年　完成剧本《医生的抉择》和《我们 1890 年代的剧院》。

1908 年　完成剧本《结婚》。

1909 年　完成剧本《错误的姻缘》和《布兰哥·波斯那的出现》。

1911 年　完成剧本《芬妮的第一出戏》。

1912 年　完成剧本《屈洛克里斯和狮子》，并在序言中表明了自己对基督教的看法。

1919 年　完成剧本《伤心之家》，他形容此剧是契诃夫式的反省。

1920 年　完成五剧一套的《回到麦修撒拉身边》。

1921 年　《伤心之家》首次进行演出。

1923 年　完成巅峰作品，历史剧《圣女贞德》。

1926 年　瑞典学院决定将 1925 年的诺贝尔文学奖颁给萧伯纳。

1929 年　完成剧本《苹果车》。

1936 年　出版剧本《突然出现的岛上愚人》，包括萧伯纳最后一出的舞台剧作《上飘的百万元》，此剧上演于 1947 年。

1943 年　妻子去世。

1950 年　11 月 2 日，萧伯纳与世长辞。

图书在版编目（CIP）数据

圣女贞德 /（爱尔兰）萧伯纳著；胡仁源，李丽霞译. — 北京：北京理工大学出版社，2015.7（2019.6重印）

（诺贝尔文学奖大系）

ISBN 978-7-5682-0460-6

Ⅰ. ①圣… Ⅱ. ①萧… ②胡… ③李… Ⅲ. ①历史题材剧（话剧）—剧本—英国—现代 Ⅳ. ①I561.35

中国版本图书馆CIP数据核字（2015）第072386号

出版发行 / 北京理工大学出版社有限责任公司

社　　址 / 北京市海淀区中关村南大街 5 号

邮　　编 / 100081

电　　话 /（010）68914775（总编室）82562903（教材售后服务热线）

68948351（其他图书服务热线）

网　　址 / http：//www.bitpress.com.cn

经　　销 / 全国各地新华书店

印　　刷 / 北京通州皇家印刷厂

开　　本 / 889 毫米 ×1194 毫米　1/32

印　　张 / 8.625

字　　数 / 177 千字

版　　次 / 2015 年 7 月第 1 版　2019 年 6 月第 7 次印刷

定　　价 / 46.00 元

责任编辑 / 陈　玉

责任校对 / 朱　喜

责任印制 / 李志强

诺贝尔文学奖大系书目

1901 年　普吕多姆（法国）　《孤独与沉思》
1902 年　蒙森（德国）　《罗马史》
1903 年　比昂松（挪威）　《挑战的手套》
1904 年　埃切加赖（西班牙）　《伟大的牵线人》
1904 年　弗雷德里克·米斯特拉尔（法国）　《米赫尔》
1905 年　显克微支（波兰）　《你往何处去》
1906 年　卡尔杜齐（意大利）　《青春的诗》
1907 年　吉卜林（英国）　《丛林故事》
1908 年　鲁道夫·奥伊肯（德国）　《人生的意义与价值》
1909 年　拉格洛夫（瑞典）　《尼尔斯骑鹅旅行记》
1910 年　保尔·海泽（德国）　《骄傲的姑娘》
1911 年　梅特林克（比利时）　《青鸟》
1912 年　霍普特曼（德国）　《织工》
1913 年　泰戈尔（印度）　《新月集·飞鸟集》
1915 年　罗曼·罗兰（法国）　《约翰·克利斯朵夫》
1916 年　海顿斯坦姆（瑞典）　《查理国王的人马》
1917 年　彭托皮丹（丹麦）　《天国》
1917 年　耶勒鲁普（丹麦）　《明娜》
1919 年　卡尔·施皮特勒（瑞士）　《伊玛果》
1920 年　汉姆生（挪威）　《大地的成长》
1921 年　法朗士（法国）　《泰绮思》

1922 年	贝纳文特（西班牙）	《不该爱的女人》
1923 年	叶芝（爱尔兰）	《当你老了》
1924 年	莱蒙特（波兰）	《农夫》
1925 年	萧伯纳（爱尔兰）	《圣女贞德》
1926 年	黛莱达（意大利）	《邪恶之路》
1927 年	亨利 · 柏格森（法国）	《创造进化论》
1928 年	温塞特（挪威）	《新娘 · 女主人 · 十字架》
1929 年	托马斯 · 曼（德国）	《布登勃洛克一家》
1930 年	辛克莱 · 刘易斯（美国）	《巴比特》
1931 年	卡尔费尔德（瑞典）	《荒原与爱情》
1932 年	高尔斯华绥（英国）	《福尔赛世家》
1933 年	伊凡 · 蒲宁（俄罗斯）	《阿尔谢尼耶夫的一生》
1934 年	皮兰德娄（意大利）	《六个寻找剧作家的角色》
1936 年	尤金 · 奥尼尔（美国）	《进入黑夜的漫长旅程》
1937 年	马丁 · 杜 · 加尔（法国）	《蒂博一家》
1944 年	延森（丹麦）	《希默兰的故事》
1945 年	加夫列拉 · 米斯特拉尔（智利）	《葡萄压榨机》
1946 年	赫尔曼 · 黑塞（瑞士）	《荒原狼》
1947 年	安德烈 · 纪德（法国）	《窄门》
1949 年	威廉 · 福克纳（美国）	《喧哗与骚动》
1954 年	海明威（美国）	《永别了，武器》
1956 年	希梅内斯（西班牙）	《小毛驴与我》
1957 年	加缪（法国）	《局外人 · 鼠疫》
1958 年	帕斯捷尔纳克（苏联）	《日瓦戈医生》